Gallmeister

TROIE

DU MÊME AUTEUR

Rouge, blanc, bleu, 2020
Onze Jours, 2018 ; totem n°318

Lea Carpenter

TROIE

Roman

Traduit de l'américain
par Fabienne Gondrand

Gallmeister

Titre original : ILIUM

ISBN 978-2-35178-317-7
ISSN 1956-0982

Photo de l'auteur © Nicholas Latimer
Illustration de couverture © Aurélie Bert
Conception graphique : Aurélie Bert

À ma mère, Carroll,
Qui m'a donné l'amour des histoires

Dès lors, le style changea du tout au tout.

JOHN LE CARRÉ

I

LONDRES

LES sentait-elle ?

Les regards posés sur elle, ce jour-là à Trafalgar Square, l'un appartenant à un jeune homme sur un skate, l'autre à un artiste peignant des aquarelles à côté de la statue du roi George IV. Étaient-ils plus de deux, peut-être étaient-ils quatre, peut-être plus. Combien d'individus la surveillaient ce jour-là et que cherchaient-ils, ou, de quoi la protégeaient-ils. Et n'y avait-il que des hommes ou y avait-il une femme, aussi, en général il y a une femme, vu que les femmes sont moins susceptibles d'éveiller les soupçons. Que voyaient-ils en elle. Quoi que ce fût, c'était un attribut qu'elle-même n'avait pas réussi à percevoir, quelque singularité notable, une particularité qui lui donnait une valeur inestimable. Et ainsi, quand elle prit le bus ce jour-là dans le centre de Londres, le même bus qu'elle prenait chaque jour ne serait-ce qu'un tantinet pluvieux à cette période de sa vie, elle était loin de se douter qu'on la surveillait. La seule chose qui la préoccupait était la faim, et elle se maudissait d'avoir sauté le petit déjeuner puis d'avoir perdu du temps au travail, en conséquence de quoi elle était, en cet instant, en retard pour le déjeuner. Elle se demandait si elle était la seule personne au monde qui prenait ses repas pour le plus souvent seule, quand et si cela changerait un jour. Elle passait en revue la liste familière des choses qu'elle savait pouvoir améliorer dans sa vie. En tête de liste, *être moins ennuyeuse* était suivi de près par *prendre de nouveaux risques.* Elle monta dans le bus et, comme toujours, prit la première place côté fenêtre qu'elle trouva, de préférence dans le fond, où personne ne viendrait l'importuner. Elle avait ses petites habitudes, d'où les difficultés liées à la liste en question. Tandis que le bus s'insérait dans la circulation, elle se retourna et aperçut une petite foule qui s'était amassée sur les escaliers de la National Gallery, qui lui rappela une autre carence. Elle ajouta à la liste, *en apprendre davantage sur le monde.*

Si elle avait regardé un tout petit peu plus attentivement, elle aurait peut-être remarqué un homme qui se tenait légèrement à l'écart de la foule, juste en contrebas de l'entrée du musée. Ce jour-là le musée ouvrait tard pour le lancement d'une nouvelle exposition sur les dessins de maîtres anciens. Si elle avait regardé un tout petit peu plus attentivement, l'homme sur les escaliers lui aurait sauté aux yeux non pas parce qu'il portait des lunettes noires malgré la pluie fine. Ou parce qu'il arborait un pull difforme floqué du logo de Manchester United, celui avec le diable au milieu. Elle l'aurait remarqué parce qu'il était beau, et qu'alors elle était jeune et célibataire, et contrariée par ce dernier point. Il ne lui serait pas venu à l'esprit que ces lunettes et ce pull avaient été sélectionnés expressément pour détourner l'attention du physique de l'homme. Il était d'une beauté qu'il était difficile de ne pas remarquer. Son physique était une entrave.

Il était arrivé à Londres tôt le matin même depuis Paris. Dans l'avion, il avait tout lu sur la jeune femme, même s'il n'y avait pas grand-chose à lire. Il avait appris pourquoi elle avait été choisie, et si, en définitive, c'était lui qui approuverait cette opération et son implication à elle, il commençait toujours par nourrir des doutes concernant les nouvelles recrues. Tout particulièrement pour un dossier tel que celui-ci. C'était dans sa nature d'anticiper les catastrophes, de croire que personne n'est ce qu'il semble être. Et sa conviction absolue lui dictait que la source parfaitement innocente n'existait pas, l'innocence étant une chimère en ce bas monde. Voyez-vous, l'homme qui se tenait sur les escaliers de la National Gallery par ce matin pluvieux dans le centre de Londres avait grandi dans un monde très éloigné du monde de la jeune femme du bus, dans un pays défini non pas par son empire révolu ou ses stars du football, par Shakespeare, Churchill ou des princes errants, mais plutôt par la pauvreté, les guerres civiles, un riche passé de perte. Très tôt, son monde l'avait endurci et avait forgé l'essence de ce qui le faisait exceller dans son travail. Son travail consistait, avant toute chose, à évaluer judicieusement les individus. Son travail consistait à vous séduire jusqu'à ce que vous acceptiez de prendre des risques. "Une question de vie et de mort, cette affaire", tel que l'avait formulé un jour un de ses collègues, en plaisantant mais pas vraiment. Même si en vérité, l'espionnage consiste pour l'essentiel à surveiller et à patienter – en parlant d'*être moins ennuyeuse*. L'espionnage consiste essentiellement à temporiser, à tenir bon jusqu'à ce que tombe un arbitrage qui pourrait bien sauver une vie. Certains espions de sa connaissance appelaient leur profession, tout simplement, du baby-sitting.

“Les gens sont des enfants et les enfants sont capricieux et cruels”, avait affirmé son premier patron. Son premier patron, qui n’avait pas d’enfants, lui avait appris que la Première Règle de l’espionnage n’était pas *fais aux autres ce que tu voudrais qu’ils te fassent* mais plutôt, *fais gaffe à toi*. Surveille tes arrières. Et pourtant, en dépit de cette implacable vision du monde, l’homme sur les escaliers de la National Gallery ce jour-là observa, alors que le bus prenait de la vitesse, que la jeune femme, assise dans le fond à côté de la vitre, traçait les contours d’un cœur sur le verre embué. De ce simple geste il tira plusieurs conclusions. C’était une romantique, une rêveuse, une optimiste. Elle était intéressée par l’amour. Elle était ouverte aux expériences.

La période qui précède le recrutement d’une nouvelle source se caractérise par la certitude que vous êtes sur le point de changer la vie d’une personne. Que vous débiterez tous les mensonges qu’il faut pour y parvenir. Vous aurez recours à la manipulation, la domination, la vexation, la séduction, la dénégation. Vous aurez recours à la cajolerie et la corruption, vous ferez des saltos arrière du haut du grand plongeoir. Vous lui promettrez impitoyablement la lune tout en étant persuadé d’être capable de la lui donner. Par-dessus tout, vous la convaincrez qu’elle dispose de son libre arbitre, qu’elle détient le contrôle, c’est sa chance. Vous ferez toutes ces choses parce qu’atteindre votre but est bien plus impérieux que de prendre en considération les aléas de son cœur brisé. Or l’homme qui se tenait ce jour-là sur les escaliers de la National Gallery connaissait la douleur d’un cœur brisé. En plus de savoir l’infliger.

Il avait longuement patienté pour trouver cette jeune femme, et il n'avait pas l'intention de la laisser filer. Il savait que son bus était à destination d'Oxford Circus, tout près de là. Il savait qu'une fois sur place, elle déjeunerait dans la petite sandwicherie qu'elle aimait bien tout en lisant le *Daily Mail* sur son téléphone. Son besoin de routine, son goût pour les potins, ces choses-là n'avaient rien de nouveau ni de rare, mais elles reflétaient un vide. Et ce vide était la chose que lui et ses collègues, un collègue surtout, n'auraient pas encore pu prédire qu'ils en tireraient profit. La jeune femme n'était pas encore formée, ni particulièrement éduquée, mais elle était insatisfaite, la marque de fabrique de la vulnérabilité. Et tandis qu'elle traçait ce cœur sur le verre embué l'homme sur les escaliers retira ses lunettes. Il ferma les yeux. Si vous aviez été près de lui, vous auriez peut-être remarqué qu'il avait l'air ému, et vous vous seriez demandé si c'étaient des larmes, ou des gouttes de pluie, dans ses yeux. Ce que vous ne pouviez pas savoir, c'est que ces larmes étaient des larmes de soulagement. Une très longue attente touchait à sa fin, il tenait sa conclusion au creux de sa main. Et maintenant quelque chose de nouveau pouvait naître.

II

JARDIN

Il y avait un jardin privé près de la demeure où ma mère travaillait, dans le centre de Londres, en tant qu'assistante personnelle d'une riche veuve. Chaque jour après l'école, je prenais le métro, depuis une zone qui ne comportait pas de jardins, pour aller la retrouver. Et chaque jour, en marchant depuis le métro jusqu'à la maison géorgienne blanche où habitait la veuve, je passais devant le portail en fer verrouillé du jardin, accessible uniquement à l'aide d'une clé. Les clés, ma mère m'expliqua, étaient confiées exclusivement à dix familles chanceuses qui possédaient une maison à proximité. La veuve en avait un jeu, quoiqu'elle ne les partageât jamais avec ma mère. Il ne lui vint jamais à l'idée d'offrir à l'enfant de son employée l'occasion de jouer dans le jardin en attendant que sa mère termine de taper une lettre de remerciement, de passer une nouvelle commande de framboises fraîches, de faire un lit. "Assistante" était un euphémisme pour "domestique". "Assistante" conférait à ma mère un vernis professionnel qui lui plaisait et dont elle s'enorgueillissait. "Assistante" était le mot qu'elle utilisait et qu'elle s'était choisi. Ce n'est que des années plus tard que j'appris ce que ma mère faisait dans cette maison. Jamais je n'aurais imaginé à quel point elle haïssait ce travail, ou qu'elle était constamment fatiguée, et quand je lui demandai un jour pourquoi elle était fatiguée, elle me répondit qu'elle était fatiguée "de faire semblant". Je ne compris pas du tout ce que cela voulait dire. Faire semblant, c'est échapper à soi-même, et fut un temps où tout ce que je voulais, c'était m'échapper. Faire semblant d'être une princesse prisonnière d'un château aux murs crénelés. Faire semblant d'être Jeanne d'Arc, la reine Elizabeth, une archère olympique. Faire semblant d'être heureuse. La frontière entre ce que signifiait faire semblant et ce que signifiait mentir, si elle existait, ne me préoccupait pas à l'époque. À l'époque, j'étais persuadée qu'il me suffirait de pénétrer dans ce jardin pour être qui je voulais. *Faire semblant*, j'entends encore mon moi enfant répondre à ma mère, *ça n'est pas fatigant. Faire semblant, c'est la liberté.*

La notion de jardin privé m'était étrangère en même temps qu'elle m'était étrangement séduisante. Elle sous-entendait une hiérarchie invisible et l'idée qu'il y a des choses auxquelles vous pouvez, ou devriez aspirer. Elle sous-entendait les concepts de propriété, d'accès et de vie privée, l'existence d'une élite, et de tout ce dont je ne faisais pas partie, en dépit des fantasmes et des faux-semblants de ma mère. Le jardin fermé à clé sous-entendait que je me tenais à l'extérieur de quelque chose. Ma mère se montrait généreuse avec nous quand bien même nous n'avions pas grand-chose. Il y avait des chaussures neuves pour la rentrée scolaire, des cadeaux sous le sapin. Mais il y avait aussi la sensation de vivre sur le fil du rasoir, le spectre de ce qu'il pourrait s'agir de la dernière paire de chaussures à la bonne taille, la dernière sortie à la patinoire. Le dernier luxe. Et quand cela advint, j'étais prête. J'avais appris à compter presque exclusivement sur mon imagination, que j'avais débordante, tant pour le divertissement que pour le plaisir. Je me racontais des histoires pendant ces fameux trajets en métro et pendant ces trajets à pied, et au cœur de ces histoires il y avait le jardin. Imaginer ce qu'il recelait, imaginer l'existence d'un jardinier qui, dans ma version, avait des pouvoirs magiques, comme la capacité de rendre une rose immortelle. Je me racontais que le jardinier avait hérité son métier de son père, et de son père avant lui, que le jardin était sa vie entière, et qu'il avait son chez-lui à proximité du portail du fond, où à l'occasion il prenait place avec les détenteurs des clés pour écouter leurs histoires, comme un prêtre à confesse. J'imaginais la vie des détenteurs des clés et comment ils en étaient arrivés à habiter dans cette partie du monde, cette partie de Londres qui semblait sortir tout droit d'un conte de fées. Je me disais qu'ils avaient dû choisir cet endroit à cause du jardin. Ce jardin. C'était ainsi que j'imposais l'ordre dans une situation par ailleurs très tumultueuse, mon enfance. Je voulais tout faire bien, alors, si bien que tout le désir refoulé de rébellion s'épanchait dans mes histoires. Encore maintenant, je me remémore aisément chaque détail du monde né de mon imagination. Encore maintenant, je décore mon bureau de roses de la couleur de celles qui dépassaient du portail.

À cette époque, je suivais le passage du temps au gré des fleurs qui s'épanouissaient au fil de l'année. Ce portail avait incité mon esprit à ne jamais accepter de se trouver à l'extérieur de quoi que ce soit. Ce que le jardin m'enseigna est que l'attribution des clés dans la vie n'est pas juste, que chance et félicité ne sont pas portées sur la raison ou la volonté. Contrairement à un jardin, dont je présupposais qu'il était entretenu à grand renfort de soin et d'investissement, la vie pour moi à cette époque était une expérience du chaos. Je me revois à six ans devant ce portail. Et je me souviens, aussi clairement que si cela s'était déroulé il y a une heure, la première fois que j'ai vu quelqu'un à l'intérieur. Ce n'étais pas une licorne, ou quelque autre créature mythique. Ce n'était pas le jardinier, même si j'ai fini par faire la connaissance de l'homme qui entretenait le jardin, et qui m'a raconté des histoires sur tous les détenteurs de clés, lesquels bien entendu n'avaient rien à voir avec les personnages que j'avais imaginés. En réalité, la plupart d'entre eux utilisaient rarement les lieux. Non, la première personne que je vis de l'autre côté du portail était une petite fille. Elle avait à peu près mon âge. Ce jour-là, il pleuvait et elle portait une robe blanche, un signe de confiance dans un jardin boueux. Comme si elle se moquait de ce qui pouvait se passer. Et comme si elle n'avait pas besoin de s'en préoccuper. Je me fis la réflexion qu'elle avait probablement des gens qui prenaient soin d'elle, comme la plupart des enfants. Personne n'avait jamais pris soin de moi. Ce n'est que plus tard que je comprendrais le bon côté de la chose.

Quinze ans plus tard, tristement installée dans mon premier boulot, je fus invitée à une soirée dans l'une des maisons qui flanquaient le jardin. La riche veuve était morte à mon adolescence et je n'étais pas retournée au portail, dans cette zone, depuis une éternité. Y retourner équivaudrait à admettre que la vie n'avançait pas dans le bon sens, que les choses n'étaient *pas* mieux, ni plus faciles, que je n'accumulais rien, si ce n'est des dettes. Mais à l'approche de ma vingtaine et comme mes parents se déchiraient lentement à grands coups de colères et disputes, je changeais de petits amis comme de paires de chaussettes et je fichais des punaises sur des cartes aux emplacements que je voulais visiter, Nouvelle-Calédonie, Cappadoce, Saint-Pétersbourg. Je me disais qu'un jour, je m'extrairais de la vieille tradition familiale de résistance au progrès. Je laisserais derrière moi leurs vies grises pour entrer dans un monde coloré et romanesque. Je n'étais pas encore la femme que je savais être destinée à devenir. Sauteuse de falaises. Grimpeuse en solitaire. Détentrice de clés. Cette femme-là ne passerait pas son temps à contempler des cartes avec envie. Elle prendrait des risques.

À la fête ce soir-là près du jardin, je me souviens avoir regardé tous les autres convives, persuadée de tomber sur la petite fille que j'avais aperçue de l'autre côté du portail. Je pensais qu'une fois que nous nous rencontrerions en vrai, nous constaterions qu'alors que tout ce que j'avais toujours voulu était entrer dans le jardin, tout ce qu'elle avait voulu était en sortir. Voyez-vous, j'étais en train d'acquérir un niveau d'intelligence émotionnelle quand bien même je ne savais pas comment l'utiliser. Je ne la croisai pas, mais c'est lors de cette fête que j'appris que le jardin n'était plus régi par le système des clés et de la copropriété, puisqu'il avait été racheté par un entrepreneur. "À quel prix" avais-je demandé, ce à quoi on m'avait répondu: "Tu n'as pas idée." J'appris que le nouveau propriétaire n'aimait pas les roses ni aucune fleur en général, qu'il avait décidé de raser le jardin afin de créer un espace de méditation japonais, agrémenté de deux bassins d'ornement pour carpes koï et d'un zendō, un espace défini par des rangées quasi invisibles de sentiers symétriques en grès incrustés de cercles de graviers couleur sable que l'usager empruntait tout en ayant, idéalement, des réflexions profondes sur l'univers. À la place des deux chaises persanes antiques en fer, le nouveau propriétaire avait installé un banc en acier moderniste réalisé par quelque artiste célèbre dont je n'avais jamais entendu parler, dans le but d'inspirer, de ce que je compris, la contemplation la plus pure possible du nirvana.

J'apprendrais énormément de choses sur ces allées de gravier lorsqu'à la faveur d'une autre fête, quatre semaines plus tard, le fier propriétaire du jardin en personne, un homme de trente-trois ans mon aîné qui promenait dans la pièce son charisme décontracté, fit irruption dans ma vie.

Le plus intéressant, c'est qu'au moment où j'avais dit oui à sa demande en mariage – ça n'a pas traîné – et intégré l'idée que j'allais devenir la propriétaire de la chose qui avait tant représenté pour moi pendant si longtemps, cela ne me paraissait pas du tout absurde. Cela ne donnait pas même l'impression d'être une coïncidence, ou le genre de situation qu'on trouve dans un conte de fées ou une légende et dont on n'est pas censé railler le côté fantasmagorique. En revanche, j'avais bel et bien l'impression que c'était une chose que j'avais désirée sans être capable de l'exprimer. Un chemin. Une victoire sur ma brève histoire faite de désordre et de traumatisme. Surtout, cela donnait l'impression d'être la fin de quelque chose. Même si évidemment ce n'était qu'un énième début.

Il s'appelait Marcus.

— Comme Marcus Aurelius*, dit-il en se présentant.

Il avait des petites réparties comme ça pour tout. Marcus était américain, ce qui avait quelque chose d'exotique.

* L'empereur romain Marc Aurèle. (Note de l'éditeur.)

Les gens pensent que les filles épousent des hommes bien plus âgés parce qu'elles ont perdu leur père trop tôt, mais pour moi l'attrait résidait moins du côté du spectre de la protection paternelle de remplacement que dans l'idée que Marcus avait besoin de moi, lui aussi. Il avait plus besoin de moi que je n'avais besoin de lui. Plus tard, rétrospectivement je me rendrais compte que dans son esprit l'insigne réussite de Marcus avait tenu à sa décision de s'engager auprès de moi. Il m'avait dit être un célibataire endurci, dévoué à la pratique de "l'intimité récréative", pour reprendre ses mots. Avant de me rencontrer, apparemment, l'image que Marcus avait des femmes lui assurait qu'elles avaient toutes un point commun – elles se trouveraient toutes plus heureuses d'avoir été, ne serait-ce que brièvement, colonisées par lui. Et son monde.

Et c'était un monde, avec Marcus. Vous ne vous contentiez pas d'être maquée avec lui, vous étiez maquée avec toutes les expériences qui lui plaisaient et tous les endroits qu'il aimait, possédait ou le faisaient se sentir à son aise. La société entrait alors tout juste dans une période où le déracinement était en vogue, et Marcus fut l'un des premiers adeptes de l'idée que l'on peut vivre partout et nulle part, une idée définie par l'absence de famille. Qui dit famille dit enfants, racines. Qui dit famille dit régularité et routine.

Avec Marcus, il n'y avait pas de routine. S'aligner sur lui revenait à s'aligner sur un ensemble d'idées et de systèmes de croyances, lequel incluait une vénération pour l'excès systématiquement conjuguée à de fréquents accès d'un ascétisme démesuré. L'acquisition à huit chiffres d'un jardin de méditation, par exemple, et la destruction de milliers de roses rares pour faire place à un prie-Dieu. Marcus se payait les services d'un ministre du culte, quand bien même il n'avait jamais mis les pieds à l'église. Le "vicaire", tel que Marcus l'appelait, était originaire de Boston, et préparait des leçons et des bénédictions quotidiennes qui, d'après Marcus, promettaient "l'absolution à la marge". Marcus admirait les systèmes de croyances sans jamais réussir à en sélectionner et en arrêter un seul. Après avoir vu la plage de nuit à Tel Aviv, il envisagea de se convertir au judaïsme, mais plus tard à Rome, il ne tarit pas d'éloges sur la gloire épique du Vatican, particulièrement sur sa gestion de l'argent et le fait qu'"ils ne versaient jamais un seul denier".

Chaque femme qui faisait la connaissance de Marcus, d'après Marcus, avait cherché à le *connaître*. Et pourtant Marcus, je le comprendrais rapidement, ne voulait pas qu'on sache des choses sur lui. Je ne lui demandai jamais de confesser le moindre péché, et je ne lui demandai jamais pourquoi il m'avait choisie moi, une fille avec tout au plus un enseignement secondaire. J'étais si différente des jeunes femmes dont j'apprendrais qu'elles m'avaient précédée, des jeunes femmes diplômées d'Ivy League et membres de clubs privés, des jeunes femmes qui se considéraient comme spéciales. Des belles femmes. Je ne m'étais jamais sentie spéciale de ma vie. À bien des égards, je m'étais toujours sentie comme une aberration. Parfois, quand je me regardais dans la glace au tout début de notre relation, je me disais que Marcus m'avait choisie tout bonnement parce que j'étais jeune. Ou, à l'instar du célèbre alpiniste parlant de l'Everest, parce que j'étais là.

— Qu'est-ce que tu veux pour Noël, demanda-t-il, en amont des premières vacances que nous passerions ensemble.

— Un bébé, répondis-je, ce qui n'était pas la réponse prévue.

J'allais sur mes vingt et un ans.

— C'est exactement pour ça que je t'adore, dit-il. T'es pas là pour déconner.

Marcus m'avait raconté avoir fait fortune “vite, à l'ancienne”, en découvrant son avantage relatif puis en trimant plus dur que quiconque. Et comme il ne venait pas de ce milieu, il adorait dépenser de l'argent, et exigeait avec férocité une vie bien pourvue en résultats. Quand nous nous sommes rencontrés, il abordait la cinquantaine et donnait l'air d'entrer tout juste dans la quarantaine. Seuls les contours de ses appétits avaient été émoussés par le temps et l'expérience. Arrivés à la cinquantaine, certains hommes adoptent des comportements irrationnels dans le but de freiner le temps, et le comportement irrationnel le plus répandu n'est pas l'acquisition d'une voiture de sport, mais plutôt de trouver une femme d'une autre génération qui les fasse se sentir jeunes. Phénomène que l'on ne peut pas comprendre tant qu'on ne se retrouve pas soi-même au cœur de l'expérience. J'apprendrais en quoi son enfance avait été brutale au point d'excuser une vie entière de gratifications, de choix qui paraissaient vulgaires aux yeux du simple observateur. En fin de compte, Marcus ne se faisait pas tant plaisir qu'il encourageait les autres à le faire, le tout à ses frais. C'était sa capacité à *accueillir* qui le faisait vibrer plus que tout, la capacité à remplir chaque espace dans lequel il entrait de gens qui l'empêchaient d'éprouver une pensée profonde, ou de la souffrance. Ce qui ne manquait pas d'ironie, vu son tropisme envers l'illumination. Et pourtant c'était tout Marcus. Marcus donnait un tout nouveau tranchant à l'ironie et la contradiction. Il se délectait de ses propres contradictions. Il déplorait les codes faciles à déchiffrer. Comme moi, c'était quelqu'un d'inquiet. Ce qui expliquait qu'il ne dormît pas. "Le sommeil", disait-il à quiconque faisait l'apologie de ses aptitudes, "est la seule chose qui refuse d'aller au lit avec moi."

Et c'est ainsi qu'après la soirée où nous fîmes connaissance, nous passâmes Noël dans les montagnes, et puis arriva mai et les comédiens scandaleusement beaux de l'Oxford Shakespeare Company répétaient *Comme il vous plaira* sur une pelouse tentaculaire tandis que les cuisines de la *finca* dont Marcus venait tout juste de faire l'acquisition étaient en pleine effervescence pour les préparatifs de notre mariage. Oui, rien de moins que la production complète, taillée sur mesure d'une pièce de théâtre "d'un vrai dramaturge", comme le formulait Marcus, servirait de héraut approprié à notre amour, même si dans mon dos, d'aucuns exprimaient leur scepticisme. La liste des invités était composée de ses amis, pas des miens. Je n'avais jamais eu d'amitiés profondes, en partie à cause de ma défiance. Si j'avais été plus âgée, j'aurais peut-être posé des questions. J'aurais peut-être demandé *un homme comme Marcus finira-t-il réellement par se poser ?* Ou, *son énergie finira-t-elle par m'épuiser ?* Voire, *l'argent fait-il le bonheur et a-t-il essayé de m'acheter ?* J'élaborai notre histoire, en sélectionnant des faits pertinents convenant à un certain récit. Sur le coup, c'était le récit qui faisait de moi une sorte de princesse, en parlant de contes de fées, et qu'il avait tout bonnement fallu vingt ans pour que je rencontre mon prince. L'idée étant alors que tout se déroulait comme prévu.

J'étais devenue la petite fille dans le jardin.

Je m'étais trouvée.

Comme l'exprima nonchalamment quelqu'un du bureau de Marcus : "Au moins, il nous a épargné *Macbeth*."

Marcus comprenait les limites.

Je ne me formalisais pas des questions touchant à notre relation, la rapidité des fiançailles, comment quiconque pouvait s'engager si vite. Je savais ce que je faisais. Tout du moins, je le croyais. Pour moi, le mariage n'était pas une condamnation à perpétuité, c'était une planche de salut. Si Marcus était différent de qui que ce soit dans la vie, c'était des hommes qui avaient défini mon enfance. Mon père ainsi que mes oncles ivres, les frères de ma mère qui se souciaient seulement de dominer les autres parce que les hommes faibles ne savent pas faire autre chose. Je pensais que le désir absolument apocalyptique que Marcus avait pour les sensations de la vie m'aiderait à sortir d'une prédisposition acquise à la résistance et au cynisme, et contribuerait à changer et à faire taire le monologue qui tournait en boucle dans ma tête depuis toujours. À l'époque, je croyais encore que les gens pouvaient changer. Je pensais que les expériences de ma jeunesse ne m'abîmeraient pas à vie. Je croyais que Marcus finirait par s'adoucir et que sous peu, nous passerions nos dîners en tête-à-tête et nos dimanches matin à lire au lit. Ce qui m'échappait, c'était que Marcus n'avait rien d'un homme ordinaire et que son amour pour moi n'avait rien d'un amour ordinaire.

Marcus était un phare.

Et les phares ne s'éteignent jamais. Les enjeux sont trop importants.

Le matin du jour de notre mariage, Marcus se retourna dans le lit tandis que la lumière du soleil entrait à flots par les fenêtres des trois côtés de la pièce et dit : "Tu peux encore annuler." Le connaissant, je crois que cela tenait plus du flirt que du crochet droit en pleine mâchoire. Peut-être était-ce même une tentative d'empathie, de celle qui permettait à Marcus de renverser la vapeur d'un optimisme par ailleurs constant. Je pense qu'il avait dû se réveiller, me regarder, et voir une biche non pas effrayée par les phares des voitures, mais au beau milieu d'une véritable crise, et qu'il avait voulu libérer la biche. Il me regardait de cet air de parent qui accompagne son enfant chez le médecin pour son premier vaccin. Un parent veut faire disparaître la douleur. Sur le moment, je ne l'ai pas compris. Sur le moment, je voulais mettre la main sur un marteau pour défoncer les fenêtres.

À défaut d'un marteau, j'ai mis la main sur notre gâteau de mariage, en découpai une petite tranche avec un très gros couteau, et ramenai tout à Marcus dans le lit. Je déposai le couteau sur l'oreiller, et songeai que ce gâteau coûtait plus cher que le premier appartement dans lequel j'avais vécu. Marcus était au téléphone avec la télévision en sourdine qui passait une espèce de soap opera espagnol. Marcus consommait volontiers les médias de masse, mais il donnait l'impression de se contenter d'effleurer la surface des choses, et prétendait ne jamais se souvenir de l'intrigue, des personnages ou du sens. Cela faisait partie de la façon dont il voulait être perçu, de son armure d'esquive. En vérité, Marcus remarquait tout. Marcus pouvait vous réciter la troisième réplique de la cinquième scène des derniers dix films qu'il avait regardés, la dernière phrase de tous les romans qu'il avait lus, et le prix actuel, ajusté en fonction de l'inflation, du dentifrice qu'il utilisait enfant. Marcus était un faucon.

Et ce matin-là, il avait regardé le couteau sur l'oreiller avec admiration, comme si mon geste nonchalant de destruction lui avait plu. La plupart des hommes considéreraient un tel choix comme une folie, mais Marcus me dévisagea ce matin-là comme un féru de chasse admirant une enfant qui vient de lui ramener sa première proie. Démolir le gâteau de mariage avant le mariage, personne ne fait une chose pareille, mais moi si. Je ne me rendis pas compte sur le moment à quel point ce geste en disait long sur moi, à quel point il s'agissait d'un fait de plus dans un profil qui se dessinait à traits rapides. Le profil de celle que j'étais, celle que je pourrais devenir.

— Petit, remarqua-t-il à propos du gâteau, en enroulant un peu de glaçage sur son doigt avant de le glisser dans ma bouche.

— Est-ce que *toi* tu veux annuler ? demandai-je.

— Ce que je veux moi, dit-il en enfilant un peignoir brodé de motifs de dragons de Komodo, c'est vivre heureux jusqu'à la fin des temps.

Il alluma une cigarette. Gâteau, tabac, même pas neuf heures du matin. Marcus était comme ça. Il irait passer une heure sur le tapis de course pour battre sa coulpe.

— Nous allons définir ce que le bonheur veut dire, ensemble. Personne d'autre ne compte, plus maintenant.

Et voilà. Sa confiance interstellaire. Sa résolution selon laquelle les choses allaient bien se passer. Son imperméabilité à l'opinion des autres. Et la manière qu'avait son vernis d'enfant gâté d'être toujours compensé, sournoisement et efficacement, par un penchant pour la philosophie, pour la gentillesse. Parfois, il était facile d'oublier que Marcus était un homme qui avait façonné des marchés internationaux de matières premières puis, avec plus de la moitié des recettes, avait “renvoyé l’ascenseur”, toujours anonymement, toujours à des organisations dont vous n’aviez jamais entendu parler qui participaient à des initiatives tels que les microcrédits. “Cent mille dollars peuvent te donner une réputation, mais cent dollars peuvent te changer la vie”, disait-il, en me rappelant que nous avions été l’un comme l’autre enfermés en dehors de quelque chose, une sensation que nous n’oublierions jamais.

Nous sommes allés nous baigner avant la cérémonie. Je me souviens de la robe blanche simple que je portais, du ruban dans mes cheveux et que Marcus voulait une cérémonie épiscopalienne parce que “c’est la moins longue”. Il m’a passé au doigt une simple alliance en platine surmontée d’un minuscule diamant et quand on s’est assis devant la représentation de Shakespeare, il m’a tenu la main et l’a serrée trois fois en entendant la réplique sur le “premier amour”. Il fut le premier à se lever pour applaudir, les larmes aux yeux. Il avait écouté. Il avait été présent. Et pourtant, en quelques minutes, il avait renfilé son armure, réapposé son masque avec soin, et son show allait pouvoir commencer. Comme il se coulait de nouveau dans son personnage, je lui emboîtai le pas.

— Tu es courageuse, commenta une femme qui était arrivée le matin même de Lisbonne et que Marcus avait installée à la maison, dans la meilleure chambre d’amis.

Elle s’appelait Annabel, me raconta qu’elle était “courtière en bourse”, et quand je lui demandai ce que cela voulait dire, expliqua “je déplace de l’argent”. Elle devait avoir dix ans de plus que moi. Annabel était “la très vieille amie” de Marcus et, plus tard, Annabel m’aiderait à mitiger les idées que j'avais sur lui, qui il était, ce qui était arrivé précisément. Tout chez Annabel paraissait totalement spontané, d'une manière que j'enviais. Et il n'y eut jamais de jalousie entre nous. Nous voulions toutes les deux la même chose, me semblait-il. Nous voulions toutes les deux que Marcus soit heureux.

Je me rendis compte dès notre première rencontre qu'Annabel ne souffrait guère les imbéciles. Tout chez elle était tiré à quatre épingles, et mes jeans et mes T-shirts me donnaient l'impression d'être son enfant, d'une certaine manière, ou alors j'avais envie de ressentir ça, peut-être qu'en plus d'un père, je cherchais une mère, aussi. À ce moment-là, mes deux parents étaient morts. J'allais renaître intégralement selon les besoins de Marcus, ce qui a l'air assez simple. Le problème, quand on se réinvente pour quelqu'un, c'est que l'on se réinvente autour de l'*idée* de ce qu'ils veulent, et que cela vous attirera toutes sortes d'ennuis. L'ironie étant qu'un vrai amant n'a aucune envie de vous voir refléter et plaire. Un vrai amant vous veut indépendante.

— Les gens pensent que Marcus est un cheval de course, alors qu'en réalité c'est un sphinx, dit-elle en le regardant fendre la foule pendant notre réception. Et tu sais, il a fait la guerre.

Je savais que Marcus avait été militaire avant de se lancer dans les affaires ; il ne s'en cachait pas, pas plus qu'il ne le brandissait comme un aspect décisif. Il me raconta qu'il avait servi en Somalie, en Libye et au Moyen-Orient, "mais pas dans les coins branchés", que cela remontait tellement loin qu'il n'en avait plus grand souvenir. Annabel, tel que j'allais l'apprendre, avait passé les semaines précédant le mariage avec un prince qatari dont le fils avait été enlevé.

J'avais lu les articles, qui ne faisaient pas mention du nom d'Annabel, et quand j'interrogeai Marcus à ce propos, il me répondit que "les gens qui font avancer les choses n'ont pas leur nom dans le journal".

"Qu'est-ce qu'une courtière en bourse vient faire dans un enlèvement", demandai-je et il avait rétorqué : "La réponse à cette question dépasse mon niveau de rémunération." J'apprendrais qu'Annabel avait été impliquée dans toutes sortes de choses que j'aurais qualifiées de dangereuses, voire d'inconscientes. J'apprendrais que les compétences d'Annabel ne touchaient pas tant à l'argent qu'au renseignement. Et aux gens. Marcus la taquinait sur "tous ses secrets", sa moquerie débonnaire le signe suprême de son affection. Il la taquinait comme si lui-même n'avait aucun secret. Il la taquinait comme si le travail qu'elle faisait était tout sauf extrêmement sérieux.

La nuit de noces fut parfaite. Toutes les étoiles étaient de sortie, et les comédiens, après avoir contenté leur public, se mêlèrent en costumes aux convives, donnant l'illusion que le sommet de la colline était une extension de la forêt d'Arden. Nous avons ouvert le bal, et Marcus prononça un discours sur le véritable amour et comment "tout avait changé" à l'instant où il m'avait vue. C'était romantique et ça sonnait juste. Ce soir-là, en me mettant au lit, je songeai au jardin, en me demandant si j'avais le courage de demander à Marcus d'y remettre les roses.

Ma vie entière et toutes les autres choses que j'avais endurées avaient-elles tracé une trajectoire jusqu'à ce moment ? D'une certaine manière, cela ne semblait pas tout à fait réel, à croire que c'était moi la comédienne qui jouait dans une pièce, sauf que cette dernière n'était pas de Shakespeare.

J'inventais les répliques chemin faisant. Je n'avais aucune idée de la scène qui allait suivre, mais à mesure que chaque scène évoluait, j'entrevoyais comment j'allais l'appréhender. Il ne me traversa jamais l'esprit que je n'avais plus du tout le contrôle, qu'il ne s'agissait *pas* du début d'un nouveau genre d'existence pleine de réconfort, la vie dont je n'avais entendu parler que par les livres. Il ne me traversa jamais l'esprit que la vie que vous avez n'est que partiellement la vie que vous avez choisie, parce que dès que vous commencez à vous dire que vous connaissez la suite, c'est là que la foudre tombe, pulvérise les fenêtres qui vous entourent, et que la pluie se met à former une flaque sur le sol.

Nous partions dans une heure pour Dubrovnik. Marcus avait loué un voilier pour nous amener sur la côte. Une petite boîte reposait sur le lavabo de notre salle de bains à carreaux espagnols, avec collée dessus une minuscule carte comportant mon nom rédigé de l'écriture serrée de Marcus. À l'intérieur se trouvait une clé en or gravée de mes initiales.

— Voir Dubrovnik et Split-ter, dit Marcus en expliquant que c'était une blague*, avant d'avouer qu'il avait entendu dire qu'elle était d'Auden, et d'ajouter : Les poètes ne sont pas très drôles.

Marcus avait navigué en Dalmatie bien des fois et adorait m'enseigner son histoire. L'eau en Croatie était d'un bleu spectaculaire qui virait au turquoise puis à un vert presque fluorescent plus vous approchiez le rivage. Avec Marcus,

* Dubrovnik et Split sont deux villes de Croatie. *To split* signifie fendre, couper en deux. (Note de l'éditeur.)

les vacances n'étaient jamais dénuées d'ordre du jour, et il finit par me révéler le sien au cours du déjeuner de notre deuxième jour en mer.

— À propos du bébé, commença-t-il.

— Quel bébé.

— Notre bébé.

Il poursuivit en me disant qu'il voulait "tomber enceinte", comme si on le faisait ensemble, "immédiatement", comme si une grossesse était aussi simple qu'actionner un interrupteur, ce qui pour être honnête, quand on est jeune, est souvent le cas. Il exposa son projet comme s'il s'agissait d'une révélation, et non sans une certaine urgence et émotion, avant de s'en retourner à des histoires de campagnes d'assassinat des Cosaques du XVIe siècle. Je tentai de contextualiser cet échange dans le cadre de l'amour quand bien même il y avait quelque chose d'un tantinet clinique dans son approche. Ce soir-là, il commença à me demander comment je me sentais, et je remarquai qu'il avait arrêté de boire et qu'il appliquait de nouvelles restrictions à son régime alimentaire. Quand nous accostâmes à Hvar, il insista pour que nous visitions son célèbre monastère. Il faisait sombre et je le distinguais à peine, à quelques mètres de moi, la main posée contre une fresque du mur, en train de marmonner à voix basse. Disait-il une prière ?

J'avais remonté l'allée jusqu'à l'autel, passant les bancs remplis de religieuses, et quand je m'étais retournée, Marcus avait disparu. Je l'appelai et une des bonnes sœurs tendit la main pour m'offrir une petite prière de papier. Je l'acceptai, la remerciai, puis ressortis et trouvai mon nouvel époux assis sur les marches de pierre, en train de contempler le soleil.

— Regarde ce que les bonnes sœurs m'ont donné.

Je pensais que cela l'amuserait. C'était le Notre Père, imprimé sur un papier fin de couleur verte à peine plus épais qu'une pelure d'oignon, en anglais d'un côté et en français de l'autre. Marcus tint la feuille dans sa main pendant un long moment, puis me la rendit, comme si je risquais d'en avoir plus grand besoin que lui.

— C'est la clé du jardin, finit-il par dire et à ce moment-là, je le connaissais suffisamment pour suivre les fluctuations de sa pensée, qui s'attendait à ce que vous suiviez le rythme.

— Je sais, dis-je.

— Tu pourrais remettre les fameuses roses. Je n'y verrais pas d'inconvénient.

Il me prit la main et tritura l'alliance en platine.

— Je t'aime, dit-il. Puis : Je suis mourant.

Et puis avec lenteur, avec une telle lenteur, comme si mû par un fil invisible, il se leva. Il jeta un œil de l'autre côté de la place. Je ne sus que dire ou penser lorsqu'il brisa le silence avec une réplique que jamais je n'aurais pu voir venir :

— Et ce n'est pas tout.

III

HOMARDS

Le fait est que mes parents *aimaient* le chaos. Ils l'invitaient. Je pense qu'en présence du chaos, ils se sentaient importants, investis. Ce n'est que bien plus tard que j'appris, comme tous les enfants qui apprennent de nouvelles choses sur leurs parents une fois qu'ils ont grandi, que d'autres facteurs faisaient obstacle dans la maison de mon enfance, outre l'argent qui venait à manquer, comme cela avait toujours été le cas, outre la série d'échecs professionnels de mon père, son "manque d'ambition olympique" – tel que ma mère le formulait. Il y avait des secrets. Quand on grandit dans une maison pleine de secrets, on devient doué pour les garder. Sans comprendre ce que cela voulait dire, un peu dans le même ordre d'idées, j'avais noué ce que Marcus aurait pu appeler une "relation nonchalante" avec la vérité.

Compte tenu de cela, vous pourriez penser que ce que j'aimais chez Marcus semblait être une candeur, une transparence attestant qu'il n'y a pas tromperie sur la marchandise. Marcus ne se faufilait jamais dans un coin pour aller passer un coup de fil. Marcus laissait ses relevés bancaires en évidence sur le comptoir de la cuisine. Marcus, en tout cas le Marcus que je connus au cours de ces premières semaines et mois, semblait vivre avec une sorte de franchise totale, du moins en surface. Cette surface était un faux-semblant et un rempart, même si je n'en ai pas fait grand cas tout de suite, en mettant ça sur le compte – si tant est que j'y pensais – de son aptitude à distraire, son besoin d'être occupé. Marcus avait toujours tellement de choses "en cours", comme il disait, une réalité que je trouvais exaltante. Vous ferez aisément l'amalgame entre affairement et réussite si vous avez grandi avec un père qui passait le plus clair de ses nuits à regarder fixement le mur. Après avoir observé un père désœuvré, je me sentais en sécurité avec un homme qui ne s'arrêtait jamais pour regarder quoi que ce soit.

Lors de notre premier rendez-vous, Marcus m'avait interrogée sur la mèche blanche dans mes cheveux, une marque de naissance que j'avais essayé de dissimuler enfant, mais qui avait fini par faire partie intégrante de ma personne au point que je l'avais en quelque sorte oubliée.

— Je peux la teindre, avais-je dit, si ça ne te plaît pas.

— Ah, mais j'adore. Je pense que tu devrais l'éclaircir.

— À l'école, on me traitait de "moufette".

— J'aime bien. Et je t'aime.

Il m'avait interrogée sur mon enfance, ma famille, est-ce que j'avais déjà voyagé en France et si je parlais d'autres langues. La réponse était non dans les deux cas. Il me demanda si j'aimais l'art, et quel genre d'art, et me montra des images de tableaux sur son téléphone. On aurait dit d'énormes fleurs en pleine explosion.

— Qu'est-ce que tu penses de ces œuvres, avait-il demandé.

— Elles sont très violentes.

— Oui, c'est vrai.

Marcus aimait l'art, et il aimait l'histoire encore plus. Marcus prétendait aimer les vieilles choses, mais son appétit pour le neuf démentait cette affirmation. Il prétendait en savoir très peu sur la peinture contemporaine, même si j'apprendrais plus tard qu'il avait vécu avec une peintre célèbre pendant des années. Il faut du temps pour appréhender les gens qui se définissent par leurs contradictions. Certains sont des menteurs, d'autres ont simplement une piètre connaissance d'eux-mêmes. Et une troisième catégorie, la plus rare, rassemble les gens qui cultivent la contradiction comme façon d'écarter l'intimité. Je me souviens avoir pensé que tout ce que Marcus me confia en ces premiers jours était une manière de m'attirer à lui. Que c'était de l'amour, de la séduction. Et qu'en fin de compte, il voulait qu'on le connaisse. Il ne me vint jamais à l'esprit que ces premiers jours étaient en réalité une sorte d'épreuve. Une école avec un enseignant et une élève. Des deux, ce n'était pas du tout Marcus que l'on apprenait à connaître. C'était moi. "Comment ai-je fait pour te trouver", répéta-t-il, plusieurs fois. "Je remercie le ciel que tu existes". Comme s'il avait enfin trouvé la solution à un problème qu'il avait mis des années à tenter de résoudre.

— Tu peux voir le Louvre en six minutes, affirma Marcus.

Quelques jours à peine après avoir quitté Dubrovnik, nous étions à Paris. Nous n'y étions toutefois pas pour le Louvre, mais pour une réunion, tel que Marcus me l'avait expliqué dans la voiture qui nous emmenait à l'hôtel, en rapport avec "un nouveau projet".

Je n'étais jamais allée à Paris.

Marcus parlait un français impeccable.

— Six minutes, ça paraît rapide, me contentai-je de dire, comme la voiture passait devant la pyramide de verre du Louvre. Ça laisse le temps d'entrer ?

À ce moment-là, je ne pensais pas à l'art. Je pensais aux dernières quarante-huit heures et à tout ce qu'il m'avait dit ce jour-là au monastère. Je pensais à *L'Année de la pensée magique*, le livre que Marcus avait posé sur le lit à mon attention, et à la manière qu'a Didion de dire que quand la vie change, elle change en un instant. Et qu'il est primordial de rester calme, de montrer moins d'émotion, parce qu'en fin de compte, la vie vous rattrape, n'est-ce pas. La vie, c'est *dehors s'il vous plaît, on ferme*. J'avais le sentiment que Marcus tenait à montrer moins. Je pouvais être l'épouse courageuse. Je pouvais être, le jour venu, la veuve courageuse. Ce sont les choses que l'on se raconte à l'entrée de l'abattoir. Vous ne pouvez pas savoir, pas encore, où se situe le seuil. Vous ne pouvez pas savoir à quel moment cela fera trop et vous vous mettrez à crier à l'aide. Et donc j'étais là, à me croire courageuse, tandis que la voiture accélérait dans les rues d'une ville que je ne connaissais qu'au travers des livres d'histoire, une ville que ma mère disait avoir adorée. Une ville dans laquelle il était quasiment impossible de ne pas s'adonner à la pensée magique.

Paris is for lovers, disait le mug dans lequel elle buvait son thé, l'après-midi.

Pourtant, nous n'étions pas venus à Paris pour l'amour, n'est-ce pas.

Nous étions venus à Paris pour le travail, pour le "nouveau projet".

— Tu seras super, dit Marcus en serrant ma main.

Dehors, les Tuileries.

Et tandis que je fermais les yeux et que je tentais de me remémorer tout ce qu'il m'avait exposé dans l'avion, ce que j'étais censée dire à la réunion, comment j'étais censée réagir face à certaines questions, le fait qu'il se lèverait à un moment donné et que je me retrouverais seule avec les autres ; Marcus parlait de Napoléon et de Pétain, de la "longue" histoire d'un narcissisme évident chez les anciens dirigeants français. Ce en quoi "Le narcissisme est quasi fondamental pour un Français" et comment "Même pendant la retraite de Russie ils étaient tous très bien *habillés*". Marcus se comportant catégoriquement comme si tout était normal.

— Oui, évidemment tu entres, dit-il en me tenant à présent les deux mains. Tu vois la Joconde, pendant cinq minutes, puis tu passes à la Victoire de Samothrace, pendant une minute.

— Et tout le reste, alors, demandai-je.

— Il n'y a jamais assez de temps pour tout le reste.

Je finirais par comprendre que le Louvre en Six Minutes était la description d'une mission pour Marcus.

Précis, maîtrisé, toujours fixé sur l'objectif.

Ce jour-là, dans la voiture, j'avais accepté plusieurs choses. Que l'homme que j'aimais était mourant. Et qu'il n'était pas l'homme qu'il avait prétendu être lorsque nous nous étions rencontrés. De manière étrange, c'était très bien ainsi, parce qu'en me dévoilant la vérité ce jour-là devant le monastère, en m'invitant dans sa confidence, Marcus m'avait offert la véritable chose qui avait fait que j'étais tombée amoureuse de lui : une nouvelle vie. Une vie de couleur, de risque, de *faire des choses*, des choses qui comptent.

— Comment sais-tu que j'en suis capable, avais-je demandé.

— Comment un neurochirurgien identifie-t-il l'origine d'une tumeur, fut sa réponse.

"Tu es née pour ça", c'est ainsi qu'il formula la chose.

Tandis que notre voiture pénétrait dans le périmètre d'une immense cour dallée de pierres menant à l'hôtel, Marcus retira sa main de la mienne et de ma joue. Je portais une robe simple qu'il m'avait offerte lors de cette fameuse dernière soirée sur le bateau, des lunettes de soleil apparues mystérieusement dans une petite pochette en soie sur ma table de nuit, et mon alliance. Quand j'y repense, peut-être était-ce mon armure à moi pour affronter la bataille qui m'attendait. Marcus me répéta plusieurs fois de ne pas avoir peur et que tout ce que j'avais à faire pendant le déjeuner était d'écouter. Puis il voulut savoir si j'avais suffisamment mangé, et ce que j'avais pris au petit déjeuner. La veille au soir, il m'avait apporté un steak tartare sur le coup des onze heures, "une collation de minuit." Je lui dis que j'étais incapable d'avaler ça, alors il s'assit au bord du lit et le mangea lui-même. Il avait arrêté de fumer après qu'on avait parlé d'avoir un bébé, et avait remplacé la nicotine par la caféine, qu'il ingérait sous forme de Red Bull et de chocolats, ce qui ne me dérangeait pas car cela le détendait. Toutefois sa nouvelle dépendance rendait le repos rare, manifestement à dessein. Il ne voulait pas perdre un instant à dormir. Il ne voulait pas fermer les yeux. Ce soir-là, avec l'assiette vide posée entre nous sur le lit, il s'était allongé à côté de moi, m'avait dit qu'il m'aimait, qu'il savait que "c'était moi" et qu'il était fier de moi. La dernière chose dont je me souviens, avant de m'être endormie, est qu'il avait les yeux ouverts.

À l'entrée de l'hôtel, il dit simplement :

— Merci.

— De quoi ?

— De me faire confiance. Rien n'est plus important que la confiance.

Une fois dans l'hôtel, Marcus me guida vers une grande salle à manger, laquelle était entièrement vide si ce n'est un homme assis seul à une table d'angle. Lorsque nous entrâmes, les serveurs fermèrent les larges portes vitrées à deux battants derrière nous et, comme nous approchions, j'aperçus deux, puis trois, quatre, finalement cinq hommes en complets noirs alignés contre les murs du fond.

Oui, c'est ma robe, me suis-je dit. Oui, ces lunettes protègent mes yeux d'une sensibilité à la lumière à la suite d'un accident survenu dans l'enfance. C'est la raison pour laquelle je les porte à l'intérieur, je vous prie de ne pas vous en formaliser. Oui, ce bracelet en diamant m'a été offert le soir où j'ai rencontré mon mari. Nous avons fait connaissance à un vernissage à la Tate Modern à Londres, et j'ai pour ambition de devenir marchande d'art. Et non, je ne possède pas de galerie pour l'instant, mais c'est mon rêve. J'ai pour projet de travailler avec un petit groupe de clients exclusifs, et je commencerai avec quelques amis de Marcus, il s'est montré si généreux en me mettant en relation. Je m'en remettrai au bouche-à-oreille, sans réseaux sociaux, sans "marque", je suis un club sans numéro sur la porte.

Telle était l'histoire que j'avais reçu consigne de raconter : j'étais peintre. Enfant, j'adorais les aquarelles. J'aimais

Monet. J'avais travaillé à Giverny les étés pendant l'internat, et plus tard étudié à la galerie des Offices à Florence au cours de ma première année d'université, où j'avais appris les techniques des maîtres anciens, "et la différence entre un handicap et un atout". Dès l'âge de neuf ans, j'avais su qu'un jour j'aurais une vie d'artiste, seulement je n'avais pas les moyens d'être d'emblée du côté créatif. J'étais née pauvre. Bourses d'études, allocations (cette partie-là me venait naturellement parce qu'elle était proche de la vérité.) Et puis arrivée à dix-huit ans, je me suis rendu compte qu'en fait j'aimais la partie commerciale, *les marchés*, la complexité et les émotions qui accompagnent les transactions, les compromis, la concurrence. Le *jeu* de l'art autant, à certains égards, que les artistes. Ce que je veux, c'est aider les artistes mais aussi les clients, ce que je crois possible. Mes clients seront ceux qui comprennent que la valeur essentielle d'une œuvre d'art tient à ce qu'elle vous fait *ressentir*.

— Et raconte-lui la semaine dernière, avait dit Marcus, la veille au soir, prévoyant le déroulé des événements.

Oui, d'accord, *pas plus tard que la semaine dernière*, nous étions à la National Portrait Gallery et Marcus s'ennuyait prodigieusement parce que "la famille royale l'ennuie", mais je ne voulais pas quitter la salle du portrait d'Élisabeth Ire à Ditchley.

— Et quand il te demande ce que tu admires dans ce tableau, souviens-toi de parler de la puissance de la reine.

Ce que *j'admire* dans le portrait d'Élisabeth Ire à Ditchley c'est la manière qu'a Gheeraerts de la dépeindre dans toute sa puissance. Comment l'absence d'un enfant, ou d'un mari, n'est pas tant un défaut qu'un choix. Comment dans son esprit, ce qui reflétait la vérité, Élisabeth avait toutes les cartes en main. En ne laissant jamais personne la connaître véritablement, en refusant de se lier par le mariage, c'était là l'essence du contrôle. Et du pouvoir. Le refoulement peut être la source d'un grand pouvoir. Élisabeth comprenait l'importance du risque, je dirais.

— Le risque est grandement sous-estimé, dit Marcus.

Il avait retiré ses chaussures et regardait le plafond. Il était près de minuit et j'étais fatiguée, mais nous n'en avions pas tout à fait terminé.

— Dis quelque chose de cet acabit, que le risque est sous-estimé, ajouta-t-il.

— Jamais je ne dirais un truc comme "le risque est sous-estimé", protestai-je.

Mais Marcus soutenait qu'il connaissait "notre public", et que c'était une excellente réplique.

De sorte que, quand je pénétrai ce jour-là dans la salle à manger du petit hôtel du 16e arrondissement de Paris, j'étais en mesure de parler avec la même éloquence des vieux maîtres que de l'art contemporain, par exemple Jeff Koons, dont j'avais visité l'usine pas plus tard que l'autre jour quand j'avais apporté des fleurs à l'occasion de l'anniversaire de son assistante. Elle aime les pivoines, les vraies. Elle aussi veut devenir peintre un jour, et quel meilleur moyen d'y parvenir que d'"apprendre du maître".

Vous voyez, il y avait un script.

Et si vous l'aviez étudié de près, vous y auriez vu partout la patte de Marcus.

Sa voix, son humour, son penchant pour l'ironie.

Il allait m'enseigner toutes ces choses-là et elles allaient devenir miennes, pour un temps.

Annabel prêta main forte. Annabel, qui était apparue sur le bateau la nuit qui avait suivi notre journée à Dubrovnik, et qui m'en dit davantage sur ce qu'elle avait voulu dire par l'usage du mot "sphinx". Annabel, et le dossier que Marcus me tendit après dîner ce soir-là. Il n'y avait rien d'écrit à l'extérieur du dossier mais à l'intérieur il y avait tout ce dont j'avais besoin pour devenir la personne que je m'apprêtais à être, la personne qu'il me fallait devenir pour lui, tel qu'il le formula, "brièvement, à moins que cela te plaise d'être elle, auquel cas tu peux continuer à la chausser". *Continuer à la chausser*, comme s'il parlait d'une pantoufle de verre. C'est très joli, les pantoufles de verre, mais le verre, ça se brise.

— Qu'est-ce que c'est, demandai-je en ouvrant le dossier.

— *Ça*, c'est ce qui va te permettre de me sauver la vie, avait-il dit.

Marcus, cette nuit-là à Dubrovnik, avait expliqué avec exactitude ce qui allait se passer au cours des jours, semaines et mois à venir. Il avait tout prévu à l'heure près ou presque, et mon rôle et mes choix dans les délais impartis étaient déjà écrits. Mon rôle fut expliqué comme "une faveur", et comme servant à "simplement bien faire", comme si c'était une évidence. Selon la formule d'Annabel, "Est-ce que tout le monde ne ferait pas la même chose ?" En fait, quand il eut terminé de m'expliquer ce qui allait se passer, ce qui allait changer, j'étais tellement sous la coupe de Marcus que je ne songeai pas un instant à demander le sens de ce "bien". Ce qui était exposé devant moi, à ce moment-là, ressemblait moins à un risque qu'à une promotion. J'étais conviée à quelque chose de très spécial, d'*important*. Il me conférait une identité que je cherchais sans le savoir.

La plupart des gens mettent une vie entière à se trouver.

Si quelqu'un vous offre les réponses – *qui vous êtes, d'où vous venez, ce que vous voulez* – vous n'avez plus qu'à dire merci. Tout particulièrement si ces réponses dépassent tout ce que vous auriez pu rêver de votre côté.

Comme nous approchions de la table, l'homme se leva.

— Raja, dit-il en tendant la main, que je pris. Je suis tellement heureux de te rencontrer, ajouta-t-il avec un degré d'intimité qui ne dérangea personne.

Raja approuva d'un signe de tête à Marcus comme si j'étais l'étudiante qui venait de réussir l'examen haut la main. Marcus se pencha sur moi, trempa un morceau de pain dans de l'huile d'olive, et dit, à Raja :

— Mets-m'en plein la vue.

Même si sur le moment, je crus qu'il s'adressait à moi.

Raja était libanais. Marcus m'avait raconté que Raja était le fils d'un érudit célèbre dont les livres prêchaient la réconciliation au Moyen-Orient, et dont la vie avait été menacée à plusieurs reprises suite à "l'entrée en scène du terrorisme", dans les années 1970. Même si le terrorisme avait toujours été sur la scène, n'est-ce pas. Marcus et Annabel m'avaient expliqué que le seul défaut de Raja était sa croyance, à l'instar de son père avant lui, qu'il était toujours l'homme le plus intelligent dans la pièce, or, tel que Marcus le formulait, "L'homme le plus intelligent dans la pièce n'a pas toujours raison." Annabel ajouta que le charisme de Raja était chose à surveiller de près, en ce qu'il avait tendance à prendre les gens – femmes et hommes – au dépourvu.

Quand je demandai ce que Raja faisait "dans la vie", l'expression sembla amuser Marcus. Raja était, me dit Marcus, un intermédiaire entre le gouvernement libanais et des “investisseurs étrangers” ce qui, rétrospectivement, était vrai. Marcus me dit qu’il cherchait à élargir ses investissements au Liban et que donc il avait désormais besoin de Raja en tant qu’allié et guide. Marcus dit que lui et Raja s’étaient rencontrés à Londres, quand ils étaient “jeunots”, peu après que Raja était sorti de l’université, quand Raja projetait une vie entre Paris et Jbeil, “parce qu’il aime les belles choses”. Quand je demandai pourquoi je devais me faire passer pour quelqu’un d’autre dans le but de le rencontrer, Marcus répondit qu’il l’expliquerait plus tard. Et quand j’insistai, il se contenta d’en revenir sans cesse à la notion de confiance. Si je lui faisais *confiance*, tout irait bien. Si je lui faisais *confiance*, un jour je comprendrais. Si je lui faisais confiance, il verrait bien qu’il ne me demandait pas de faire quoi que ce soit de contraire à l’éthique.

Après quoi il m’emmenait au lit et tout était parfait, juste et limpide. J’étais encore une gamine à bien des égards. J’étais partante pour jouer. J’ignorais qu’il existait un monde dans lequel des gens jouaient à des jeux dangereux. J’ignorais qu’il y avait une différence entre un conte de fées et un mensonge. Un conte de fées peut vous briser le cœur, mais il ne peut pas vous tuer.

— Je ne me sens pas moi-même, avais-je dit en scrutant mon reflet dans le miroir de notre chambre d’hôtel.

— Tu es parfaite, avait commenté Marcus.

Il avait glissé ses doigts dans mes cheveux.

— On lui joue un tour ? avais-je demandé.

— Non, on lui rend service.

Au déjeuner, du vin que nous n’avions pas commandé arriva, versé en silence par un serveur qu’à l’évidence Raja connaissait bien. Toutefois personne n'y toucha, cependant que les hommes parlaient de choses qui m'étaient totalement étrangères comme du prix du pétrole et des arbitragistes, d'amis communs qui avaient récemment "pris leur retraite" et d'un voyage prévu, mais jamais entrepris, à Saint-Pétersbourg l'année dernière. Le serveur apporta une entrée que personne n'avait commandée non plus, asperges recouvertes d'un œuf en dés. Je n'avais jamais vu une chose pareille, pas plus qu'il ne me serait venu à l'esprit de marier quelque chose d'aussi horrible que l'asperge avec quelque chose d'aussi sublime qu'un œuf.

— Rien n'est nouveau, avait dit Marcus. Il n'y a rien que tu n'aies déjà vu.

Ainsi donc je posai les yeux sur l'assiette comme si j'avais mangé ce plat cent fois déjà.

— L'essentiel, c'est d'avoir l'air naturelle, dit Annabel tandis qu'elle me montrait comment relever mes cheveux en chignon.

— La confiance en soi, dit-elle, est une arme.

J'ai confiance en moi, j'ai confiance en moi, j'ai confiance en moi.

La phrase devint mon *on n'est jamais aussi bien que chez soi.*

Comme Dorothy, je me dirigeais vers Oz.

Le téléphone de Marcus sonna comme je venais d'engloutir l'ultime morceau d'œuf. Il s'excusa, et la vraie réunion démarra. Raja commença par me poser des questions simples, comment Marcus et moi nous étions rencontrés, où j'avais grandi et étais allée à l'école, avais-je eu le temps de voir la nouvelle exposition au musée d'Orsay. Finalement, tel qu'on m'avait prévenue, la portée de l'interrogatoire glissa vers le personnel. Étais-je proche de mon père ? Je lui dis, conformément aux instructions, que mes deux parents étaient morts.

— Tu es orpheline, dit-il, se penchant en avant : comme moi.

Le jeu était l'intimité. Le jeu était l'exploitation de la confiance.

Il me dit qu'il avait de longue date cessé de croire en la famille et, en même temps qu'il le disait, je sentis ses yeux se river sur les miens comme des missiles guidés de précision. Leur bleu azur absolu. Raja était, je songeai alors, l'un des hommes les plus beaux que j'aie jamais rencontré, et peut-être était-ce ce qu'Annabel avait voulu dire par charisme. Je voulais ne pas être prise au dépourvu, mais se retrouver face à des gens d'une telle beauté coupe le souffle, on ne peut s'empêcher de se sentir gauche, comme s'ils savaient que vous les admirez et que simultanément ils en ont l'habitude, ils en ont marre et ils ne vivent que pour ça. Étais-je réellement sur le point de débiter à cet homme une série de mensonges que l'on m'avait entraîné à dire avec calme, intention et assurance.

J'ai confiance en moi, j'ai confiance en moi, j'ai confiance en moi.

Faire semblant n'est pas un crime, c'est une échappatoire.

Il me raconta qu'enfant, il jouait au football près de la caserne des marines américains un jour où Beyrouth avait été bombardée, "avant ta naissance", et que ce jour avait cristallisé un désir de "faire quelque chose qui ait du sens" dans le monde, dont il se dit sûr que je comprenais. Il me raconta les soldats britanniques qui l'avaient conduit chez lui ce jour-là, comment sa mère avait prié pour "les

Américains morts et leurs familles", comment sa mère avait aimé l'Amérique, raison peut-être pour laquelle les deux épouses de Raja avaient été américaines, aussi.

— Tu as des enfants, demandai-je tandis que d'énormes homards bouillis étaient disposés au centre de la table entre nous.

Deux minuscules coupelles de beurre furent placées à côté de nos fourchettes, et Raja m'observa avec un œil de faucon tandis que je cassai la queue d'un homard, l'incisai en deux à l'aide d'un couteau en traçant une ligne en son milieu, puis retirai adroitement la chair d'un seul tenant. Je la trempai généreusement dans le beurre et la mangeai avec les mains, comme un animal, exactement tel qu'Annabel me l'avait montré. Où était Marcus. J'avais l'impression qu'il était parti depuis des heures. Je continuai à manger, tandis que Raja observait, en silence. Le serveur remplaça les tranches de citrons utilisées. Je remarquai le hochement de tête que Raja adressa aux hommes qui étaient alignés le long du mur, et les suivis des yeux tandis qu'ils sortaient lentement de la salle.

Et d'un coup, on s'est retrouvés seuls.

— Qu'est-ce que Marcus t'a dit sur moi.

— Il a dit que vous étiez un vieil ami.

Ce qui le fit rire.

— Quoi d'autre.

— Il a dit que vous aimiez les belles choses.

— C'est vrai. Quoi d'autre.

— Rien d'autre, dis-je.

Je commençais à être douée pour le mensonge.

Raja expliqua que Marcus lui avait parlé un petit peu de moi, et de l'affaire que j'espérais monter, "Vraiment impressionnant, à un si jeune âge, d'être au clair sur ce qu'on est et ce qu'on veut." Raja me raconta qu'un de ses amis "très chers" qui vivait en dehors de Paris était un collectionneur très "important" à la tête d'une collection très spéciale. Il me dit que son ami donnait un déjeuner là-bas dans deux jours et que lui, Raja, ne pouvait pas y assister étant donné que lui et Marcus seraient retenus par d'autres affaires, mais qu'il espérait pouvoir m'envoyer à sa place. Que j'adorerais ces gens et, plus encore, j'apprécierais l'opportunité de voir une collection qui était restée en "grande partie cachée du monde, une commande privée" d'ampleur et de portée inhabituelles.

— J'imagine que tu sais nager, dit-il et je hochai la tête et il ajouta : Ne t'inquiète pas, là-bas il n'y a pas de requins, en tout cas pas dans l'océan.

Je lui demandai si ses amis étaient français, et il m'expliqua que le mari était "un mélange", et que la femme était "une Russe blanche", même si j'ignorais totalement ce que cela voulait dire. Et la femme avait une fille d'un précédent mariage – "La fille devrait à peu près avoir ton âge, à présent" – qui s'appelait Nikki, et que Nikki serait au déjeuner. "Et il y a un jeune garçon, et ils lui font l'école à la maison en ce moment." Raja expliqua que le garçon était le fils du père d'un autre mariage, et tandis qu'il décrivait "l'enceinte" des lieux dans le détail, je commençai à me dire que peut-être la façon dont j'avais été élevée, quoique brutale dans certains aspects, avait un niveau de simplicité. J'étais à un autre niveau à présent.

— Ce serait une faveur personnelle à mon égard si tu pouvais rencontrer mes amis, cette famille, et apprendre à les connaître. Et après nous déjeunerons de nouveau ensemble et tu pourras me raconter ton séjour là-bas. Qu'est-ce que tu en penses.

Tout ce jour-là aurait pu tomber dans la catégorie des "choses ordinaires", et pourtant je ne tarderais pas à comprendre que rien de tout cela n'était normal.

Il posa sa main sur mon poignet et dit :

— Je n'oublierai pas ta gentillesse.

Et brusquement Marcus était à mon côté, s'excusant d'avoir été retenu, me disant tout ce qu'il allait faire pour se rattraper. Il fit signe au serveur d'apporter l'addition, ce qui fit rire Raja. J'apprendrais que personne ne prend l'addition quand Raja est dans les parages. Comme Raja se levait pour partir, il me regarda droit dans les yeux mais s'adressa à Marcus.

— Tu es un veinard, Marc.

Je le regardai sortir par les portes vitrées.

Se retourna-t-il pour me regarder, imperceptiblement ?

Le mouvement de sa tête deux centimètres sur la gauche.

Dans cette fraction de seconde et avec ce mouvement, je me souvins avoir tracé les contours d'un cœur sur la fenêtre d'un bus à Londres, quand j'avais aperçu un autre homme. C'était avant Marcus, Paris et les homards. C'était un moi différent.

Marcus se pencha pour m'embrasser dans le cou.

Je ne pensais pas à ce que j'avais vu, ni ne me souvenais si j'avais en réalité vu quoi que ce soit.

À l'époque, il était rare que je prenne la peine de regarder les choses d'un peu plus près. Rare que je relie les points entre eux.

Quiconque aurait regardé d'un peu plus près et relié les points entre eux aurait remarqué que Marcus était rentré de la gym ce matin-là sans avoir versé une seule goutte de sueur. Et donc aurait peut-être demandé où il était allé. Une personne moins confiante que moi aurait même pu suivre Marcus ce matin-là et découvrir qu'il s'était rendu non pas à la gym, mais à une entrevue avec Raja. Les deux hommes avaient parlé de leurs vies, Marcus sachant que la sienne arrivait à son terme. Et c'était un Marcus très différent ce matin-là, un Marcus sans la pression de la performance, détendu en présence de quelqu'un qui le connaissait si bien. Un Marcus dépouillé de son armure, et de l'histoire, dont il avait besoin pour être avec moi. Seul avec Raja, à déambuler dans les rues de Paris, Marcus était plus simple, plus doux, bien moins impétueux. Il était en paix avec les choix qu'il avait faits et là où ces derniers l'avaient mené. En paix sachant que quelque chose touchait à sa fin, pas seulement sa vie, mais la grande œuvre de sa vie. Si j'avais pu écouter leur conversation ce matin-là, je serais tombée encore plus amoureuse de lui. C'était ironique qu'il n'ait pas besoin d'être celui qu'il pensait devoir être pour que je tombe amoureuse de lui. L'ironie marchait dans les deux sens.

Cette nuit-là, après une longue marche, nous sommes retournés à notre hôtel. Marcus était plus faible. Il avait perdu du poids au cours des jours précédents mais il refusait de parler de ce qui touchait à sa santé, et je n'insistais pas. Nous nous sommes étendus dans le lit, et il a posé la tête sur ma poitrine.

— Tu sais que j'ai besoin de toi, n'est-ce pas, dit-il, et je le savais.

Est-ce qu'on sait quand on fait le choix qui change tout ?

Je finirais par apprendre que rien chez Raja n'était jamais fortuit, rien dans sa vie ne déviait jamais du script, sauf à dessein. J'apprendrais qu'il était moins un fixeur ou un intermédiaire qu'un soldat, qu'en réalité il avait été l'un des militaires de haut rang le plus décoré de sa génération, et que son expertise n'était pas les armes, même s'il était à l'aise sur un stand de tir. Son expertise était l'espionnage, un domaine qui exigeait un esprit fin, une tolérance au risque et, avant tout, une intelligence émotionnelle. L'espionnage est affaire de séduction. Votre première expérience de l'espionnage s'apparente grandement à tomber amoureux.

Lorsque nous arrivâmes à Paris, un dépouillement s'était amorcé. Marcus avait commencé à épurer sa vie, prêt à lâcher prise. Il se passa des services du vicaire. Il mit la *finca* en vente. “Tout doit partir”, dit-il au téléphone à portée de voix, il voulait que j'entende. “On se débarrasse de tout.” Il n'allait conserver qu'une seule chose. Et avec ce choix, non seulement il se ménageait un chemin de sortie sans obstacle, mais il me préparait en outre à ce qui allait suivre. Et ce qui allait suivre encore après.

En France, le Cap Ferret est une étroite péninsule longeant la côte atlantique, en bordure de la baie d'Arcachon, laquelle, jusqu'à ce jour-là lorsque je m'y rendis pour la première fois, était essentiellement connue et habitée des pêcheurs, des surfeurs, et de quelques Parisiens initiés par leurs amis bordelais. Ce n'était pas un lieu pour les touristes ou les célébrités. C'était, et l'est encore, un lieu pour les familles, pour des étés faits de longues siestes et de promenades sur la Dune, pour la dégustation d'huîtres récoltées à la main et cuisinées au *vin blanc**. Le Cap Ferret était le lieu idéal pour se cacher aux yeux de tous.

* Les mots en italique suivis d'un astérisque sont en français dans le texte. (Sauf mention contraire, toutes les notes sont de la traductrice.)

Vous pouvez prendre le train depuis Paris, ou la voiture, les deux options étant parfaitement acceptables, mais deux jours après le déjeuner de homards, Marcus me conduisit dans une banale tour de bureaux à La Défense, le quartier d'affaires de Paris, où nous prîmes un ascenseur de verre jusqu'au toit. De là, on pouvait voir toute la ville. La tour Eiffel avait l'air étrangement petite. Je n'étais jamais montée à une telle altitude.

Marcus tint mon visage entre ses mains, et j'étais certaine qu'il allait me répéter qu'il m'aimait, à la place de quoi il dit: "Il te suffit d'écouter." Il me fit avancer sous les pales vrombissantes, ouvrit la portière, et alla jusqu'à poser le casque sur mes oreilles, puis m'embrassa sur les deux joues et dit: "On se voit au dîner." Il s'éloigna au petit trot sur la zone d'atterrissage, sans se retourner.

Je n'avais jamais pris d'hélicoptère. La sensation de monter, rapidement et à la verticale, était nouvelle pour moi. Tandis que mes oreilles se débouchaient d'un coup, les pilotes me proposèrent du champagne, mais tout ce que je voulais, c'était profiter de la vue. Tout en survolant Paris, je pensais à ma mère, qui aurait adoré être entourée de tant de beauté. Et à mon père, qui prétendait avoir escaladé des montagnes dans sa jeunesse, mais dont je savais qu'il avait le vertige. Je pensais à leurs vies et à la vie que je menais à présent sans savoir au juste si je ressentais de la fierté ou de la honte.

Nous ne tardâmes pas à survoler à grande vitesse les banlieues de Paris puis la campagne, jusqu'à ce que j'aperçoive, au loin, la mer. En cours de vol, les pilotes me montraient des choses, mais dans ma tête je n'entendais rien d'autre que Raja en train de parler de "mes chers amis". Et comment, après le déjeuner, j'étais allée avec Marcus dans un salon de coiffure qui ressemblait davantage à un petit musée, où un homme qui ne parlait pas anglais ne se formalisa pas de ce que je ne parlais pas français tandis qu'il expliquait à Marcus ce qu'il avait l'intention de me faire tout en agitant les mains devant mon visage comme si j'étais une poupée. Marcus savait ce qu'il voulait. Il alla même jusqu'à montrer au coiffeur une photographie que je ne vis pas. Et puis il regarda, amusé, cependant que l'homme sortait une énorme paire de ciseaux étincelants d'un étui de cuir rouge, lavait mes longs cheveux deux fois, les peigna, puis m'amena jusqu'au fauteuil à côté du miroir, où il s'employa à les raccourcir de quinze centimètres. En scrutant mon reflet, je songeai au portrait d'Élisabeth à Ditchley, et au contrôle.

L'hélicoptère s'arrêta, en sur-place au-dessus de ce qui ressemblait à une énorme cabane en rondins de la taille d'un petit hôtel. Nous n'étions qu'à quelques mètres d'une falaise surplombant une plage privée, qui s'étirait sur un peu plus d'un kilomètre et paraissait, peut-être en raison du ciel nuageux, vide. Ou alors c'était dû à l'heure, pas tout à fait midi. "Là", dit un des pilotes, et suivant son regard à gauche je vis, dissimulée au cœur d'une sorte de petit bois, une plate-forme d'atterrissage peinte discrètement de la couleur de son environnement. Comme nous approchions, j'aperçus une femme qui remontait une allée de tilleuls reliant la maison à l'héliport. Elle portait un maillot de bain blanc. Elle était pieds nus. Bien que ne pouvant discerner son visage, si l'on m'avait fait deviner, j'aurais dit qu'elle avait quarante ans, et je me demandai s'il s'agissait de la femme dont Raja avait parlé, “la Russe blanche”. Tandis que nous approchions, que l’hélicoptère se posait en douceur et que la femme retirait ses lunettes de soleil, je me rendis compte qu’elle était jeune. Elle avait peut-être quelques années de plus que moi. Elle ouvrit la porte et tendit la main pour m’aider.

— Bienvenue, dit-elle. Moi c’est Nikki.

Et brusquement je me sentis maladroitement formelle dans mon tailleur, avec ma nouvelle coupe de cheveux, une impostrice face à l’authenticité incarnée. Jamais il ne me serait venu à l’esprit qu’elle, aussi, était peut-être en train de jouer un rôle, une identité à mon intention. Qu’on avait pu lui dire, à elle aussi, comment s’habiller pour me rencontrer, concernant l’importance du maillot de bain blanc; qu’elle avait pu recevoir des instructions concernant le degré de confiance en soi communiqué par le fait d’être pieds nus ou d’avoir les cheveux impeccablement ébouriffés. La portée d’une cordialité décontractée. Elle arborait ce que je supposais à l’époque être un détachement conditionné par le fait d’être née dans un milieu particulier. Dans une lignée. Dans la facilité. Pour la première fois depuis longtemps, j’aurais voulu en un battement de cils retourner dans mon appartement londonien, seule et au dehors, sans risque. Sauf que l’absence de risque n’existe pas.

Sauf qu’on ne peut pas retourner en arrière en un battement de cils.

Nikki remercia les pilotes et les convia à boire un thé glacé à l’intérieur, mais ils déclinèrent. Tandis qu’elle me guidait le long du sentier qui remontait l’allée de tilleuls en direction d’une pelouse, de l’autre côté de laquelle une volée de marches menait à une énorme porte en pierre, deux chiens lui emboîtèrent le pas.

— Hansel et Gretel, je vous présente ma nouvelle amie, dit-elle en anglais avec une légère pointe d'accent russe. (Et à moi :) Ces chéris sont les vrais propriétaires des lieux. Bergers malinois, tueurs professionnels, ne les énerve pas.

Elle marchait devant moi, et j'eus le temps de voir l'hélicoptère décoller et s'éloigner en survolant la plage. Et quand mon regard tomba sur l'eau, j'aperçus trois hommes pilotant des jet-skis qui longeaient lentement la côte en file, peut-être une patrouille silencieuse. Je me souviens avoir jeté un œil à mon téléphone. Et, tandis qu'un sentiment quelque part au-delà de la peur et en deçà de la panique commençait à enfler dans ma poitrine, Nikki se tourna vers moi et me dévisagea.

— Très difficile d'avoir du réseau, ici. Tu peux utiliser le téléphone de la maison.

Je ne dis rien, autrement dit je répondis conformément à la Deuxième Règle de Raja : *moins, c'est plus que plus. Moins, c'est une invitation.* Raja avait prononcé ces mots à l'hôtel, tandis que nous répétions, juste avant que Marcus et moi ne partions pour La Défense. Je révisais ma couverture et il intervenait pour me donner des astuces ou des préceptes. Des règles, des conseils discrets, des théories sur le dossier. Comme un couturier avec un costume, Raja s'était assuré que la coupe de l'histoire était impeccable.

— Une invitation à quoi ? avait-je demandé.

— À remplir le silence.

Et alors, avec un regard particulièrement approbateur sur mes cheveux, il prit une longue inspiration, lente et profonde. Comme si c'était un soulagement. Une solution à un problème ancien.

Une clé, un chemin, une résolution.

Pourtant, je n'étais rien de tout cela, n'est-ce pas.

J'étais un Je vous salue Marie, un Ave Maria, une dernière chance.

IV

ARCACHON

Au pied des escaliers menant à l'entrée de la maison, trois hommes en T-shirt noir portaient des plateaux en argent chargés de limonades et de champagne. Nikki, qui venait tout juste d'expliquer – "c'est le diminutif de Nikita, qui veut dire 'vainqueur', ma mère aime gagner" – prit un de chaque puis gravit les marches, les chiens à ses côtés, et déboucha sur une énorme véranda bordée de chaises antiques en rotin et de tables à abattant en bois de style chinoisant. Elle but le champagne en une seule gorgée puis posa la flûte sur une table et me dit qu'elle pensait commencer par une visite, puis rencontrer "la famille", puis manger. Elle était consciente du fait que je devais partir dans quelques heures. Comme je lui emboîtais le pas, des gamins en nombre équivalant à une équipe de football déboulèrent comme sortis de nulle part, passèrent devant moi en courant, et commencèrent à jouer à chat perché sur la pelouse. Comme nous traversions un énorme couloir planté de palmiers (des arbres en intérieur !), je vis, entre autres choses, une femme qui allaitait un nouveau-né, des adolescents en train de jouer aux échecs, trois femmes plus âgées en maillots de bain lisant sur des chaises longues, et plusieurs autres hommes, bien plus âgés, dont je déduisis, au vu de leur uniforme, qu'ils faisaient partie du personnel. Ils portaient des plateaux de nourriture par une porte au fond de la pièce, qui menait vers un autre espace extérieur. À travers la porte j'aperçus une pergola.

Pergola. Chinoisant. Chaises longues. Autant de mots qui ne m'étaient pas familiers alors, mais avec le recul, je revois clairement la maison. Et à présent je dispose du vocabulaire pour la décrire, non seulement le mobilier et les gens, mais les émotions. Avec le recul, je la revois dans le détail. Sur le moment, la maison m'apparut débordante de famille, d'amour et d'excès. D'enfants qui jouent.

Nous pénétrâmes dans une grande cuisine blanche où Nikki prit un œuf mimosa sur un plateau et le fourra dans sa bouche. Elle embrassa le cuisinier, qui portait des bandeaux de poignet blancs assortis et un sweat à capuche de l'U.S. Open aux manches coupées. Il régnait un froid glacial. Je remarquai d'énormes seaux en cuivre remplis de bouteilles de vin dont je m'avisais qu'elles pouvaient détruire toute la maison si d'aventure elles gelaient et explosaient.

Après la cuisine suivait une bibliothèque, puis un autre salon, et enfin une véranda à l'arrière depuis laquelle je pouvais voir une autre structure, séparée, que je n'avais pas remarquée depuis l'hélicoptère. On aurait dit une folie architecturale, circulaire et faite entièrement de pierre blanche. Elle apparaissait totalement incongrue à côté de la maison ; laquelle, bien que vaste, dégageait une ambiance décontractée, presque évocatrice des Caraïbes.

— C'est le musée de mon beau-père, me dit-elle. Un musée de l'unique. Un tableau, un visiteur, un mécène.

En approchant, je remarquai un petit pavé numérique à côté de la porte.

Se souciant à peine de ce que j'observais, Nikki entra le code et la porte, comme un ascenseur, s'ouvrit en coulissant sans un bruit.

— Je sais, dit-elle, c'est idiot, mais ma mère est obsédée par la sécurité, c'est d'avoir été enlevée quand elle était enfant.

Je laissai planer l'information sans insister; Raja m'avait expliqué qu'une partie de mon rôle consistait à ne pas être curieuse. À l'intérieur, onze énormes toiles pendaient du plafond par des câbles, placées chacune à plusieurs centimètres des murs arrondis, donnant l'impression d'une sorte d'expérience en trois dimensions. Vous pouviez déambuler derrière les toiles, devant, ou entre elles. Je n'avais jamais vu d'œuvres d'art disposées de la sorte, et en m'approchant, je vis que d'autres fils de fer partaient de la base de chaque toile pour se ficher en plus dans le sol, empêchant ainsi les tableaux de bouger. Les fils étaient si minces qu'il fallait se pencher à quelques centimètres pour les distinguer. Sinon ils étaient invisibles, et les toiles semblaient flotter dans le vide, chacune à la même hauteur exactement, et espacée précisément des murs et de ses voisines. La structure, donc, avait été conçue et construite spécialement pour les accueillir. En prenant place au centre de l'espace, on se retrouvait complètement encerclé par l'œuvre, et tandis que je commençais à regarder de plus près, je compris qu'il s'agissait d'une sorte de série, faite par le même artiste, et que la série racontait une histoire.

Une histoire de massacre.

Nikki expliqua que son beau-père envisageait de vendre les tableaux, parce qu'au cours des dernières années, il était devenu partiellement aveugle et que la perspective de ne plus distinguer clairement ces œuvres qu'il aimait tant avait commencé à le déprimer. Elle me dit que les tableaux étaient des commandes, que son beau-père avait demandé à l'artiste, "Racontez-moi l'histoire de *L'Iliade* et de *L'Odyssée* en émotions", que ce que j'étais en train de regarder était la première moitié du projet. Que l'artiste était décédé avant d'avoir pu le terminer, "et c'est bien dommage, parce que ce qu'on voit là touche tellement à la mort. Il y a la guerre, mais pas la paix, ce qui était peut-être une métaphore parfaite, quand on connaît Edouard", dit-elle.

Nikki s'avança jusqu'à l'autre côté de l'espace, qu'à vue de nez j'aurais estimé à deux cents mètres carrés. En même temps qu'elle avançait, de minuscules lampes de sol réagissant au son, ou peut-être aux niveaux de chaleur, s'éclairèrent pour concentrer encore davantage l'œil sur chaque toile.

— Hélène, Pâris, Ménélas, Patrocle, Priam, dit-elle, comme une enfant comptant des pièces pour acheter des bonbons. Au début, Edouard a envisagé de passer commande auprès de plusieurs peintres en demandant à chacun de s'atteler à un chapitre différent de l'histoire, qui est évidemment en épisodes, mais on craignait que tout le monde se dispute les parties les plus sanglantes. Les peintres adorent les batailles. Alors je l'ai convaincu de confier l'ensemble à un seul artiste. Edouard a pris l'avion pour Rome et a invité son peintre préféré à dîner et, eh bien, Edouard est très fort pour persuader les gens de faire des choses pour lui. Il a fallu à l'artiste six mois pour dire oui, et ensuite on est tous allés voir les toiles dans son studio avant d'engager un architecte pour imaginer l'espace idéal pour les contenir. Dans cet intervalle, on a emménagé ici, et mon beau-père a décidé ce que serait le lieu qui accueillerait les tableaux. C'était son idée de les laisser vivre dans la ronde, il avait le sentiment que c'était… démocratique. Et que ça donnerait la sensation d'être immergé dans l'expérience de l'histoire. Viens, regarde.

Le sol était constitué d'une grande dalle de calcaire. Nikki alla s'asseoir sur une petite chaise en bois – le seul mobilier du lieu – pour patienter le temps que j'examine attentivement chaque toile. Je demandai si je pouvais prendre des notes et elle répondit non mais que si, après ma visite d'aujourd'hui, je décidais de travailler avec la famille, d'aider à la vente, je pourrais revenir et prendre autant de notes que je le voulais. Et alors il devint clair que je n'étais pas là pour voir si je voulais accepter le travail. J'étais là pour que la famille décide si elle voulait m'embaucher. Même si Raja m'avait assuré, "Il y a une seule candidate pour le poste", j'eus soudainement la sensation que c'était moi l'œuvre d'art en cours d'inspection. Que les rôles étaient inversés.

— Je sais pourquoi il te voulait *toi*, dit-elle. Toi aussi ?

— Je suis bonne dans mon travail, répondis-je, et elle éclata de rire.

C'était la malédiction de Nikki tout autant que sa bénédiction, une confiance en elle qui versait facilement dans la condescendance.

— Je suis sûre que tu es *très* bonne. Tu es très belle, aussi.

Et, sur ce, quelque chose se modifia. Nikki était-elle en train de me rappeler que je n'étais pas là pour les œufs mimosa, que j'étais là pour fournir un service, pour jouer mon rôle. Que savait Nikki ? Elle s'approcha de moi. Elle était si proche que je sentais le champagne sur son haleine.

— Je ne mords pas, dit-elle en montrant les dents.

Elle m'incita à prendre tout le temps dont j'avais besoin – "On mange dans une heure" – et tandis qu'elle rabattait la porte derrière elle, je me demandai si elle avait la possibilité de m'enfermer à l'intérieur.

Mon téléphone était revenu à la vie. Un texto s'afficha, de Marcus : *Je t'aime.* Et j'écrivis en guise de réponse, *Moi aussi je t'aime.* Je refermai le téléphone et passai quelques minutes supplémentaires à admirer les peintures. C'était surtout l'utilisation de la couleur et de l'espace blanc qui me plaisait. Comment donner un prix à une chose pareille ? Les images étaient abstraites, et pas nécessairement identifiables. Certaines ressemblaient à d'énormes fleurs à mi-floraison et d'autres presque à des grilles tracées de rouges, de pourpres et de dorés. Seul un tableau comportait une silhouette humaine nettement identifiable, une femme. Elle portait une couronne de joyaux de couleurs vives, laquelle, à y regarder de plus près, aurait pu être une couronne d'épines. Chaque toile contenait des lettres ou des expressions tout autour des bords, mais elles étaient trop abstraites pour que je parvienne à les déchiffrer. Elles étaient écrites dans de nombreuses langues.

— Tout le monde t'accueillera à bras ouverts, avait promis Raja quand il était passé à l'hôtel avant notre départ.

Marcus était calme, fatigué, et n'avait pas touché à son pain perdu. Il était allongé sur le lit en pantoufles tandis que Raja faisait les cent pas sur le tapis persan en passant en revue les questions une dernière fois avec moi, deux comédiens répétant leurs répliques.

Où as-tu étudié ?
À Florence.

Plus spécifiquement.
À l'école internationale.
Et ton sujet d'études était…
L'utilisation de la couleur à la Renaissance.
Quelles couleurs par exemple.
L'azurite. Le bleu outremer. L'indigo.
Quoi d'autre.
Le vert-de-gris. La malachite.
Quel était le rôle de la couleur.
De créer l'illusion de la taille.
De tromper l'œil.
Non, pas exactement.
Quoi alors.
D'améliorer l'expérience.
Du spectateur.
Oui.
As-tu un peintre de prédilection ?
Tellement. Trop.
Ah, mais il faut que tu choisisses.
Le Titien. Twombly.
Et où es-tu née ?
En Angleterre.
Plus spécifiquement.
Près d'Oxford.
Plus spécifiquement.
Burford.
Où sont des parents ?
Morts.
Comment sont-ils morts ?
En voiture.
Était-ce un accident ?
Je ne sais pas. Je crois.
Est-ce qu'ils te manquent.
Oui, bien sûr.

Est-ce que tu les aimais.

Oui.

Qu'est-ce qu'ils t'ont appris.

Les bonnes manières.

Quoi d'autre.

À garder le cœur ouvert.

Essaie encore.

À en apprendre plus sur le monde.

Bien, oui. Et comment as-tu fait la connaissance de Marcus ?

Au V&A, un vernissage.

Quel vernissage.

Les arts décoratifs de l'époque napoléonienne.

Quel âge as-tu ?

Vingt-cinq ans.

Vingt-cinq ans dans une vieille âme, c'est ça ?

Oui.

On t'a déjà dit plein de fois que tu avais une vieille âme.

Oui.

Tu es sur les réseaux sociaux ?

Non.

Pourquoi ?

J'ai une vieille âme.

Mais encore.

Je protège ma vie privée.

Qui sont tes clients.

Je ne pense pas pouvoir vous le dire.

Acceptes-tu de signer une clause de confidentialité ?

Bien sûr.

Et comment as-tu fait la connaissance de Raja ?

Comment as-tu fait la connaissance de Raja ?

Comment as-tu fait la connaissance de Raja ?

On m'avait prévenue que si cette dernière question se présentait, je ne devais pas répondre, que l'absence de réponse *était* la bonne réponse, que parler de Raja était la seule chose qui serait interdite où que j'aille. C'était ce matin-là dans l'hôtel à Paris qu'enfin je m'étais réveillée et j'avais compris que Raja était exactement ce que, à ce stade, vous en avez vraisemblablement déduit. Oui, Raja était peut-être un habile diplomate et un soldat décoré en plus d'être le fils d'un grand homme. Il possédait peut-être la capacité d'aimer, et peut-être aimait-il véritablement Marcus, tout du moins. Mais Raja était en outre un fantôme, un code secret, le mensonge indispensable pour se protéger. Un traître tout trouvé sur certains marchés et un assassin calculateur sur d'autres, l'équivalent humain d'une frappe de missile. Raja affirmerait, si on l'avait interrogé, n'être allié à personne, uniquement à "la mission". Sauf que ce n'était pas vrai. En fin de compte, tout le monde est allié. Quand on prépare le dîner ou qu'on accompagne ses enfants à l'école, quand on négocie les règles émotionnelles ordinaires de la vie, Raja savait que la vie ordinaire était tout autant une fiction que n'importe quelle "couverture". La vie ordinaire pour Raja était un ensemble de pièces de jeu d'échecs sans nom, de longitudes et latitudes, d'"ennemis" aux passés émaillés de mauvais choix que Raja s'engageait à remettre en ordre. Les bouddhistes vivent dans l'instant. Raja vivait dans la théorie des jeux.

Raja était un espion.

Un espion à part entière, parfaitement incapable, à l'époque où il m'a rencontrée, de se retourner sur le garçon qu'il était autrefois. Raja, comme Marcus, comme tous ceux qui durent dans ce métier, avait pleinement habité sa couverture, et elle lui allait comme un gant. La frontière entre celui qu'il prétendait être et celui qu'il était réellement, à l'époque où je l'ai rencontré, s'était quasi entièrement évaporée. Autrefois, Raja avait été un rêveur, un romantique, un garçon cherchant une issue à sa vie, en quête de sens. Raja avait été un bon fils et un enfant observateur, bien élevé à l'excès grâce à une mère à qui il était profondément désireux de plaire. Le fils d'un père arrogant, l'injure facile dû à son propre sentiment de honte, Raja cherchait désespérément une sortie, cherchait désespérément à être le meneur de jeux opérationnel dans un match important. Raja, autrefois, m'avait beaucoup ressemblé.

— Nous voulons une chose par-dessus tout, dit-il, en se répétant, comme s'il parlait à une enfant, ce que d'une certaine manière j'étais encore. Nous voulons savoir si le père, Edouard, est dans la maison, où exactement il loge dans la maison, où il va s'il lui arrive d'en sortir, qui il voit, qui il ne voit pas. Nous voulons savoir tout ce que tu peux apprendre sur lui.

Et la voilà, elle était là la fin de l'histoire qui avait commencé avec "Et ce n'est pas tout" ce jour-là au monastère près de Dubrovnik. La fin de l'histoire n'était pas une révélation soudaine ou une pantoufle de verre bien ajustée. C'était un mot de quatre lettres – "nous" – indiquant que Marcus était impliqué dans tout ça, lui aussi. Toutefois "Nous" était plus que Raja, bien plus que Marcus. "Nous" était de qualité militaire, État-nation, intégralement financé. "Nous" était un réseau opérant à un niveau dont j'ignorais jusqu'à l'existence, et que je n'aurais jamais pu imaginer. "Nous" était le petit groupe de personnes qui dirigeait le monde du secret depuis leurs salles de conférences aux parois de verre à Arlington, Tel Aviv et Vauxhall. “Nous” était la tâche importante qui consistait à faire le travail que personne d’autre ne voulait faire, et à trouver les bonnes sources sur le terrain pour contribuer à une mission donnée, de Berlin à Bangkok, de Bagram à Beyrouth et partout entre. Et bien que la plupart des nouvelles recrues du renseignement ne signent jamais de contrat officiel, moi je l’avais fait. Et bien que la plupart des nouvelles recrues ne prononcent pas de vœu, moi je l’avais fait. Mon vœu était simple, un rite de passage dans toute vie ordinaire : *pour le meilleur et pour le pire, jusqu’à ce que la mort nous sépare.* N’importe quelle source peut quitter son gestionnaire, mais je n’étais pas n’importe quelle source. Je n’ai pas été recrutée par un agent traitant. J’ai été recrutée par mon mari.

— Tout ce qu’elle a à faire, c’est s’amuser, écouter, bien manger, dit Marcus, les paupières closes, comme par acte de contrition – comme si c’était toute la vérité.

C’était à ce moment-là qu’ils commencèrent à se disputer. Marcus s’inquiétait pour moi et s’inquiétait de ce que Raja me poussait trop loin, mais à les observer, on voyait bien qui était aux commandes. À un moment donné, Marcus me regarda et dit : “Tu n’es pas *obligée* de faire quoi que ce soit” et, si j’avais été plus âgée, et si j’en avais plus vu – si j’avais plus *lu*, peut-être – si je n’avais pas été aussi naïve et inexpérimentée, j’aurais identifié la réplique classique qu’on retrouve invariablement dans les scènes de méchant-flic, gentil-flic. Le gentil flic sert de faire-valoir, pour que la cible se sente en sécurité. La cible, moi. La scène du méchant-flic, gentil-flic sert à donner à la cible l’assurance qu’on prendra soin d’elle, qu’une personne au moins est de son côté. La scène du gentil-flic, méchant-flic est conçue pour obtenir des aveux, ou pour donner un choix. Dans mon cas, la deuxième option était en ligne de mire. Ils avaient besoin de s'assurer que je ferais ce qu'ils voulaient. Ils avaient besoin de savoir que je serais douée pour ça. Et ils avaient besoin de me faire confiance. Au moment où j'étais montée dans l'hélicoptère, j'étais tout à fait au clair sur ce que je faisais, pourquoi et pour qui. J'éprouvais un sentiment de fierté, voire de détachement, comme si on m'avait confié le premier rôle dans le spectacle de fin d'année. Farce, histoire d'amour, comédie, tragédie, drame à thèse. Je n'en connaissais pas encore le genre. Aux sources des renseignements, à l'instar des comédiens, on présente la plupart du temps les seules scènes dans lesquelles ils jouent. Ce que je me racontais, c'était que je le faisais pour mon mari. Ce que je me racontais, et j'y croyais, c'était que personne ne serait blessé.

Le déjeuner se présentait sous la forme d'une longue table pour quarante convives, peu ou prou, dressée sous la pergola. J'étais assise à côté de la mère de Nikki, Dasha, avec un garçon d'environ dix ans de l'autre côté qui me dit que son nom était Aleksandr – “avec un *k*”, mais qu'on l'appelait par son deuxième prénom, Felix – “avec un *x*”. Il parlait sans discontinuer ou presque tandis qu'on disposait les plats sur le chemin de table, viandes et fromages et petits pots de beurre et de confiture, mangues fraîchement tranchées, melons et carottes multicolores “du petit potager.” Felix dit qu'il aimait le football anglais et est-ce que je connaissais des footballeurs ? J'annonçai que, malheureusement, non, je n'en connaissais pas, mais que mon mari en connaissait peut-être quelques-uns, dois-je lui poser la question ? Le garçon voulait savoir quelles équipes j'aimais alors je mentais et devinais, en disant qu'Arsenal était "pas mal", ce qui eut pour effet qu'il me dispense un bref cours d'histoire sur les divers clubs et leurs rivalités, tel un historien exposant naturellement les arcanes de la guerre des Deux-Roses. À l'autre bout de la table, j'entendais du français, de l'anglais, de l'espagnol et ce qui ressemblait vaguement à de l'algérien, le tout parlé de façon interchangeable, véritable tour de Babel à la plage.

Dasha ne disait rien et mangeait en silence. Les enfants mangent à toute vitesse, donc dès que les plus jeunes eurent terminé, ils s'en retournèrent à leurs jeux sur la pelouse, et c'est à ce moment que Dasha se tourna vers moi. Elle avait l'air très jeune, mais j'aurais dit, vu Nikki, qu'elle était à l'approche de la cinquantaine. Dasha dirigeait avec "élégance et une curiosité cultivée", selon les mots de Raja. Il m'avertit que Dasha se méfiait de tout le monde, après avoir vécu sa vie dans "l'ombre", mais dit que mon âge désamorcerait la bombe de son inquiétude. "À ses yeux", avait-il précisé, "tu es comme une enfant, et comme elle-même a été une épouse-enfant, elle pourrait même éprouver de l'empathie, ou le sentiment le plus proche qui lui soit accessible." Elle portait un chemisier blanc le plus simple par-dessus un maillot de bain, pas de bijoux, pas de maquillage. Cette famille, en ce jour, paraissait heureuse et investie, impeccablement portée à délaisser la perfection, même si tout ce qu'elle faisait, à mon avis, était parfait. Des œuvres d'art d'une valeur de plusieurs millions de dollars abritées à moins de quatre cents mètres, des chiens d'attaque dormant paresseusement sur la pelouse. Je m'efforçais de ne pas voir de l'exotisme dans tout ça, faisant comme si c'était ainsi que je passais mes journées, comme si j'étais des leurs, ou que j'aurais pu l'être. Comme si peut-être je le pouvais encore.

— Tu viens d'où, demanda Dasha en arrachant nonchalamment des grains de raisin aux énormes grappes pourpres alignées au centre de la table.

Deux roses du jardin dans de minuscules vases en verre disposés à côté de chaque couvert me rappelaient mon jardin, notre jardin, Marcus et le prie-Dieu. Ce jardin me semblait très loin à présent. Quand allais-je y retourner ? Allions-nous seulement rentrer à Londres ? Ce jour-là sur le bateau le seul point sur lequel Marcus avait été clair était "Nous allons passer du temps autour de Paris", et je n'avais pas posé de questions. Il m'avait dit qu'il voulait consulter des médecins qui travaillaient sur un traitement expérimental pour sa maladie qu'il décrivait comme "neuromusculaire, dégénérative", et incurable et comme il n'en disait pas plus, je n'avais pas insisté. Il me dit qu'il avait également un "cœur défaillant", aux battements irréguliers, et qu'il risquait un AVC à tout instant s'il oubliait de prendre ses médicaments. "Je suis un vieil homme", avait-il dit, comme si c'était sa faute.

— Je viens d'Angleterre, dis-je à Dasha. Près d'Oxford.

— Où ça, près d'Oxford, je connais bien.

— Burford.

— Oh, charmant, près de l'eau.

— Oui.

— Et tes parents étaient professeurs ?

— Non, ils étaient…

Au même moment Nikki s'assit de l'autre côté de moi, à la place qu'avait occupée Felix. Elle s'était munie de son assiette de viandes et de fromages, bien résolue à se joindre à la conversation.

— Comment tu as connu *Raja*, dit Nikki et c'était moins une interrogation qu'une accusation. Question bien plus intéressante que de savoir si tes parents enseignaient à l'université.

Mes parents n'étaient jamais allés à l'université.

— Je l'ai rencontré par mon mari, dis-je.

— C'est une des dernières acquisitions de Nikki, dit Dasha.

— C'est vrai.

— Raja n'est l'acquisition de personne, je t'assure.

— Ce n'est pas juste, dit Nikki.

— À la fin de sa vie, mon grand-père était aveugle, lui aussi, dis-je, en tentant d'obliquer. Un des aspects positifs, c'est qu'il a appris à aimer la musique. À sa mort, il en savait autant sur Tchaïkovski que votre fils m'en racontait à l'instant sur le football turc.

Je hochai la tête en direction du garçon sur la pelouse, dont je savais qu'il n'était pas son fils mais son beau-fils.

— Mon mari adore Tchaïkovski, dit Dasha.

Ça aussi, je le savais déjà.

— J'aime *Le Lac des Cygnes*, répondis-je.

— Edouard adore *Le Lac des Cygnes.*

Et alors elle ajouta :

— Mon mari ne vendra jamais ces tableaux, même s'il devient totalement aveugle, mais mon mari aime rencontrer des femmes jeunes et belles, nous avons donc fait bon accueil à la distraction de ta visite aujourd'hui, distraction qui était je crois – et elle jeta un coup d'œil à Nikki – la véritable intention de votre ami Raja.

Et soudain un employé surgit à ses côtés, expliquant avec une certaine insistance qu'on avait besoin d'elle. Je demandai à Nikki si tout allait bien, elle m'assura que oui, et demanda si j'avais le temps d'aller me baigner avant de partir. Comme nous quittions la table, j'entendis quelqu'un dire : "Si l'Amérique meurt, ce sera d'un suicide", puis "Vous savez qui a dit ça ? Lincoln. Abraham Lincoln."

Nikki me conduisit dans une chambre d'amis où un maillot de bain bleu, à ma taille, était posé sur le lit, encore avec son étiquette de prix, à côté d'une serviette, d'un bonnet de bain et de lunettes de natation. Par terre était disposée une paire de sandales neuves, également à ma taille. Je me changeai, regardai mon reflet dans le miroir et me remémorai Marcus en train de lécher le glaçage sur mon doigt, le peignoir avec ses dragons de Komodo, et "vivre heureux jusqu'à la fin des temps". J'éprouvais, en cet instant, la certitude que tout était parfaitement normal, inévitable, à dessein. La vie mène la danse, tu suis, voilà ce que je me racontais. Sur un bureau, je remarquai un coffret laqué contenant du papier à lettres bleu clair. En guise d'en-tête, une citation était imprimée en minuscules caractères d'imprimerie :

IN THE HOTEL OF DECISIONS, THE GUESTS SLEEP WELL

De l'autre côté de la feuille, la même formule était écrite en français :

À L'HÔTEL DES DÉCISIONS, LES CLIENTS DORMENT BIEN

Comme je retournais dans le couloir, je vis Dasha sortir quelques portes plus bas et refermer soigneusement derrière elle. Elle s'éloigna de moi en direction des escaliers, sans se retourner, mais je sentais qu'elle m'avait remarquée, et je me demandai si je n'avais pas abusé de l'hospitalité de mes hôtes.

"Tout ce qu'on veut savoir, c'est s'il est là", avait dit Raja.

"Et s'il a l'intention de rester", d'ajouter Marcus.

Je marchai jusqu'à la porte en question. Arrivée à sa hauteur, j'entendis de la musique provenant de l'intérieur. Je me penchai et la reconnus. *Le Lac des Cygnes*. Marcus m'avait emmenée le voir à Londres, un de nos tout premiers rendez-vous.

Prudemment, je tournai la poignée, qui émit un cliquetis, et la porte s'ouvrit. Puis, inventant ce qui me tiendrait lieu d'excuse au cas où je me ferais prendre, je pénétrai dans la pièce et manquai de tomber sur un autre berger malinois. L'animal leva les yeux sur moi en grognant sourdement. Je restai totalement immobile tandis que la musique continuait à jouer. Cette nuit-là après le ballet, quand nous avions fait l'amour, Marcus avait pris son temps, plus que d'habitude. Je me souviens avoir senti qu'il essayait de se rattraper, alors que nous ne nous étions pas disputés.

Le lit était défait. Des livres était empilés sur le dessus-de-lit, ainsi qu'un ordinateur, quatre téléphones portables, et un plateau chargé des reliefs du déjeuner. Les petites roses dans leur vase, les grains de raisin, une coupelle avec des chocolats. J'aperçus une porte de l'autre côté de la chambre et m'en approchai. Le chien ne bougea pas, comme s'il me faisait confiance, comme s'il était là peut-être pour me protéger. Il y avait un canapé jonché de papiers à l'autre bout de la pièce, et en passant devant, je vis des documents en plusieurs langues. En jetant un œil dans la salle de bains, je remarquai que le lavabo gouttait, comme si quelqu'un venait tout juste de se laver les mains, ou de se raser. Un pyjama d'homme en coton reposait en tas sur le sol. Comme je me tournais pour partir, je vis une énorme carte accrochée au mur du fond, sous une plaque de plexiglas. En me rapprochant, je pus me rendre compte que la carte était imprimée sur de la soie, qu'il s'agissait de ce qui, je l'apprendrais plus tard, s'appelait un plan "de fuite et d'évasion", servant à tracer les itinéraires pour entrer et sortir des territoires ennemis en temps de guerre.

La carte montrait la frontière orientale de la Turquie, jusqu'à l'ouest de l'Iran, et était parsemée de minuscules lignes et marques rouges qui faisaient penser à du morse, brèves et longues. La carte semblait avoir été déchirée, si bien que cette portion seulement demeurait reconnaissable, même si la peinture était brillante, comme si elle avait été restaurée. C'était une œuvre d'art en soi. Était-ce la chambre d'Edouard, Edouard l'aveugle ? Edouard, le fantôme. Edouard, époux et père, *beau*-père ; Edouard, présumé architecte de crimes, le centre d'une histoire d'horreur que personne ne m'avait encore racontée. Edouard, l'homme à surveiller. Edouard, celui que l'on m'avait envoyé chercher aujourd'hui.

Quand j'avais demandé à Marcus qui était Edouard et pourquoi Raja s'intéressait à lui, Marcus avait répondu : "C'est le roi des rois", puis avait demandé de ne plus poser de questions, pas encore. Il avait pris le soin d'ajouter, "S'il est bel et bien là, ce dont je doute fort, et si tu le rencontres, il cherchera vraisemblablement à passer du temps en tête-à-tête avec toi. Si ça arrive, n'aie pas peur."

Je me souvins du commentaire de Nikki sur les tableaux, sur le fait d'avoir la guerre mais pas la paix. Je m'approchai d'un pas du lit. Je voulais voir quels livres étaient là, et au moment où je me faisais la réflexion qu'il était étrange qu'un aveugle recouvre son lit de bouquins, j'entendis un bruit qui venait d'en bas, le chien aboya, et je me précipitai dans le couloir, me hâtant de refermer la porte derrière moi. J'avais cru entendre quelque chose, ou quelqu'un, à l'intérieur de la chambre, mais je risquais de me mettre en retard. À cet instant déjà, je pouvais supputer sans me tromper que Nikki n'était pas du genre à tolérer les retards.

Elle m'attendait sur la plage, mi-sable et mi-galets, et dès qu'elle me vit, elle courut dans l'océan et plongea sous la première grande vague. Je la rejoignis et nous nageâmes vers le large pendant ce qui sembla un long moment. L'eau était plus chaude que ce à quoi je m'attendais.

— Tu me plais beaucoup, dit-elle. Il faudra que tu reviennes.

Nous restâmes une minute à faire du sur-place en contemplant le rivage. Et puis elle replongea, et je la vis regagner la plage à grandes brassées, comme si elle faisait la course. Une petite cabine de plage avait été installée, dans laquelle, sur une chaise, m'attendaient mes vêtements et mon sac.

— L'hélicoptère est là, annonça Nikki comme je sortais de l'océan.

Évidemment qu'il était là. La journée entière, y compris ma sortie de scène, avait été chorégraphiée bien avant mon arrivée.

Et comme nous approchions de l'aire d'atterrissage, Nikki m'embrassa trois fois, joue gauche puis droite puis de nouveau gauche. J'avais encore les cheveux mouillés quand nous nous élevâmes dans le ciel, d'un bleu limpide. Je jetai un œil par-dessus mon épaule, loin de la maison et encore plus du petit musée rond. J'aperçus une clairière dans les arbres et, à l'intérieur, je distinguai tout juste un couloir de nage, à l'eau sombre savamment camouflée par des murs noirs. Quelqu'un faisait des longueurs, nu, portant seulement des lunettes de natation. C'était un homme. Au bord de la piscine, un autre homme, assis, fumait en silence, vêtu d'un costume, comme s'il montait la garde. Le nageur atteignit le bord de la piscine, la fin de sa longueur et, alors que nous prenions de l'altitude hors de vue, je crus le voir lever la tête et suivre notre trajectoire.

— On y va ? demanda le pilote en français. À la maison ?

— Oui, s'il vous plaît, dis-je. Ramenez-moi à la maison.

V

LE ROI DES ROIS

À L'ATTERRISSAGE d'un hélicoptère, on a l'impression de flotter. Et, brièvement, d'être en suspens. En baissant les yeux par la fenêtre, j'apercevais les toits de La Défense, et songeai aux milliers de gens qui travaillaient dans ces bâtiments, engagés dans des transactions qui donnaient du sens à leurs vies, des transactions qui faisaient bouillir la marmite, un travail qu'il leur arrivait de cacher à leur épouse dans le cas où telle ou telle affaire exige discrétion ou réserve. Exige "confidentialité", un mot qui pouvait aisément signifier que les enjeux étaient élevés comme il pouvait signifier que le partenaire à l'autre bout du téléphone portable de votre mari était une femme, séduisante avec ça, et que vous n'aviez peut-être pas envie de ramener cette donnée sous votre toit et dans votre chambre à coucher.

Il y a toujours le risque d'une insinuation accidentelle, dans certains métiers. Certains métiers imposent des règles différentes. Je me souviens avoir pensé, tandis que l'hélicoptère se posait aussi délicatement qu'un papillon, qu'il n'aurait pas réveillé un bébé qui dort. Je me souviens avoir pensé au niveau de secret que la plupart des gens sont prêts à supporter, si ce sont d'honnêtes gens, et comment pour la plupart ce n'est pas grand-chose. Non pas parce que nous sommes des saints mais parce que le secret exige de la force. Si vous m'aviez posé la question quand j'étais plus jeune, je vous aurais peut-être répondu qu'un tempérament enclin au secret était probablement un tempérament enclin à l'anomie, l'athéisme, voire une croyance en une imminence de l'apocalypse. Un penchant pour le secret impliquait de l'amoralité. Je n'avais vraiment jamais songé à tout cela auparavant, pas avant le Cap et ses toiles avec leurs explosions de couleurs, leurs élégantes abstractions. Avant d'avoir admiré les grappes de raisins disposées au centre de la table, le chemisier aussi simple que parfait de Dasha, je n'avais pas songé aux secrets que je serais capable de garder. Peut-être de la même manière n'avais-je pas pensé auparavant à qui je pouvais être, et être heureuse en tant que, ni au genre de femme que je pouvais incarner qui était et n'était pas moi. En cet instant de calme, parcourant du regard les rangées sans fin de fenêtres non encore obscurcies par la nuit, c'était ainsi que je voyais les choses.

Raja, et non pas Marcus, m'attendait sur le toit. Il était vêtu d'un jean et d'un pull en coton bleu marine, qui lui donnait un air décontracté et jeune, un étudiant international en balade l'après-midi sur les toits de Paris, en toute simplicité. Comme je me penchais pour passer sous les pales et courir dans sa direction, il abaissa ses lunettes de soleil en inclinant la tête en avant, et je vis ces fameux yeux bleus, et il sourit, comme s'il savait déjà ce qui s'était passé au cours des dernières heures et s'en félicitait. Ou, peut-être, comme si cela n'avait plus d'importance, peut-être était-il tout bonnement content de me voir, peut-être n'avais-je pas échoué. Je relevai mes cheveux encore mouillés en un chignon et restai plantée gauchement, la fille au bal qui attend qu'on l'invite au premier foxtrot. S'il y avait de l'embarras en cet instant, il y avait aussi de l'excitation. De ce qui allait suivre.

— Salut, dit-il simplement, et puis il me prit dans ses bras. Ça va ?

— Ça va bien, très bien.

Son geste était en total désaccord avec l'homme que Raja avait été au cours de la matinée, moins de douze heures plus tôt, sa performance d'interrogateur à la limite de la brutalité, professeur exigeant, patron colérique. Raja venait de se transformer en autre chose. Cet homme nouveau dirigeait avec bonhomie. "Pense à lui comme à un grand frère un tantinet lunatique", avait recommandé Marcus à propos de Raja. "Ses humeurs seront changeantes, mais sa loyauté tient."

Raja dit que Marcus ne se sentait pas bien. Il dit que Marcus lui avait demandé de venir me chercher et de m'emmener dîner – "Et s'il te plaît, fais-la manger", avait dit Marcus d'après Raja, ce qui lui ressemblait. Nous descendîmes par l'ascenseur dans un silence gêné et il m'accompagna jusqu'à une voiture qui attendait. Je crus sentir sa main effleurer le creux de mes reins, mais en baissant les yeux, je vis ses mains enfoncées dans ses poches, autre pose très raja-esque qui le faisait paraître plus jeune. Il avait quarante-cinq ans, à ce moment-là. Quarante-cinq, sachant que quand il était âgé de vingt-cinq ans, il était tout aussi capable de choses sérieuses. Quand il avait mon âge.

— Comment c'était, dit-il, là encore avec une sorte de douceur surnaturelle, toute tension évaporée.

— Bien, dis-je. Je crois.

— Comment était l'océan, dit-il, comme s'il n'avait pas entendu ma blague, ou comme si elle n'était pas très drôle.

— Chaud.

— La côte est magnifique, n'est-ce pas.

— Oui.

Et c'était reparti, les répliques d'ouverture, la manière qu'avait Marcus de préparer le terrain, de disposer son jeu. Sa manière d'ouvrir chaque conversation pour planter l'ambiance de la scène. Pas de brutalités ce soir. Place à la simplicité. La gentillesse.

La voiture nous conduisit au musée Rodin, à l'hôtel Biron, dans le 7e arrondissement, lieu que je connaissais car Marcus m'avait dit qu'il aimerait se marier là-bas et puis, tel qu'il était enclin à le faire, il avait acheté la propriété à Majorque et changé d'avis. Marcus avait fait défiler des images de l'hôtel Biron sur mon compte Instagram, puisqu'évidemment il n'en avait pas. Était-ce étrange que Raja m'emmène dans un endroit que non seulement mon mari m'avait montré en photo, mais qui avait été le lieu prévu pour notre mariage ? D'ailleurs, si Marcus et Raja étaient à ce point proches, pourquoi Raja n'était-il pas présent ce jour-là à Majorque ? Le fait est que dès que vous ouvrez une nouvelle porte dans votre esprit, tout peut paraître confus, sujet à interprétation. Sans même le savoir, j'avais été conditionnée à maintenir mes portes non seulement closes, mais soigneusement verrouillées.

— J'ai réservé le petit café, dit Raja tandis que nous faisions le tour jusqu'au jardin à l'arrière.

Le petit espace extérieur était vide, exception faite d'un ou deux couples qui prenaient une tasse de thé tardive ; il était encore beaucoup trop tôt pour que quiconque à Paris songe dîner. Comme nous entrions dans la salle, je remarquai qu'une des femmes me regardait, et j'eus honte de mes cheveux décoiffés, qui suivaient allégrement une foule d'autres choses dans l'escarcelle de la honte : mon ignorance globale ; pourquoi ne m'avait-on rien enseigné sur des sujets comme Rodin ; avais-je réellement appris quelque chose à l'école. Je ne savais rien d'Auguste Rodin, si ce n'est qu'une affiche de son œuvre emblématique *Le Baiser* était accrochée dans ce qui avait été autrefois la chambre à coucher de ma mère. C'était la seule œuvre d'art dans la maison qui m'a vue grandir, dont le romanesque contrastait avec l'atmosphère parfaitement prosaïque de mon enfance. Quoi qu'il en soit, ma mère l'adorait, fait qui – les fameuses portes de mon esprit s'ouvrirent – me frappa, comme une coïncidence.

Raja me regarda.

— Raconte. Raconte comment ça s'est passé.

Il tendit la main par-dessus la table et posa deux doigts autour de mon poignet. Ce geste était un rappel : *C'est moi qui fixe les enjeux*. Ou alors c'était un défi. Était-ce pour dire *Vas-y, retire ta main, tu verras ce qui se passe.*

Je ne bougeai pas.

Il fit glisser son pouce sur mon poignet, en allers et retours comme un essuie-glace, puis retira sa main et se laissa aller contre le dossier de sa chaise. Une serveuse apporta deux flûtes à champagne en plastique. Raja me dit qu'il n'avait pas faim pour le moment, et me demanda de faire quelques pas dans le jardin.

Pendant un long moment, il ne dit rien. Puis, une fois éloigné du café, quand il eut terminé son champagne, il dit – finalement – beaucoup de choses. Il estimait que le temps était venu. Cette estimation est une chose pour laquelle vous êtes soigneusement formé. Demander à quelqu'un de faire de l'espionnage, c'est comme demander à quelqu'un de vous épouser. Vous ne posez la question qu'une seule fois, et vous ne la posez que lorsque vous êtes certain de la réponse. La requête est une expression de pouvoir, raison pour laquelle avec le mariage c'est traditionnellement l'homme qui pose la question. Le pouvoir, la confiance en soi, celui qui les détient est celui qui fixe les règles.

— Qu'est-ce que tu veux faire de ta vie, demanda Raja. As-tu déjà réfléchi à la question.

— Je ne sais pas, mentis-je parce que dos au mur, j'aurais peut-être répondu que ce que je voulais, c'était avoir un enfant, être mère, et que je n'avais pas pensé plus loin que ça.

— J'aimerais beaucoup que tu envisages de travailler pour moi.

— Travailler pour vous en faisant quoi ?

— Exactement ce que tu as fait aujourd'hui.

— Et qu'est-ce que j'ai fait exactement aujourd'hui ?

— Tu as écouté, observé, mémorisé.

— Et menti.

— Oui, c'est vrai aussi. Tu es douée pour ça, cela dit. Comment tu t'es sentie ?

Un jeune couple remontait l'allée dans notre direction.

Ils rirent et admirèrent la vue.

La femme posa la tête sur l'épaule de l'homme.

L'homme enroula son bras à sa taille.

Raja les laissa passer.

— Et vogue la vie ordinaire, dit-il. C'est ça que tu veux ?

— Je crois.

— Pas moi. Je ne crois pas que la vie ordinaire soit ton style, mon amie. Une fille ordinaire ne jetterait pas son dévolu sur quelqu'un comme Marcus. Les filles ordinaires n'acceptent pas les propositions de passer leurs journées à faire semblant d'être quelqu'un d'autre.

— J'ai fait ça pour Marcus.

Cela me semblait être une posture plausible.

Il s'approcha.

— Tu es la personne parfaite pour la tâche qui nous occupe.

— C'est qui, "nous"?

Raja leva les yeux, comme si Dieu allait prendre le relais, comme si Dieu en personne savait ce qu'il pensait.

— Eh bien, dit-il, "nous" c'est le gouvernement des États-Unis. La Central Intelligence Agency, l'agence centrale de renseignement. La CIA. Et "nous" cherchons Edouard depuis très longtemps.

— Pourquoi?

— Je ne peux pas te le dire, pas encore. (Puis il dit:) Tu me fais penser à moi, à ton âge.

— Vous et moi n'avons rien en commun.

— Nous sommes tous les deux des optimistes. Nous sommes tous les deux des orphelins. L'espionnage a un faible pour les orphelins.

Nous continuâmes à marcher, et Raja m'en dit davantage sur son histoire.

Ce qu'il dit, c'est qu'il avait été recruté pour travailler pour les services de renseignements britanniques, le MI6, alors qu'il étudiait les langues à l'université américaine de Beyrouth. Ce qu'il dit, c'est qu'il avait passé toute sa vie d'adulte dans "le monde du secret", grisé par le sentiment d'avoir une mission. "Après avoir grandi privés de mission, si tu vois ce que je veux dire, ce sont toujours les gens comme nous qui finissent attirés par la mythologie à l'œuvre derrière tout ça, notre seule chance de partir à l'aventure." Il me raconta comment son professeur d'anglais le recruta alors qu'il avait dix-sept ans, et comment le professeur le remit plus tard à un autre membre du service, de rang supérieur, un homme d'affaires prospère opérant sous ce que Raja expliqua s'appeler "une couverture non officielle". Cet homme d'affaires devint l'opérateur de Raja, son coursier, son officier traitant. Son mentor. Cet homme d'affaires convia Raja à devenir la chose la plus proche qu'il ait jamais eue d'une famille.

— À l'époque, il était plus jeune que je le suis aujourd'hui, dit Raja. Il me paraissait si vieux, il paraissait tout savoir.

L'homme d'affaires, poursuivit Raja, avait un travail qui exigeait des voyages fréquents vers "toutes sortes d'endroits très complexes, ce qui faisait de lui le parfait espion. Il pouvait aller partout sans se faire remarquer, sans éveiller les soupçons. Tel que tu l'as fait aujourd'hui." Raja me raconta qu'il était entré "en service" au moment où tout le monde était sincèrement persuadé que la guerre froide était terminée. Et comment les "nouvelles guerres", alors, avaient débuté. Comment il était autrefois rare, avant la fin du siècle dernier, qu'un banquier se rende dans des endroits tel que Bakou.

— La plupart des banquiers aiment les serviettes en tissu, expliqua-t-il.

— Il traitait quel genre d'affaires le banquier, demandai-je.

— Le genre qui te rapporte une sacrée fortune.

Il s'avéra qu'en dépit de ses discours sur le mythe et le romanesque, Raja était un pragmatique sans pitié. Raja n'était jamais plus heureux que dans les villes dangereuses et les recoins sombres, mais restait factuel s'agissant des détails de son métier. Des détails tel que la violence. Raja était insensibilisé à la violence. Raja n'avait que faire des serviettes en tissu. Tandis que les "endroits tel que Bakou" devenaient de nouveaux centres du capital mondial, tandis que la définition d'"exotique" changeait et quand ce qui était autrefois "le tiers monde" devint simplement "les marchés émergents", autrement dit, des opportunités, le monde du secret évolua, lui aussi. Dans une ère de transparence radicale il devint plus difficile de passer sous le radar. Le radar était partout. Dans la nouvelle ère, il vous fallait acquérir de nouvelles compétences, l'une d'elles étant d'être tout aussi à l'aise dans un restaurant cinq étoiles que dans une zone de guerre. Ça, c'était Raja. Raja, qui prétendrait haïr le théâtre comme un athlète olympique se plaignant de l'effort physique. Le théâtre est indispensable au monde du secret.

Tout ce que j'avais supposé concernant Raja avant ce soir-là était faux. Ce que j'avais vu dans la vaste salle à manger le jour de notre première rencontre était un test, un appel du pied, une présentation. À présent nous nous attelions au cœur de l'affaire. Comme il l'avait dit, vous ne demandez qu'une fois. Vous ne demandez que si vous connaissez la réponse. À l'époque, j'en savais autant sur l'espionnage que sur la politique étrangère chinoise. Je me figurais que c'était complexe. J'ignorais, alors, que l'espionnage est tout simplement une interaction humaine réalisée dans des circonstances exceptionnelles. Le jeu de l'espionnage, fondamentalement, c'est l'observation, la séduction, la patience. Et une relation fluide avec la perception que vous avez de vous-même. Pour faire de l'espionnage au plus haut niveau, il faut être prêt à oublier qui vous êtes dans le but d'habiter quelqu'un d'autre. D'imiter à la perfection les émotions d'une ancienne toxicomane, par exemple, ou d'une veuve éplorée. La reine Élisabeth, Jeanne d'Arc, une archère olympique. Cela s'apprend, comme n'importe quelle autre compétence.

Raja parla de son enfance au Liban. Il me demanda si j'y étais déjà allée (quand bien même il savait que la réponse était non). Il voulait savoir si j'avais une idée de Beyrouth et si c'était un "bon ou mauvais" endroit, si j'avais déjà lu des livres sur le Moyen-Orient ou étudié le sujet à l'école. Et la Russie alors, et l'Union soviétique. Et la guerre froide. Est-ce je connaissais la relation de la Russie, par exemple, avec le Moyen-Orient, et est-ce que je savais des choses sur l'histoire de mon propre pays dans la région. Je dis qu'enfant, à Londres, j'avais connu des jumelles libanaises, que j'étais allée dans leur maison en bas de la rue où leur mère préparait des plats typiques du Moyen-Orient, ragoût d'agneau aux raisins, poulet aux grenades. En d'autres termes, je savais très peu de choses. Il me dit que la guerre froide ne s'était jamais terminée. Il me dit qu'Edouard était autrefois général dans l'armée russe, et qu'Edouard et lui s'étaient rencontrés quand ils étaient stationnés au même endroit, alors que Raja était jeune homme. D'après la rumeur, expliqua Raja, Edouard descendait des Romanov.

La Russie, pour moi, c'étaient les poupées russes que ma mère avait sur sa commode.

Elle gardait sa bague de fiançailles à l'intérieur de la plus petite.

"La Russie", ma mère me dit un jour, "est romantique".

La Russie, pour Raja, c'était corruption, tromperie, massacre, trahison.

Raja ne m'avait jamais montré de papiers d'identité prouvant que ce qu'il m'avait raconté était vrai. Rien ne prouvant qu'il avait travaillé dans le cadre d'une "unité de mission spéciale". Il me dit qu'il avait fait une chose, et une chose uniquement, au cours des neuf dernières années.

— Ce qui est, demandai-je.

— Ça, dit-il en guise de réponse.

Il dit que l'opération touchait à sa fin et que j'étais arrivée "pour le dernier acte".

— Le dernier acte est le plus important, dit-il. C'est celui dont les gens se souviennent.

Il me raconta qu'il avait passé une décennie au Liban avant, de façon inattendue, d'être transféré à Téhéran. Il me dit qu'il avait appris à aimer l'Iran, les gens, le paysage, la langue. Et que, alors qu'il commençait tout juste à cartographier le reste de sa vie là-bas, quelques semaines seulement après qu'il était tombé amoureux d'une professeur de littérature iranienne, le fameux homme d'affaires s'était présenté à son appartement en annonçant : "Il y a eu un changement." L'homme d'affaires raconta à Raja que l'Iran n'était qu'un entraînement pour une opération plus importante. À ce moment-là, Raja, qui parlait couramment le farsi, allait retourner à Beyrouth, où sa nouvelle couverture le présenterait comme un agent iranien recrutant des sources au nom de l'Iran. Raja rejoindrait une opération d'élite conjointe entre la CIA et le MI6. L'objectif opérationnel était de développer un nouveau réseau de sources à Beyrouth.

— Et la professeur, demandai-je.

— C'était une promotion, dit Raja. Je ne pouvais vraiment pas dire non.

— Libanais, se faisant passer pour un Iranien, travaillant pour les Américains.

— *Et* les Britanniques.

— Et les Britanniques.

— Exact.

— Vous êtes-vous jamais posé la question de savoir qui vous étiez, sous tout ça ?

— Non.

— Et les mensonges.

— C'est mon travail.

Le soleil s'était couché.

Raja ne posa jamais la question-clé, mais encore une fois, il n'avait pas besoin de le faire, j'avais déjà donné ma réponse.

J'étais partante.

Il posa les mains sur mes épaules.

— C'est une vocation, dit-il, comme la prêtrise. C'est une question de foi.

Il me déposa à mon hôtel et, tandis que le portier ouvrait de mon côté, regarda droit devant lui et énonça d'une voix calme :

— C'est une bonne chose, de sauver des vies. C'est une bonne façon de mener son existence.

Marcus n'était pas dans notre chambre. Le lit était fait. Un petit plateau en argent reposait sur les draps, chargé d'un souper intact, d'une bouteille d'eau, une bouteille de vin. Je sentis mon cœur s'accélérer. J'appelai Marcus, mais avant d'avoir eu le temps de prononcer son prénom deux fois, j'étais déjà dans la salle de bains, et il gisait là par terre et ne respirait plus. Dans sa main, une feuille de bloc-notes jaune, du genre que ma mère utilisait pour ses listes et objectifs, était pliée en deux à la perfection. Je la dépliai :

RAJA PRENDRA SOIN DE TOI.

Et mon téléphone sonna, mais je ne décrochai pas car j'allai appeler le standardiste de l'hôtel pour demander une ambulance, s'il vous plaît, et puis en l'espace de ce qui parut durer de longues minutes, l'ambulance arriva avec un tas de bonshommes qui emportèrent Marcus, et on me demanda de signer des papiers, et de faire une déposition. On me demanda si je voulais me rendre à la morgue, ou si je voulais de "l'aide", euphémisme pour médicaments. Une femme apparut, affirmant qu'elle travaillait "avec l'hôtel", et proposa de passer des appels téléphoniques, n'y avait-il pas des membres de la famille que je devais appeler, ou peut-être des gens qui pourraient venir et me réconforter, m'aider, la mort est une affaire complexe. Il n'y avait qu'une seule personne à appeler immédiatement, et elle n'était pas là. Il y avait seulement Raja, la seule personne dont, en un instant, j'étais devenue totalement dépendante. Raja, à qui j'avais choisi de me fier, aussi. Raja qui arriva dans l'heure et attendit patiemment cependant que je pleurais, dormais, enrageais. Raja, qui portait ses lunettes de soleil à l'intérieur, comme une star de cinéma, jusqu'à ce que je me rende compte qu'il les portait pour dissimuler ses émotions. Raja, avec ses mains profondément enfoncées dans les poches de son jean et son jeu à long terme, qui me regarda cette nuit-là avec ce qui ressemblait fortement à une profonde affection. Raja, qui était en deuil non pas d'un époux, mais de l'homme qui, tel qu'il l'avait fait pour moi, avait changé sa vie, été son mentor, son ami, la relation la plus proche qu'il avait jamais eue d'un père, d'un frère, d'une famille.

Le lendemain matin, je me réveillai tout habillée dans une odeur de café, d'œufs et de bacon, yaourts à la grecque, melon et fruits rouges, neuf sortes de thé au choix. Raja était assis au petit bureau, occupé sur son téléphone. Je le regardai un moment jusqu'à ce qu'il se retourne, sourie, et dise, simplement : "Salut." J'avais envie de lui demander de ne jamais partir, et pourtant, sans rien dire, ce qui émergea en cet instant n'était pas une question mais une réponse. Au moment où Raja vint s'asseoir à côté de moi sur le lit, au moment où j'avais appuyé ma tête sur son épaule comme s'il pouvait emplir le vide qui me définissait depuis si longtemps, comme si lui seul pouvait chasser la tristesse, à ce moment-là j'avais dit oui haut et fort sans rien dire du tout. Oui, à la demande formulée dans le jardin du musée Rodin. Oui, à la mission, aux mensonges et risques, aux jeux et au sens. Oui, à la *prêtrise*. Oui, avant tout, à ne pas regarder en arrière.

VI

JACK ET JILL

QUAND je me réveillai, c'était le soir. Quelqu'un frappait à ma porte. J'allai l'ouvrir et me trouvai face à Annabel, qui me serra chaleureusement dans ses bras, et m'annonça qu'elle était venue dès qu'elle avait appris la nouvelle. Elle remarqua que je regardais alentour et me dit que Raja était parti travailler, qu'il passerait plus tard. Elle ajouta que "d'autres amis" allaient passer, et c'est alors que je me rendis compte qu'Annabel elle non plus n'était peut-être pas celle que je croyais. Annabel était un sphinx, elle aussi. Annabel, à défaut de faire partie du monde du secret, lui était contiguë. Annabel, elle aussi, prendrait part au troisième acte.

Annabel décrocha le téléphone pour commander un room service, steak-frites pour quatre.

— Il faut que tu manges, dit-elle. Tu vas avoir besoin de force pour jouer la jeune veuve éplorée.

— Je suis une jeune veuve éplorée.

— Ce qui rendra les choses beaucoup, beaucoup plus faciles.

Autre coup à la porte. Annabel alla ouvrir et un homme et une femme entrèrent. Ils avaient l'air vaguement familiers. Les connaissais-je enfant, ou les avais-je rencontrés avant en compagnie de Marcus ? L'homme tendit la main ; il avait les doigts les plus longs que j'aie jamais vus, et portait des bagues à quatre d'entre eux. Il portait en outre le genre de survêtement en cachemire que les P-DG à cette époque trouvaient cools, sauf qu'il n'avait pas une tête de P-DG. Il avait l'air d'avoir trente ans à tout casser. Les cheveux coupés court, à la militaire. Il portait une boucle d'oreille, une croix minuscule.

— Double, double, peine et trouble, déclama-t-il en embrassant Annabel sur les deux joues. (Il me regarda et dit :) Moi c'est Jack. Comment tu t'appelles, la nouvelle fille ?

Jack alla sortir trois Coca du minibar. Il en tendit un à Annabel, un à l'autre femme qui se tenait à côté de lui, qui le but avec avidité, puis me proposa le dernier. La femme avait l'air encore plus jeune que lui, vingt-cinq ans peut-être, même si c'est toujours difficile à dire. Elle portait une jupe très courte et avait des jambes d'une longueur absurde qui tombaient, sur des kilomètres depuis ses hanches, dans une paire de baskets Tretorn usées. Elle était prodigieusement grande. Tandis que Jack s'asseyait sur le lit comme si la chambre était à lui, elle se plia dans l'un des petits fauteuils bergères près de la fenêtre, fauteuils que Marcus avait contemplés en se demandant s'ils avaient été "fabriqués pour des poupées". Elle avait les cheveux platine, renforçant l'impression qu'elle était le genre de fille que j'avais connu, mais jamais été. Le genre de fille qui se démarque, une créature exotique, une extraterrestre. Elle se laissa aller nonchalamment contre le dossier et, en bougeant à peine, elle ferma les lattes des stores d'un mouvement du bras. Elle était forte.

— Et voici Jill, dit Jack en désignant l'extraterrestre d'un geste.

Jack parlait anglais avec un accent irlandais, mais un irlandais affadi par des années passées dans des villes loin de Dublin, ou de Belfast. C'était un accent que j'associais aux films que mon père adorait, des histoires d'immigrants, de gangsters, de gens qui se tenaient fièrement à la marge. Jill, quand enfin elle dit quelque chose beaucoup plus tard, avait un accent slave, même si je n'avais jamais entendu parler de Russes dénommées Jill. Elle était originaire d'Ukraine, avait grandi à Odessa, sur la mer Noire. Elle avait été soldate dans les forces spéciales ukrainiennes. Jill et Jack avaient eu de multiples incarnations en tant que "partenaires". Jack avait été son frère une fois et parlait parfaitement russe. Il avait été son mari au moins deux fois, et le baiser entre eux était toujours crédible. Jack et Jill aimaient les opérations sans drame, mais si une diversion était nécessaire, ils pouvaient se battre comme des tigres au beau milieu de la gare de Paddington, de l'aéroport Charles-de-Gaulle, du Tiergarten. Jack et Jill n'étaient pas leurs vrais noms.

— Tu étais une *jolie* mariée, dit Jack, et alors je me souvins.

Jack était "David, du bureau", à Majorque, l'homme qui avait lâché le commentaire sur le fait que Marcus nous avait épargné *Macbeth*.

— C'est vrai que tu as mangé le gâteau avant le mariage et que c'est pour ça qu'on a dû faire venir par avion, genre, deux cents crèmes brûlées depuis Madrid ? (Il coula un regard en biais à Jill et lui fit un clin d'œil.) La crème brûlée voyage exclusivement en première classe, bébé.

— C'était un accident, dis-je. Le gâteau.

— Je ne crois pas aux accidents, commenta Jill.

La seule chose en quoi Jill croyait, c'était le cash.

Annabel sortit un foulard de soie de son sac et l'étendit sur le lit. Un plan très précis était peint dessus, et après un moment, je vis clairement qu'il s'agissait de l'enceinte du Cap Ferret. Je reconnus la maison, la plage. Je reconnus la pergola et l'aire d'atterrissage. La piscine.

— Qu'est-ce que c'est que ça, m'exclamai-je en admirant la beauté de la carte.

— Un plan de fuite et d'évasion, expliqua Jack avant de montrer une petite ligne rouge en pointillés qui courait depuis la maison principale à travers le sable jusqu'à une falaise rocheuse. Ce sera facile, on n'est pas à Sanaa. Vite fait bien fait, rationalisé, à moindre coût. Exactement comme le Vaisseau-mère les aime.

— Le Vaisseau-mère aime le succès, dit Annabel. (Et d'ajouter à mon intention :) Le Vaisseau-mère, Oncle Sam, les Américains.

Les Américains. Et pourtant nous étions là, une Britannique, une Ukrainienne, un Irlandais, et pour autant que je puisse en juger s'agissant d'Annabel, une Suisse, ou peut-être une Danoise, même si elle se révélerait être allée à Yale, où elle fut recrutée. L'espionnage, fondamentalement, est sans frontières. Dans les jours qui précédèrent Arcachon, deux décennies après le début du XXIe siècle, les règles et systèmes de renseignement d'antan avaient failli. Un certain niveau d'ordre s'était volatilisé, les anciens principes d'organisation des affaires oblitérés par la technologie, le cyber et la mort du cash. Un nouveau style se formait pour prendre sa place. Et pourtant, ce nouveau style était, à certains égards, le style le plus ancien de tous. Il était analogique.

C'étaient des plans en soie et des poignées de main. C'était sans téléphones, sans boîtes aux lettres mortes, sans jamais rédiger de mémorandum. Dans le nouvel ordre, la disponibilité de l'information était la dégradation de l'information. Et pourtant, pendant que des opérations comme Arcachon paraissaient rationalisées, elles requéraient néanmoins ce que Raja appelait une "assurance financée par l'État", manière sophistiquée de signifier planification, et cash. Chaque mensonge que j'allais énoncer à cette époque était subventionné et validé par quelqu'un que je ne rencontrerais jamais dont les habilitations de sécurité n'étaient connues que d'une poignée de hauts fonctionnaires du gouvernement – en parlant de poupées russes. Dans le nouveau style, c'était précision et démenti *über alles*.

Ce soir-là à l'hôtel peu de choses me retenaient, si ce n'est la confiance. Le rôle que Marcus avait joué dans ma vie et le besoin, alors impérieux, de m'y accrocher. Je n'avais jamais bien géré la mort, et Raja m'avait assuré que ce que Marcus voulait était "rien, pas de stèle, pas de chichi", qu'il voulait une crémation. Peut-être voulait-il tout simplement disparaître. Marcus a toujours su ce qu'il voulait. L'absence absolue de doute dans sa vie était inversement proportionnelle à sa présence constante dans la mienne.

Je me racontais que les choix que je faisais étaient simplement une question de survie.

J'allais suivre ces gens non pas au service d'un gouvernement, mais au service de moi-même.

Jack lissa les plis de la soie sur le lit et s'employa soigneusement à m'expliquer ce que "nous" savions jusqu'ici.

Le niveau de détails dont il disposait concernant la maison était impressionnant. La maison ainsi que ses occupants. Je commençais tout juste à avoir le sentiment qu'en dehors du monde dans lequel j'avais vécu, le vrai monde des civils avec ses rôles sociaux et ses certitudes, il existait un autre monde, parallèle, défini par son architecture de systèmes de surveillance, de tromperies et de mensonges. Défini par des "couvertures" et des plans d'évasion exposés autour d'un room service dans des hôtels trois étoiles. Un monde de langage codé étranger à la plupart des civils. Et pourtant le système entier de poudre aux yeux avait bel et bien un objectif. Et ça, pour moi, à cette période de ma vie, ça suffisait. Parce que chaque choix devait être précis. Parce que chaque décision devait faire avancer les choses.

Jack disposa une petite feuille carrée de papier kraft à côté du foulard de soie sur lequel il avait dessiné les contours grossiers d'un plan d'étage de la maison principale de l'enceinte. À côté, il plaça une série de photographies aériennes de surveillance en noir et blanc granuleux. Chaque image était poinçonnée en bas de deux minuscules lettres, à côté de la date et de l'heure. "EO" qui voulait dire, je l'apprendrais, "eyes only", une drôle de formule signifiant que ce que vous regardez ne sera vu de personne d'autre. Ou en tout cas, c'est l'objectif.

— La maison, dit Jack en montrant du doigt le papier kraft, peut accueillir dix-huit personnes, si vous comptez les chambres des enfants. Elle a été conçue pour maximiser les sorties discrètes et minimiser les entrées. Nous pensons qu'il reste à l'étage la plupart du temps, et selon mon hypothèse probablement *ici*, poursuivit-il en désignant un carré marqué "MBR1". Master Bedroom One pour la chambre à coucher principale. C'était la chambre qui se situait sur le flanc gauche du premier étage, l'espace le plus important de cet acabit dans un alignement d'espaces parfaitement carrés. Tout m'était apparu si informel quand j'étais sur place, mais à y regarder de plus près, je saisis clairement le soin qui avait été apporté à la conception des lieux. La manière dont la pergola n'était pas tant un élément structurel qu'une protection contre, par exemple, les tentatives de surveiller les repas depuis le ciel.

— De qui on parle, là, demandai-je.

— D'Edouard, dit Jill.

— Dans ce cas, ça ne va pas, objectai-je.

— Qu'est-ce qui ne va pas, dit Annabel.

Je montrai la chambre dans laquelle j'étais entrée, où j'avais entendu la musique.

— Je crois qu'il dort *ici*, affirmai-je.

— Comment tu sais ça, dit Jill.

— J'ai vu Dasha quitter *cette* chambre alors…

— Les mouvements de Dasha n'indiquent rien, coupa Jill.

— Ça n'a pas d'importance, dit Jack. *1*, s'ils sont intelligents, et ils le sont, il bouge et ne dort jamais deux nuits de suite au même endroit, c'est le tour de passe-passe avec toutes ces chambres, sinon à quoi ça sert d'en avoir autant, ça n'a aucun sens. Et *2*, idéalement, nous n'entrerons pas dans la maison. Je n'aime pas les maisons simples, et celle-ci est un labyrinthe. Regardez là, dit-il en montrant un ascenseur dérobé.

— Les enfants posent un problème, avança Annabel.

— Oui, beaucoup trop d'enfants, acquiesça Jack.

Ce qui, en fin de compte, était à dessein là aussi.

Les enfants étaient le véritable système de sécurité au Cap.

Jack me regarda.

— Ça pourrait être utile d'en savoir plus sur les enfants.

Je songeai au garçon qui aimait le foot.

S'il était au courant de quoi que ce soit.

Si sa chambre avait un balcon à l'arrière faisant office, tel que Jack le formula, de "sortie surnuméraire".

Jill désigna un cercle sur le plan.

— La chapelle, dit-elle. Ils sont russes orthodoxes, c'est ça ?

— Ce n'est pas une *chapelle*, dit Jack. C'est une planque.

— Non, c'est pour ses tableaux, dis-je.

— Eh bien, c'est construit comme Fort Knox, dit Jack. La forme, l'absence de fenêtres. Et le fait qu'il semble y avoir un sous-sol, lequel pourrait aisément comprendre un tunnel. Donc il est *hors de question* de finir là-dedans.

Annabel alluma une cigarette.

— Tout ça doit se passer dehors.

— Exact, dit Jack.

Après cette nuit-là, plus aucune de mes entrevues avec Jack ne dépasserait les dix minutes. Après cette nuit-là, je ne verrais jamais Jack exécuter une tâche humaine classique. Je ne le verrais jamais écrire quoi que ce soit. Et je ne saurais jamais son nom, s'il était marié ou célibataire, riche ou pauvre, s'il aimait les hommes ou les femmes, s'il avait quoi que ce soit dans la vie en dehors de ceci. Et je me rendrais compte que non seulement je cautionnais ce degré de dévotion obsessionnelle envers le travail, mais que je l'enviais. En ce sens, c'était une question de foi.

— Nous savons que la famille se rassemble tous les jours autour du déjeuner, habituellement dehors, habituellement *ici*. (Il montra la pergola.) Ils peuvent même la clôturer à l'aide de murs temporaires.

Il disposa une photographie en noir et blanc sur le lit, et la voilà qui apparut, la pergola. Vue du ciel elle ressemblait davantage à un abri anti-aérien.

— Voici à quoi mène l'existence quand on cède à la paranoïa, dit Jack en riant. Seuls les Russes feraient une chose pareille. Les Israéliens ? Ils se contentent de poser leurs flingues sur la table.

— Qui cuisine, demanda Annabel.

— Ils ont un cuisinier, dis-je. Un homme.

— Tout homme sur place fait probablement partie de la sécurité, observa Jill.

— Tout le monde fait partie de l'équipe, dit Jack. Tout le monde sauf les enfants.

Jack expliqua qu'une seule et unique route d'un kilomètre et demi reliait l'enceinte à l'extérieur. Il expliqua comment ils avaient acheté la propriété à des fermiers du coin qui l'avaient depuis des générations. Et comment les noms de Dasha et Edouard n'étaient pas reliés à la propriété, pas plus qu'une quelconque société russe, qu'un organisme à but non lucratif, un bureau gouvernemental ou un service de renseignement.

— Mais, dit-il, nos anciens amis soviétiques laissent toujours, toujours, *toujours* un petit œuf de Pâques sur le chemin afin que, si la bonne personne regarde, tu sois toujours en mesure de confirmer qu'il s'agissait d'eux.

— Ils ne peuvent pas s'en empêcher, renchérit Jill. Ils se sentent obligés de te rappeler à quel point ils sont intelligents.

— La LLC constituée au nom de la belle-fille renvoie à un téléphone portable devinez où.

— Sans doute pas Dublin, dit Annabel.

— *Beyrouth*, répondit Jack en souriant. Jeu, set et match.

Sur ce il déchira la photo, ainsi que la feuille de papier kraft, et replia soigneusement le plan avant de le ranger dans sa poche.

Annabel se tourna vers moi. Si ce n'était pas encore clair avant, je compris soudain qu'elle était aux commandes. Une sorte de hiérarchie prenait forme. Raja menait, et sous Raja, Annabel donnait des ordres à Jack. Et, si vous vouliez Jack, Jill faisait partie du lot.

— Il faut que tu essaies de parler au plus de personnes possibles, dit-elle. Le personnel. Les invités. Les gens que tu croises sur la plage. On a besoin de mieux cerner qui est sur place à plein temps, qui fait des allers et retours régulièrement et pourquoi. On doit savoir s'ils ont pour projet de déménager, et le cas échéant, à quel endroit, quand et comment.

— Ils ont un garde du corps français. Comme ça ils peuvent parler dans d'autres langues et personne ne peut suivre ce qu'ils se disent, ajouta Jack.

— Quelles autres langues, demandai-je.

— Arabe, chinois, farsi, dit Annabel. Russe, évidemment.

Le téléphone de Jack vibra. Il consulta l'écran.

— On est en retard, dit-il à Jill.

Et sur ce, ils s'en allèrent. Sans poignée de main, sans bise sur ma joue.

Fini, les simulacres d'amitié.

Annabel s'assit sur le lit et me fit signe de m'asseoir à côté d'elle.

— Ça fait beaucoup, dit-elle.

Je ne savais pas trop si elle faisait allusion à la réunion que nous venions d'avoir ou à la mort de Marcus, probablement les deux.

— Tout ce qu'on te demande, c'est d'écouter. Marcus savait que tu serais parfaite pour ça.

— Quel est l'objectif de tout ça, demandai-je.

— On ne parle pas trop d'objectifs. On parle de processus. On parle de tactiques. Les objectifs dépassent mon niveau de rémunération, et le tien.

— Pourquoi m'a-t-on envoyée pour parler des œuvres d'art.

— On avait besoin que quelqu'un pénètre dans cette structure, voie ce que c'était, si elle contenait réellement des tableaux.

— Ou quoi.

— Ou d'autres choses.

— Eh bien, oui, dis-je. Pour les tableaux.

— Tout assassin a été autrefois le petit garçon ou la petite fille de quelqu'un.

Elle se leva pour partir, puis se retourna in extremis, la main sur la poignée.

— Dasha et Edouard sont mariés, mais ils n'ont jamais été amoureux. Nikki est la fille de Dasha d'un autre mariage. Et Felix est le fils d'Edouard d'une autre femme.

— Est-ce qu'il y a autre chose, me contentai-je de dire.

— Repose-toi.

Je m'endormis tout habillée et immédiatement sombrai dans des rêves. Dans le seul dont je me souviens, j'étais moi-même, sauf que j'étais plus grande, de la taille de Jill, et que je devenais de plus en plus grande, avec des jambes interminables et des hauteurs de plus en plus extravagantes qui me permettaient de voir par-dessus la tête de tout le monde. Une perspective véritablement nouvelle sur le monde. J'étais une montagne.

Et je marchais dans ce qui me parut, au début, ressembler à une sorte de forêt tropicale mais alors je me rendais compte que j'étais de retour dans le jardin de Marcus, mon jardin, notre jardin, et j'apercevais le banc de méditation devant moi, et le long étang en contrebas. J'entendais Marcus, proche mais hors de vue, qui chantait les paroles d'une chanson que lui, ironiquement, aimait alors qu'elle décrivait une chose dont il était totalement incapable - *Slow down, you move too fast, you got to make the morning last*[*]. Et je l'entendais, et je continuais à marcher en direction de la voix, mais je ne le voyais pas. Je croyais que la voix était juste derrière moi. Je sentais presque sa hanche effleurer la mienne, sa manière de m'attirer contre lui.

Et pourtant quand je me retournais, ce n'était pas Marcus. C'était la petite fille que j'avais vue toutes ces années auparavant, dans le jardin. Elle était grande, à présent et pourtant elle portait une robe blanche telle que celle qu'elle avait ce jour-là, ses cheveux soigneusement tirés en arrière en une tresse, ses chaussures brillantes. Elle chantait, mais avec la voix de Marcus. Et tandis que je la regardais, soudain elle n'était plus la petite fille de mon passé, elle était moi. J'étais en train de me regarder être devenue cette autre chose. Et à l'intérieur de mon corps grand, grand, à l'intérieur de l'extraterrestre qui était l'autre moi, je tentai de me pencher et de toucher la fille, pour vérifier qu'elle existait vraiment. Je m'avançais d'un pas

* *The 59th Street Bridge Song (Feelin' Groovy)* de Simon & Garfunkel: "Ralentis, tu vas trop vite, tu dois faire durer la matinée."

dans sa direction. Et puis ce qui sonna comme un coup de feu déchira le rêve et j'étais seule dans l'hôtel, le ventilateur de plafond en céramique blanc tournant au-dessus de moi. Le coup ne provenait pas d'un pistolet, c'était le loquet de la porte. Je me redressai dans le lit et il était là, Raja. Il devait avoir une clé. Évidemment qu'il avait une clé.

Sans allumer, il s'assit au bord du lit, dos à moi.

J'attendis qu'il dise quelque chose jusqu'à ce que, au bout de quelques minutes, je me rende compte qu'il pleurait.

— Je l'aimais, moi aussi, dit-il, sans me regarder.

— Je sais.

Il se tourna et me regarda.

— Dasha a été autrefois une jeune veuve, exactement comme toi. Elle était mariée à un célèbre général russe. Elle aime les hommes qui la font se sentir en sécurité.

— La plupart des gens aiment se sentir en sécurité, dis-je.

Il commença à faire les cent pas dans la chambre, comme un lion, comme s'il était parfaitement normal d'avoir cette entrevue, ou peu importe ce que c'était, en plein milieu de la nuit.

Plus rien n'était normal. Plus rien ne serait jamais plus normal.

— Et pourtant, qu'est-ce qui compte encore plus que la sécurité ?

Je ne dis rien.

— Dasha connaît la perte et c'est pourquoi elle comprendra, ou pensera pouvoir comprendre, ce que tu traverses. Te souviens-tu de tout ce que tu as appris aujourd'hui.

— Oui.

— Ton histoire, c'est que tu m'as demandé de trouver un point de chute, pour une semaine environ, le temps de rassembler les morceaux.

— Les morceaux de quoi.

— Les morceaux de toi.

Il regarda par la fenêtre.

— Dasha me doit une faveur, et je passe à la caisse.

— Pourquoi je cherche à m'entourer d'inconnus.

— Parce que tu n'as personne d'autre.

Et puis il dit :

— Et Dasha sait ce que ça fait, ça aussi.

La pendule sur la table de nuit indiquait 2:00. Le temps. Le temps était réel, un fait immuable. Qu'y avait-il d'autre, jusqu'à présent, de réel et de non réel. Raja m'avait-il choisie pour ça au mariage. Ou le choix datait-il d'avant, et était-ce Marcus qui avait choisi, à cette fête à Londres. Ou y avait-il quelqu'un qui me surveillait avant ça encore, peut-être le jour où mes parents étaient morts et m'avaient laissée orpheline, la proie parfaite. L'orpheline qui aime le jardin. Et alors elle rencontre par hasard l'homme qui en a fait l'acquisition. Si les coïncidences n'existent pas, comment appelez-vous cela ?

Les schémas de faits, tels que les avocats se plaisent à les appeler, ne sont linéaires que rétrospectivement.

Vous pouvez ordonnancer un schéma de faits pour l'accorder à n'importe quelle version de l'histoire.

Vous pouvez ordonnancer un schéma de faits pour condamner un homme à mourir.

— Nous te paierons, dit-il.

— Je ne veux rien.

Et il rit.

Il dit qu'il allait faire livrer des choses pour le voyage.

— Des vêtements, des cadeaux pour Dasha et les enfants.

L'hélicoptère partirait du même endroit, à La Défense, à dix heures. Il sortit un minuscule téléphone tout simple de sa poche, le genre d'appareil que j'associais aux enfants ou aux dealers, un téléphone pour les textos uniquement.

— C'est *seulement* pour moi. Tu appelles avec ce téléphone et je répondrai toujours.

Et puis il s'en alla.

Je tentai en vain de me rendormir et de retourner à mon rêve, retourner à Marcus. Me déplaçais-je tout bonnement au rythme de quelqu'un d'autre à présent, à faire des choix que je n'aurais jamais faits si Marcus était en vie. Étais-je moi-même ou étais-je encore sous le choc, et tout cela faisait-il partie de quelque dessein plus grand. Je fermai les yeux et me remémorai “le sommeil est la seule chose qui refuse d'aller au lit avec moi” et comment Marcus prenait soin de m'assurer que “si tu t'allonges tranquillement et que tu fermes les yeux, tu obtiendras quatre-vingt-dix pour cent du repos que tu aurais avec un sommeil profond”. Je ne comprenais pas que Marcus avait dû vivre bien des nuits comme celle que j'étais en train de vivre. Allongé dans son lit sans dormir, à réfléchir aux options. Je fermai les yeux, et je vis l'homme qui faisait des longueurs dans la piscine du Cap, qui levait les yeux vers moi. Était-ce Edouard. Qui est-il. Et qu'avait-il fait.

Les bagages consistaient en deux énormes valises de cuir vert foncé arborant mes initiales gaufrées en minuscules lettres d'or. J'en ouvris une et découvris, au-dessus de quelques robes en lin parfaitement repassées et de plusieurs chemises de nuit en soie, une enveloppe à mon nom. À l'intérieur se trouvait une carte sur laquelle quelqu'un avait griffonné, à l'encre, "Bon voyage" à côté d'une image représentant une montgolfière multicolore. Il y avait un petit étui de maquillage en tissu-éponge avec mon nom dessus. Une brosse à cheveux et un peigne, deux brosses à dents et du dentifrice, du fil dentaire, diverses crèmes pour le visage et du fard à joue, du déodorant, de l'ibuprofène. Un portefeuille en cuir simple contenait trois cartes de crédit et cinq cents euros, un nouveau passeport. Et en prime, une chose que je n'avais jamais vue auparavant : un certificat de mariage. Mon certificat de mariage.

Je vis mon nom, et une signature qui ressemblait à ma signature, alors que je n'avais jamais vu ni signé ce document, alors que personne n'avait jamais dit quoi que ce soit à propos d'un certificat. Le vicaire et Shakespeare, le gâteau, la robe et les vœux, voilà tout ce que le mariage avait été. Quand j'avais posé la question sur le certificat, Marcus m'avait assuré que "les Espagnols sont tellement relax", et que "ici, les vœux l'officialisent". Il dit que nous trouverions un clerc britannique, plus tard, pour régler les derniers détails.

Sous mon nom figurait un nom que je ne reconnus pas, sur la ligne pour "mari" : TARAN DAVIES. Attachée à l'arrière du certificat se trouvait une petite enveloppe dans laquelle était rangée une série de photographies : Marcus souriant, fumant le cigare, sur un voilier. Marcus et moi à l'entrée du monastère à Hvar, main dans la main. Des invités au mariage sur la pelouse de Majorque. Et moi, dans ma robe blanche. Quelqu'un avait écrit au marqueur bleu vif avec le gribouillage inimitable de Marcus, "Je t'aime pour toujours, T."

Mon téléphone clignota.

C'était Raja.

— Écoute attentivement, dit-il, comme s'il savait ce qui me traversait l'esprit en cet instant, à savoir, jusqu'où, et à quelle vitesse, puis-je aller avec cinq cents euros ?

Raja m'apprit qu'un des enfants de l'enceinte du Cap était tombé malade la nuit précédente, et que c'était suffisamment sérieux pour qu'on l'ait transporté par hélicoptère à l'hôpital Saint-Louis, à Paris. Il dit qu'une voiture passerait me prendre à l'hôtel pour me conduire directement à l'hôpital, où j'émargerais pour rendre visite à l'enfant "en tant que sa marraine" après quoi j'escorterais l'enfant dans une autre voiture. Il dit que je devrais prévoir de passer vingt minutes, pas plus, à l'hôpital. Et puis il raccrocha.

En ouvrant la portière de la voiture, je découvris un énorme ours en peluche sur la banquette arrière, un ruban en satin bleu noué à son cou avec une petite carte blanche qui disait "*Pour* Felix*."

Felix, qui aimait le foot.

Felix, qui jouait avec ses amis sur la pelouse.

Felix, fils d'Edouard, gardien des secrets, criminel, cible.

Felix, qui, comme moi, jouait un rôle dans une histoire qu'il n'avait pas lue.

En règle générale, les hôpitaux sont horribles. Pourtant l'hôpital Saint-Louis était différent, d'une certaine manière plus chaleureux. La chaleur peut provenir de l'Histoire.

Ce matin-là, j'eus davantage l'impression d'entrer dans un musée qu'aux urgences. L'hôpital Saint-Louis était une commande d'Henri IV, pendant la peste, au moment où les autres hôpitaux de France étaient débordés. Certaines personnes trouvent les hôpitaux réconfortants. De nombreux patients, si on leur donne le choix, resteront hospitalisés le plus longtemps possible. L'illusion d'être protégé est un puissant placebo.

Qu'aurait dit Marcus si nous avions eu plus de temps. Qu'aurions-nous fait. Plus tard, quand tout serait terminé, je penserais souvent aux dragons de Komodo sur sa robe de chambre, ce qu'il avait dit le matin du mariage sur le fait de définir le bonheur juste pour nous. Je crois qu'il le pensait vraiment. Je crois qu'il pensait tout ce qu'il a pu me dire. Je penserais à notre baignade le matin du mariage, à la manière qu'il avait eue de goûter le glaçage sur son doigt avant de le glisser dans ma bouche. Avec le temps la mémoire devient moins binaire.

Comme j'entrai dans l'hôpital, deux hommes approchèrent et me signifièrent qu'ils étaient "avec moi" et qu'ils me conduiraient à l'enfant. Ce n'étaient pas les hommes de ce jour-là au restaurant, autrement dit pas des hommes que je reconnus comme faisant partie de l'équipe de Raja, mais ils semblaient familiers. Étaient-ils dans la maison du Cap Ferret, je n'aurais su dire. Comme nous traversions un long couloir central, j'aperçus un autre homme dans une salle d'attente en train de lire *Paris Match*. Il portait un costume et une casquette floquée de l'emblème de l'équipe de football turque du Beşiktaş. Quand Marcus faisait du sport, il portait souvent un maillot du Beşiktaş. Le pantalon impeccablement taillé sur mesure de l'homme tombait sur une paire de chaussures de tennis blanches toutes simples, et comme je tournai la tête pour l'examiner plus attentivement, il leva les yeux et me regarda lui aussi.

Nous prîmes l'ascenseur jusqu'au dernier étage, le pavillon “privé”. L'éclairage y était meilleur, plus doux. Le sol était recouvert d'une moquette élaborée et non plus de linoléum, et des photographies en noir et blanc sophistiquées, quoique anodines, paraient les murs. Les monuments français – l'Arc de Triomphe, la tour Eiffel, le Louvre. Sur l'ultime photo avant que nous n'atteignions la grande porte à deux battants au bout du couloir, il était là : le musée Rodin.

J'ai confiance en moi, j'ai confiance en moi, j'ai confiance en moi.

J'apprenais à afficher moins d'émotions.

J'apprenais que les réponses viennent à point à qui sait attendre.

Un des hommes m'ouvrit la porte puis la referma derrière moi, en restant dans le couloir. La chambre, immense et impersonnelle, aménagée avec goût, comme une suite d'hôtel, était complètement silencieuse. Canal+ Sport passait sans le son sur un énorme téléviseur écran plat accroché à un mur. Des toutes petites bouteilles d'eau étaient alignées sur une table de nuit avec un petit bol de réglisse rouge. Le patient, qui dormait à poings fermés, avait une bande dessinée posée sur la poitrine, une aventure d'Astérix et Obélix. Je reconnus clairement qu'il s'agissait du garçon qui était assis à côté de moi au déjeuner au Cap Ferret, qui avait parlé sport. Je restai plantée sans trop savoir que faire pendant une minute, soucieuse de ce que Raja m'avait dit sur le temps, inquiète de ce qu'il paraissait évident que ce petit garçon n'était pas prêt, ni capable, d'aller où que ce soit, certainement pas en vingt minutes. Je le regardai respirer en me demandant quel était le problème. Je m'approchai des fenêtres à l'autre bout de la pièce et contemplai la vue sur le 10e arrondissement.

Une infirmière entra dans la chambre.

— *Bonjour**, dit-elle avant de parler en anglais. Il va prendre ses médicaments, maintenant.

Elle s'approcha du garçon, lui toucha délicatement l'épaule. Il ouvrit les yeux et elle lui tendit deux pilules minuscules et un verre d'eau. Le garçon me regarda.

— Bonjour, toi, dit-il.

— Bonjour, je répondis.

— Tu es venue pour me sortir de là, demanda-t-il avec optimisme.

— Certainement pas, intervint l'infirmière. Tu vas rester ici pendant un moment.

Alors, comme s'ils n'attendaient que ce signal, mes deux nouveaux amis entrèrent depuis le couloir et, tandis que l'un rangeait les affaires du garçon dans un sac, l'autre poussait un fauteuil roulant jusqu'au lit.

— *Merci, Max**, dit le garçon, comme s'il était tout à fait banal d'imposer son autorité à une infirmière quand on est patient. À l'autre homme, il se contenta de dire : *Ça va, Georges**.

Les hommes agissaient vite.

Eux aussi respectaient l'horaire de Raja.

Georges dit à l'infirmière de lui apporter suffisamment de médicaments "*pour dix jours**", mais l'infirmière riposta, loin de s'imaginer, à l'évidence, qu'elle s'attaquait à plus fort qu'elle, loin de s'imaginer les discrets pistolets Glock dissimulés dans les pantalons des hommes, armes que je ne remarquerais que plus tard quand ils grimperaient avant moi à bord de l'hélicoptère afin d'installer Felix confortablement sur son siège, et ce faisant lèveraient leur ourlet deux centimètres trop haut. Non, l'infirmière faisait ce que ferait n'importe quelle infirmière digne de ce nom, elle prenait la défense du patient, *en premier*, *ne pas nuire* et tout ça. Comme la dispute dégénérait, l'infirmière bloqua la porte. Et c'est alors que le docteur arriva.

Après s'être confondu en excuses face à Max et Georges, le docteur donna ordre à l'infirmière de s'en aller. Il tendit aux hommes un petit paquet attaché avec de la ficelle et leur assura que tout ce dont ils avaient besoin était à l'intérieur, "trois fois par jour, eau plate pas gazeuse, et beaucoup de repos".

Il se pencha à hauteur des yeux de Felix et prit la main du garçon dans la sienne.

— Sais-tu qui je suis, demanda le docteur.

Felix secoua la tête.

— Eh bien, c'est *mon* hôpital, et je sais *tout* sur tous mes patients. Aimerais-tu savoir ce que je sais sur toi.

Felix hocha la tête.

— Je sais que tu te remettras parfaitement. Mais tu dois prendre soin de toi. Pas de football sur la pelouse, est-ce compris ?

Felix hocha la tête.

Le docteur plongea la main dans sa poche et en ressortit une barre chocolatée.

— Du chocolat, tous les jours, indispensable aussi.

Le docteur me lança un coup d'œil puis rebroussa chemin. De là sur tout le trajet jusqu'à la voiture et de la voiture sur tout le trajet jusqu'à l'hélicoptère, Felix parla sport avec Max et Georges. Il leur parla comme à des frères, pas des gardes du corps. Quand enfin nous fûmes dans les airs, l'ours en peluche sur le siège entre nous, Felix se tourna vers moi et dit :

— Je suis content que tu reviennes. Et mon père sera content, lui aussi.

— Ton père ?

— *Oui**, mon père, Edouard. Il a très hâte de te voir.

— Qu'a-t-il dit d'autre ?

— Il dit que tu lui rappelles un vieil ami, de la guerre.

Ce ne serait pas la dernière fois que j'entendrais ce mot, "guerre", mais l'unique fois que je l'entendais dans la bouche d'un enfant. "Guerre" est un mot que les adultes utilisent fréquemment, nonchalamment, comme métaphore, *guerre contre la drogue, guerre contre le crime, amoureux en guerre.* Ce jour-là dans la voiture j'eus clairement l'impression que pour Felix, et pour son père, la guerre n'était pas une métaphore du tout. La guerre était une manière précise et objective de décrire leur vie.

VII

UN HOMME COMPLIQUÉ

Personne n'était là pour nous accueillir à notre atterrissage. Felix semblait soulagé d'être rentré. Je me demandais si et comment j'en apprendrais plus sur ce qui n'allait pas chez lui, ou à quel point il était malade. Je me demandais à quoi allaient ressembler les jours à venir. Il courut sous les pales de l'hélicoptère en direction de la maison, comme si rentrer chez soi en hélicoptère n'avait rien de spécial, comme s'il avait déjà fait ce trajet mille fois, comme si être en pyjama passé midi était parfaitement acceptable. Felix avait davantage confiance en lui que je n'avais confiance en moi, ce que je lui enviais. Je me demandais vers quoi, ou qui, il courait comme ça.

Les hommes prirent mes valises et l'ours en peluche, et je m'engageai dans l'allée que j'avais remontée la fois d'avant avec Nikki, fraîchement consciente de tout ce qui m'entourait non pas seulement parce que cela faisait désormais partie du boulot, mais aussi parce qu'obliger mon esprit à se concentrer sur la tâche à accomplir l'empêchait de vagabonder. Vagabonder vers Marcus et la perte. Et plus loin et moins convenablement, vers Raja. À présent quand je pensais à Raja, j'éprouvais un tout nouveau besoin de plus en plus obsessionnel de savoir s'il pensait à moi, lui aussi. S'il lui arrivait de penser à moi en dehors du contexte du travail. Je revenais au Cap forte d'avoir appris beaucoup de choses, mais je n'avais pas encore compris que pour Raja, tout était transactionnel. Même les sentiments. *Surtout* les sentiments. Ce que j'étais pour Raja était un moyen d'arriver à ses fins – pas une fin en soi. Et Raja avait désespérément besoin de mettre une fin à la partie.

Dasha se tenait sur les marches du perron.

Elle m'attira contre elle, comme si c'était elle qui avait besoin de soutien.

Comme si c'était elle qui souffrait.

Je m'attendais à ce qu'elle dise quelque chose à propos de l'hôpital.

À la place, elle dit :

— Je m'étais trompée sur toi. (Et :) Je te présente toutes mes condoléances.

Une gouvernante me proposa une bouteille d'eau puis me guida à l'étage dans une petite bibliothèque à côté de laquelle se trouvait une autre chambre à coucher, dont la fenêtre avait vue sur la mer. Un secrétaire, une méridienne, et des petites chauffeuses sur lesquelles étaient pliés, impeccablement, plusieurs maillots de bain, bonnets de bain et serviettes. Aux murs, deux lignes parallèles de vieux dessins de maîtres, des reproductions, me regardaient de haut comme pour me rappeler que je me trouvais dans un lieu d'histoire, et de goût. Marcus adorait les vieux maîtres. Il disait toujours que nous irions en Italie un jour pour voir "les meilleurs". Même si je m'étais présentée comme maîtrisant l'histoire de l'art italien et que je pouvais parler avec une relative facilité de sujets tels que la loggia de la Villa San Michele et le temps qu'il fallait pour aller de Milan à Cortina en voiture, je n'étais jamais allée en Italie. De nombreuses années plus tard, quand je vis enfin Rome pour la première fois, j'eus la sensation de pénétrer dans une vie antérieure. Mentez sur vous-même suffisamment longtemps et vous verrez que le mensonge se rapproche dangereusement de la vérité. Je regardai dans le miroir et me dis, *Je suis ici pour pleurer la perte de* mon mari. Je le dis à voix haute.

"Je suis ici pour pleurer la perte."

Je ne dis pas, *Je suis ici pour infiltrer cette famille parfaitement heureuse, gagner leur confiance, puis les trahir*. Je ne dis pas, *tu n'as pas la moindre idée de ce que tu es en train de faire*.

— C'est la plus jolie chambre, annonça la bonne en anglais avec un fort accent français.

Elle se tenait dans l'embrasure de la porte. Elle avait apporté mes valises. Elle avait apporté Max, aussi.

Max entra et déposa les bagages sur un banc en osier au pied du lit. La bonne disposa des fleurs fraîches dans des petits vases en cristal de part et d'autre du secrétaire. Dessus, une feuille de papier bleu clair parfaitement carrée comportait l'horaire des repas imprimé, comme si on était en colonie de vacances. En colonie ou à l'armée. Le "déjeuner" était à "quatorze heures", soit dans une heure. Je sortis la photo de Marcus de mon sac et la posai sur la table de nuit. Je le regardai, j'aurais aimé qu'il soit là. Peu m'importait son vrai nom. Peu m'importait ce qu'il ne m'avait pas dit. J'étais certaine que s'il avait pu me parler en cet instant, il m'aurait tout expliqué.

Je m'allongeai sur le lit et fixai des yeux le plafond pendant une minute, jusqu'à ce que je remarque un minuscule point noir dans un angle. Il était situé juste au-dessus des moulures et faisait à peine la taille d'une pièce de 10 cents.

— Je n'ai pas d'yeux à l'intérieur, mais je peux t'assurer qu'ils ont des caméras partout, avait affirmé Jack à l'hôtel à Paris.

J'avais fait une pause pour aller aux toilettes. Je ne savais pas trop s'il se doutait que je pouvais l'entendre à travers la porte.

— Tu es paranoïaque, dit Annabel.

— Et j'ai raison.

Je regardai le point et me rendis compte que le point me regardait peut-être lui aussi. Et qui d'autre s'était allongé sur ce lit pour y être observé, à son insu ou non. Ce point était la première indication qui disait clairement que je n'étais pas la seule à prendre des notes. N'importe quel espion peut cacher une caméra dans un trou d'épingle, s'il le veut. Cette caméra en forme de point était conçue pour être remarquée, aussi subtile qu'un garde armé patrouillant dans le couloir.

Comme la fois précédente, le déjeuner avait lieu dehors sous la pergola, mais une pluie fine avait manifestement découragé certaines personnes. Pas de Nikki, et les enfants mangeaient tous à l'intérieur, à côté de la cuisine dans une sorte de salle de jeux. Quatre adultes étaient assis à l'extrémité de la longue table, des hommes en survêtement qui parlaient russe. Ce qui laissait Dasha et moi manger de fait toutes seules. Il y avait des sandwichs œufs-crudités et une soupe froide, épaisse et verte. Les raisins avaient été remplacés par des figues fraîches, et les vases disposés devant chaque couvert contenaient des brins de menthe, pas de fleurs. Je me souviens comment Dasha prit la menthe et la découpa en morceaux dans son thé glacé, puis m'incita à faire de même.

— C'était une crise cardiaque, dit-elle, ton mari.

— Il avait une maladie au cœur, répondis-je.

— Vous étiez mariés depuis combien de temps ?

— Six semaines.

Alors elle attendit, et comme je n'ajoutai rien, elle finit par céder.

— Ça n'a aucune importance, au fond, dit-elle. On peut vivre avec quelqu'un pendant des décennies et ne pas l'aimer du tout.

— Je vous remercie pour votre gentillesse.

— Va et viens à ta guise, ici. Nous sommes des gens simples.

— Merci.

— Et tu te marieras à nouveau, un jour, j'en suis certaine.

— Comment va Felix, demandai-je.

— Felix va s'en sortir.

La pluie commença à tomber plus fort. Cinq hommes en pantalon noir et T-Shirt s'affairèrent autour de nous pour dérouler des rideaux en plastique depuis le toit de la pergola, nous enfermant dans une tente transparente donnant l'illusion que nous étions au cœur de la tempête. Et pourtant totalement protégées et au sec. Je me souvins de la photo que Jack avait posée sur le lit.

— Felix est le fils de mon mari, dit-elle, comme tu le sais peut-être. Même si je suis suffisamment jeune pour pouvoir être sa mère. Il ne veut pas vraiment d'une mère. Il veut son père, c'est tout.

— Raja a dit, commençai-je, et elle m'interrompit.

— Qu'est-ce qu'il a bien pu dire, Raja.

— Il a dit que vous étiez gentils.

— Il t'a dit pourquoi nous vivions ici ?

— Non.

— Eh bien, nous sommes venus ici parce que nous ne nous sentions plus en sécurité à Beyrouth.

— Beyrouth ?

— Oui. C'est là-bas qu'Edouard a ses activités. *Avait* ses activités. Et la mère de Felix y habitait. Je ne l'ai jamais rencontrée, mais j'ai entendu dire qu'elle était rebelle, exaltée. Comme mon beau-fils, du genre à donner des ordres aux gardes du corps pour sortir de l'hôpital. Il n'y a qu'un enfant très gâté pour faire une chose pareille, tu ne crois pas.

Et comme j'avais l'impression qu'il s'agissait d'une sorte de test, je me contentai de dire :

— Le docteur avait l'air de penser qu'il pouvait sortir.

— Je peux t'assurer que le docteur a été indemnisé pour sa souplesse.

La pluie se calmait. Les hommes à l'autre extrémité de la table laissèrent leurs assiettes pleines de biscottis et de sucres d'orge et, en passant devant nous, me regardèrent, et firent un signe de tête à Dasha.

— *Spasibo. Spasibo. Spasibo*, dirent-ils. *Merci. Merci. Merci.*

Dasha annonça qu'elle allait faire une sieste et me demanda de la rejoindre, plus tard, pour une promenade. Nous convînmes de nous retrouver sur la plage à six heures, mais lorsque j'arrivais sur la plage vêtue d'un des maillots de bain qui avaient été disposés, avec une telle délicatesse, dans ma chambre, ce n'était pas Dasha qui m'attendait. C'était Edouard. Et à présent que je le voyais clairement, il ne ressemblait en rien à ce que j'avais imaginé. Il me regarda comme si nous étions de vieux amis. Et puis il secoua la tête.

Il était grand, j'aurais dit au moins un mètre quatre-vingt-dix ou quatre-vingt-quinze, me surplombant tranquillement de toute sa hauteur tandis que je m'approchais. Mince, pour ne pas dire maigre. Raja avait affirmé qu'il avait soixante-trois ans, mais il faisait plus jeune. Sa chemise en lin bleue était déboutonnée sur sa poitrine, manches retroussées en toute décontraction comme un écolier. Il portait un caleçon de bain brodé avec des petites tortues marines qui nageaient en cercle, bleu marine sur fond blanc. Il ressemblait à un des banquiers de Marcus dont j'avais fait la connaissance au bord de la piscine à Majorque, dans les jours qui avaient précédé le mariage. L'air toujours relax et néanmoins en parfaite maîtrise de soi. Il bougeait comme un danseur, pas comme un soldat, comme si je savais comment les soldats bougent. Raja avait dit que "de ce que nous savons" Edouard était en mauvaise santé et affaibli. On estimait qu'il ne quittait pas la maison, et cela posait un problème. On estimait qu'il était peut-être confiné à sa chambre. On estimait avec "beaucoup de confiance" qu'il avait pris énormément de poids, en partie pour se camoufler. On estimait, en tout état de cause, qu'il ne constituait plus une menace pour quiconque, plus maintenant.

Rien de tout cela ne s'appliquait à l'homme qui se tenait devant moi.

On aurait dit une star de cinéma en vacances.

Il n'avait pas l'air d'avoir peur. Il n'avait pas l'air de faire le mal.

— Oh, “le mal”, c’est un peu exagéré, tu ne crois pas, avait dit Jack en réfutant l’utilisation que Raja avait faite du mot.

Jack avait tenu ces propos lorsqu’il était revenu me voir une ultime fois. C’était juste avant la livraison des valises. Il prétendait être revenu pour “me souhaiter bonne chance”, mais incidemment il était arrivé dans ma chambre au moment précis où Raja se détachait de la fenêtre pour venir s’asseoir sur le lit. Raja avait croisé les jambes et ce faisant son pied avait touché ma cheville. Je me souviens que Raja me regardait quand Jack avait frappé à la porte. Jack se tenait-il de l’autre côté de cette porte d’hôtel depuis le début. Jack attendait-il d’entrer au moment précis où Raja me regardait avec une sorte d’affection, et Jack avait-il eu pour consigne que c’était là le moment pour frapper à la porte. Je ne le saurai jamais. Je présumai que Jack cherchait Raja, qu’il voulait parler de quelque chose avec lui.

— Tu n’aimes pas le mot “mal” parce que tu es *catholique*, avait dit Raja.

— Non seulement je suis catholique, mais je suis *irlandais*, autrement dit je *comprends* le concept du mal. Principe fondamental de la vision du monde.

— Je croyais que le principe fondamental était le pardon, dit Raja, et Jack rit.

— Aleksey aime le pouvoir. Le mal qu’il amasse en chemin c’est du bonus.

— C’est qui Aleksey, avais-je demandé, mais personne n’avait répondu.

Comme je m’approchais de lui sur la plage, Edouard tendit la main.

— Mes sincères condoléances, dit-il.

— Merci. C'est très beau ici.

— La vie citadine m'ennuyait. Et maintenant je ne me verrais pas habiter ailleurs.

Il se mit à marcher et me fit signe de le suivre.

— Comment Dasha et vous vous êtes-vous rencontrés ?

— Nous étions collègues. Et on a raté le mémo sur le fait de ne pas mélanger affaires et plaisir.

Il montra du doigt une haute falaise à plus d'un kilomètre devant nous et suggéra d'y aller à pied. Il dit que la vue était "irréelle" et qu'il me montrerait le chemin jusqu'au sommet. "Si tu te sens d'attaque." Il me dit qu'il aimait désormais faire de l'exercice chaque jour en grimpant. Il dit qu'il ne s'était jamais senti plus en forme, ou plus jeune, que depuis qu'il vivait près de l'océan. Tout en marchant, il me donna un bref historique de cette partie de la France. Et il me dit que lorsqu'il était enfant, ses parents l'avaient emmené en Normandie à Noël, "pour voir les plages, le cimetière américain, le cimetière allemand, tant de pertes" et qu'alors il avait su qu'un jour il vivrait dans cette partie du monde.

— J'aime être au plus près de l'histoire, dit-il. Près des fantômes.

Tandis que nous gravissions de fines marches de pierres taillées, quoique grossièrement, dans la falaise, j'entendis sa respiration. Je songeai au fait que les hommes n'acceptent jamais de concéder la fragilité, la douleur, ou le manque. Je songeai aux yeux verts de Jack se figeant comme ceux d'un faucon quand il avait vu le pied de Raja effleurer ma cheville. Qu'est-ce que Jack pensait de moi. L'imagination créatrice était "l'avantage relatif" de Jack, tel que l'avait formulé Raja. Jack était "un *magicien* des histoires", ce qui n'était pas sans lien avec son succès en qualité d'assassin précis, innovant.

Jack voyait “en trois dimensions, dans les coins, à travers les murs”. Jack était un extraterrestre, lui aussi. Qui à part un extraterrestre jetterait son dévolu sur ce genre de métier ? Raja me dit que le surnom de Jack, qui lui était resté d’un passage au MI6, était “Freestyle”. Les Anglais se méfiaient de lui au début, comme de la plupart des Irlandais, mais ils en vinrent à l’admirer plus que quiconque. “Freestyle” était un clin d’œil aux skieurs qui font des acrobaties à grande vitesse et à haute altitude, sur une pente raide.

Une fois arrivé au sommet de la falaise, Edouard me guida jusqu’à une petite zone herbeuse qui offrait une vue dégagée à l’ouest, sur l’Atlantique, avec le bleu immaculé de l’océan et le ciel azur à l’infini, que troublait seulement un goéland de temps en temps. Les goélands, comme des jet-skis, décrivaient des cercles comme s’ils voulaient nous surveiller.

— Qu’as-tu pensé de mes tableaux, finit-il par demander.

Sa montre en or n’était pas réglée sur l’heure locale.

— Je n’ai jamais rien vu de tel.

C’était un soulagement d’exprimer quelque chose de vrai.

— As-tu déjà lu *L’Iliade*, demanda-t-il.

La réponse était non, donc il me raconta l’histoire.

Il me raconta Hélène et Pâris. Le choix de la langue d’Homère, comment il commençait, *la colère* d’Achille. Tandis que le soleil descendait dans le ciel, il me raconta l’amour d’Achille pour Patrocle, son ami proche, et comment après qu’Hector, fils de Priam et ennemi d’Achille, avait tué sauvagement Patrocle pendant la guerre, Achille tua Hector pour se venger. Et il me raconta comment Priam prit tous les risques pour se faufiler de nuit dans le camp d’Achille.

— Il s'est confronté à l'assassin de son fils, dit Edouard. Imagine ce que cela doit faire.

— Il a tué Achille ?

— Non, non, c'était un très vieil homme. Il était trop faible pour tuer le jeune et preux guerrier. Priam voulait la dépouille de son fils. Il voulait donner à son fils un enterrement décent. Et j'ai toujours pensé qu'il cherchait une forme d'expiation, aussi.

— Expiation pour quoi.

— Pour les péchés de son fils, ses propres péchés, les péchés de la guerre. Priam savait que lui et Achille étaient partie prenante dans le massacre, chacun à sa manière. C'est en trouvant ce que nous avons en commun que nous trouvons la grâce.

— Est-ce qu'Achille est de cet avis.

— Oui.

Il commençait à faire froid.

Il ne me traversa pas une seule fois l'esprit, au cours de cette promenade, que je pouvais être en danger.

Je ne puis que qualifier le comportement d'Edouard ce soir-là de doux.

— En fin de compte, il se passe quoi, demandai-je.

— Priam pleure son enfant, et Achille pleure son ami, et Achille accepte de retirer son armée et de laisser Priam inhumer Hector en paix. Ce que la plupart des lecteurs oublient, c'est que *L'Iliade* ne se clôt par sur la guerre. Mais sur les femmes. Sur les funérailles. Sur la peine d'Hector. Et c'était ce que j'espérais réussir à véhiculer à travers mes tableaux.

Il me guida jusqu'à l'extrémité de l'arête, dévoilant, trente centimètres plus bas, une plate-forme carrée qui s'avançait au nord par-dessus les eaux. On aurait presque dit le fruit d'un accident météorologique, une fracture de la roche laissant ce morceau en suspens au-dessus de la mer. En réalité, c'était l'œuvre habile d'un artisan local qui avait réussi non seulement à fusionner la pierre plate avec le flanc de la falaise, mais à la fixer de sorte qu'elle puisse supporter le poids de plusieurs personnes. Elle était parfaitement lisse, un bijou soudé au bord d'un cadre géant. Au centre de ce petit palier, une petite croix de pierre blanche était encastrée dans un O rond de mousse d'un vert vif. C'était un cimetière.

— *L'Iliade* reconnaît la guerre comme indispensable à la vie humaine. Elle présente la violence sans émotion, dit Edouard en contemplant la croix. Homère était grec, mais *L'Iliade* est une histoire très russe. Tout Russe comprend ces concepts.

— Qui est enterré ici, demandai-je.

Et au bout d'un très long moment, il dit :

— Moi, un jour. C'est mon lieu de sépulture.

Le vent se levait. Edouard passa un bras autour de mes épaules d'un geste explicitement paternel et me remercia d'aider “mon Felix, qui a sans doute le béguin pour toi à présent ; il aime les femmes plus âgées”. Il dit qu'il espérait que je resterais aussi longtemps que je le souhaitais. Il ajouta :

— Dasha a besoin de compagnie. Et Nikki aussi, même si elle ne le reconnaîtra jamais.

Puis, comme après réflexion, il ajouta que la seule règle du lieu, que j'avais peut-être devinée, était la discrétion.

— Nous sommes des gens pudiques, dit-il.

— Je comprends.

En entrant dans la maison, Edouard s'arrêta dans le vestibule et regarda autour de lui, comme s'il était perdu. Les chiens dormaient paisiblement dans un coin. J'attendis, comme s'il me fallait sa permission pour bouger. J'attendais qu'il me dise qu'il voyait clair dans mon jeu, par-delà le maillot de bain, la nouvelle coupe de cheveux et l'attitude acquise, par-delà la fausse connaissance et l'assurance fantoche, par-delà ma vie entière jusqu'à mon enfance. Il me regardait sans rien dire, et je me souvins des frères de ma mère qui m'obligeaient à les faire rire. J'avais toujours joué pour quelqu'un.

— Je ne vais pas les vendre, dit-il.

Il dit qu'il avait décidé de faire don des tableaux, un jour, à un musée, où "une autre génération" pourrait réfléchir "à toutes les choses dont toi et moi avons parlé ce soir". Il me demanda ce que j'en pensais. Et je songeai à la place que pourraient occuper ces tableaux, quelque part entre *La Joconde* et *La Victoire de Samothrace*, à ce que quand bien même je n'étais pas une érudite, j'en savais assez pour comprendre comment toute l'histoire de l'art ou presque pouvait être circonscrite à quelques grandes catégories.

— C'est très généreux, commentai-je.

— Et si nous faisions une autre promenade demain.

C'est comme ça qu'un schéma fut établi.

Il tourna les talons et traversa la pièce jusqu'à la porte donnant sur les escaliers.

Au Cap, personne ne disait jamais au revoir.

Tout le monde semblait vivre dans un présent éternel.

Un monde à l'abri des conséquences.

Au cours des journées suivantes, j'apprendrais quantité de choses sur les centres d'intérêts d'Edouard. Ils incluaient, outre l'art et l'histoire, la vengeance, la perte, l'empathie. Et, peut-être par-dessus tout, l'erreur humaine. J'apprendrais, au cours de ces journées, que la conception qu'Edouard avait du monde était très différente de la mienne, influencée par une histoire personnelle complexe, et par son dévouement. Toutes mes vieilles idées sur le monde commencèrent à s'effriter après cette première promenade avec Edouard. Mon assurance juvénile, ignorante, refluait, vague qui ne tarderait pas à être remplacée par quelque chose de nouveau. J'étais en apprentissage. J'apprendrais que la vie entière d'Edouard était définie par des événements qui avaient eu lieu bien avant notre rencontre, des événements que l'on n'enseignait pas à l'école et qui ne figuraient pas dans les livres d'histoire. Edouard voyait tout différemment. Son intelligence était exaltante à côtoyer, même s'il n'en profitait jamais pour en tirer vanité ou prétention.

Au cours des soirées suivantes, et toujours avant le dîner, Edouard et moi sortions marcher sur la plage, gravir les marches en pierre, et nous poster au bord de la falaise comme le soleil se couchait. C'était surtout lui qui parlait, essentiellement pour me raconter des anecdotes sur l'histoire russe, ou sur la France. Il adorait la mythologie grecque. Il me parla de sa famille et de ce que sa mère était connue à Moscou pour être un cordon-bleu, de ce qu'elle était partie quand il était jeune et que son père l'avait élevé en compagnie de la "tyrannie sans égal" de trois frères aînés. La nuit qui suivit ce qui se révélerait être notre dernière promenade, je me souviens m'être endormie en pensant que je resterais peut-être éternellement au Cap, que peut-être le vrai rêve n'était pas ce lieu mais toutes les choses qui l'avaient précédé, que c'étaient peut-être ça ma nouvelle famille et mon chez-moi. À ce moment-là, l'espace d'un court instant, je me sentis heureuse. Et au fur et à mesure, je comprenais : ce sont des gens bien. Ces gens ne sont pas capables de faire du mal à qui que ce soit.

Au cinquième jour sur place je me réveillai dans un étrange mélange de faim et de nausée, sensation qui m'était inconnue. En moins d'une heure, je me retrouvais sur le sol de la salle de bains, enroulée dans une serviette, à me demander si ce qui était en train de m'arriver allait se terminer dans un petit service d'urgences de la côte française. Une douleur fulgurante dans l'abdomen finit par céder le pas à une douleur sourde de règles. Je me souviens que j'entendais les enfants dehors. Les enfants jouaient à chat pendant la récréation de l'école à la maison que Dasha faisait tous les jours sauf le dimanche de huit heures à quinze heures, après quoi ils nageaient dans la piscine puis se retiraient dans les chambres pour une sieste avant le goûter, puis venait l'heure de l'exercice physique, avant le bain du soir et le souper. Tout dans leur vie était très organisé, les dehors de décontraction qui avaient caractérisé ma première visite se révélant être une aberration. La plupart du temps, tout le monde avait un programme soigneusement préparé à l'avance. Tout le monde, sauf Edouard.

Edouard ne prenait pas ses repas avec nous autres, et si nous nous retrouvions pour nos promenades, je le voyais rarement par ailleurs. Et pendant tout le temps que je passai sur place, je ne le vis pas toucher Dasha une seule fois. Ils se comportaient comme des collègues, pas des amants, et se traitaient mutuellement avec une sorte de respect froid et professionnel. Il ne me vint jamais à l'esprit de remettre en question, comme Annabel, qu'ils eussent pu être amoureux autrefois. Avec moi, Edouard était différent. Il était, avec moi, davantage comme les fois où je le vis interagir avec Felix. Protecteur, exubérant, drôle. Avec Dasha, il n'était pas question de blagues ou d'anecdotes. Avec Dasha, il était question de logistique. Dasha ne remettait jamais en cause nos promenades du soir.

Les jours où il faisait froid, comme celui de mon arrivée, les enfants prenaient leur déjeuner séparément à côté de la cuisine, dans une petite serre bordée de buis. À l'autre bout, trois cages renfermaient des lapins, pour jouer, par opposition aux gros lapins que le cuisinier commandait deux fois par semaine pour ses civets. Trois enseignantes arrivaient chaque matin de l'école depuis la ville la plus proche, transportées par des SUV noirs réquisitionnés par les hommes de Georges. J'appris que Georges "était à la tête de la protection rapprochée", que Georges était, après Dasha, aux commandes. Le cuisinier me dit que le jour où Georges avait appris que j'étais là pour "assimiler la perte" il cessa de me considérer comme une menace potentielle. Une seconde protection rapprochée, d'élite et quasiment invisible sécurisait l'enceinte. On les voyait rarement, ils étaient trop furtifs. J'appris que les matières à "l'école" comptaient l'anglais, le français, le russe, l'histoire, les mathématiques, les sciences et l'art. Que chaque journée se terminait par la "lecture" d'un classique de la littérature, ou, à l'occasion de la

Bible. Des prières étaient récitées avant les repas et à l'heure du coucher et les enfants, tous de la famille d'Edouard ou Dasha via des cousins, des nièces ou des neveux semblaient n'avoir aucune notion de l'étrangeté, de l'insularité, de leurs vies. On me dit que la plupart des enfants venaient pour une semaine puis repartaient. Seul Felix restait. Felix, qui semblait sempiternellement imperturbable. Souvent, en début de soirée, je l'apercevais dans la petite serre en train d'écouter le sport sur une petite radio portative.

Un enfant ignore ce qu'est le déni.

Un enfant aime les contes de fées puisque l'horreur se déroule à bonne distance.

Un enfant de neuf ans sait qu'une maison ne peut pas être construite en pain d'épices.

Un enfant de neuf ans sait qu'un loup ne parle pas.

Felix reprit le fil de ses études dès notre retour de Paris. Il semblait, à mes yeux, aller bien. Je me souviens avoir regardé autour de moi en me demandant si, un jour, tout ceci lui appartiendrait. Et s'il en aurait envie. Je songeai au fait que lorsque Felix serait plus âgé, notre différence d'âge n'aurait pas autant d'importance ; nous avions à peine plus de dix ans d'écart. À bien des égards, il se comportait plus en adulte que moi. Il se comportait comme s'il avait tout vu, et pourtant il n'était jamais condescendant. Plus tard seulement je compris que c'était sa meilleure défense. Felix ne montrait jamais ce qu'il pensait réellement, stratagème qu'il avait vraisemblablement acquis en chemin. Sa vie entière, devais-je apprendre, était définie par la fuite de quelque chose. Et, bien plus intensément, par la création d'une idée de qui était son père afin de se préserver de la vérité.

— Merde, ça va ou quoi ?

C'était Nikki, sur le seuil de la salle de bains. Elle mangeait dans une petite assiette remplie de tartines, de beurre, de confiture, et qui m'était vraisemblablement destinée, mais c'était tout elle. Elle prenait possession l'air de rien de tout ce qui l'entourait, y compris des gens.

— Ça va, répondis-je en remontant une main sur l'os de ma hanche.

Elle s'assit par terre à côté de moi et croisa les jambes.

— Ça n'a pas l'air d'aller, dit-elle plus comme une psy que comme une médecin. Tu as mal où ?

— Ici. Et ici. Et ici.

— À quand remontent tes dernières règles.

— Je ne me souviens pas.

— Eh bien, tu es probablement enceinte, déclara-t-elle comme si elle donnait la météo.

Je lui certifiai que j'avais seulement besoin de repos.

— Eh bien, te repose pas trop longtemps parce que je m'en vais après le déjeuner.

— Tu t'en vas ?

— Oui, l'appel de la vraie vie, enfin.

— C'est où la vraie vie ?

— Ah, voilà une *très* bonne question.

Sur ce, elle posa l'assiette par terre à côté de moi et s'en alla.

La vraie vie, pensai-je, est un lieu sans sépulture pour les vivants.

La vraie vie n'a pas de caméras nichées dans les murs.

La vraie vie n'a pas de pseudonymes, de couvertures, ou d'élégants plans d'exfiltration.

Je me levai et regardai dans le miroir. *Ceci est ma vraie vie.*

— Je serai de retour pour la fête, m'annonça Nikki, me mettant en garde sur le fait qu'elle n'avait pas quitté la chambre.

M'avait-elle espionnée ? Se disait-elle que je faisais semblant ? Je regardai dans le miroir et elle se tenait là derrière moi.

— Quelle fête, dis-je.

— L'anniversaire d'Edouard. Il ne viendra probablement pas, mais Dasha a tout organisé.

— Pourquoi tu appelles ta mère Dasha.

— J'en sais rien. Comment tu appelles ta mère, toi.

Elle passa la tête par la porte de la salle de bains. Elle lécha la confiture sur la paume de sa main.

— Il est Cancer, Edouard. Son signe du Zodiaque. Tu sais comment ils sont, les Cancer, dis-moi.

— Non.

— Froids, distants, dangereux.

— On dirait que tu parles d'un iceberg.

— Ah, oui.

Et je pensai à la croix blanche, à la mousse verte, à la main d'Edouard effleurant mon poignet.

Achille et Priam dans la tente, ce qu'Edouard m'avait dit de ce que, quand Hector avait coiffé son casque de combat, il avait fait peur à son fils. Le garçon ne reconnaissait pas son père quand son père portait son armure. Peut-être était-ce pourquoi Edouard semblait toujours désarmé en ma présence, et en présence de Felix. Je ne pouvais imaginer Edouard menaçant quiconque, jamais, du tout.

— L'iceberg t'aime bien, dit-elle comme si c'était un avertissement.

Après le départ de Nikki, j'ouvris un tiroir sous le lavabo et sortis le petit étui de maquillage en tissu-éponge. Il contenait le téléphone de Raja. Je le dépliai. Il y avait deux "applications" sur l'écran d'accueil : CARNET D'ADRESSES et CALCULATRICE. J'ouvris la première et trouvai deux numéros : MAISON et FREELANCE. Raja et Jack. J'appuyai sur FREELANCE et attendis tandis que la sonnerie retentissait une fois, deux fois, trois fois. À la cinquième, quelqu'un décrocha. Ce n'était pas Jack.

— Troie, dit une voix de femme que je ne reconnus pas, avec un professionnalisme dénué d'émotion.

Une nouvelle vague de nausée aiguë fusa de ma taille pour remonter directement à mon cerveau.

— Qui est à l'appareil, demanda la femme.

— Je cherche à joindre Jack, dis-je.

Et la ligne fut coupée.

La dernière fois que Marcus et moi avons fait l'amour c'était sur le bateau, avant Paris. Il avait semblé si totalement vivant et présent, rien à voir avec l'homme qui serait bientôt mort. Quand bien même il m'avait dit qu'un problème de cœur lui faisait courir un risque aigu d'accident vasculaire cérébral, et que les médicaments qu'il prenait étaient désormais contre-indiqués par rapport à un autre problème de santé, plus ancien, sur lequel il resta vague, je ne l'avais pas cru du tout. Marcus allait vivre éternellement, voilà ce que je croyais. Nous allions continuer exactement comme ça. J'étais claire là-dessus. En fait, il n'avait d'autre choix que de vivre éternellement, nous avions encore tant à faire. Nous avions à définir notre bonheur. Nous avions à terminer le jardin. Nous avions à avoir un enfant. Avant tout, nous avions à avoir un enfant afin que tout cela paraisse réel.

Un enfant a conscience qu'une maison ne peut pas être construire en pain d'épices, mais une femme amoureuse croira n'importe quoi. Marcus le savait, et Raja le savait, lui aussi. J'étais le choix idéal pour eux, moins du fait d'être orpheline, d'être naïve et d'être dépendante que de vouloir une histoire en laquelle croire. Que de vouloir être aimée.

Le désir alors nouveau, intense de Marcus d'avoir un enfant ne cadrait pas avec un homme face à la mort. Pourquoi faire une chose pareille à la femme qu'on aime. Pourquoi faire ça à un enfant? Tout au sujet de cette nuit-là à Dubrovnik était parfait, pourtant. La précision de l'orteil de Marcus touchant le mien, avec espièglerie, sur le pont. Sa manière de m'attirer contre lui quand la mer s'était agitée. Celle de ne jamais juger si, par exemple, mes cheveux n'étaient pas peignés ou mes chaussures étaient sales. Mes défauts semblaient l'amuser. Cette nuit-là avant Paris, tout était exposé devant nous. Plus tard cette nuit-là représenterait tout autre chose. Un ultime chapitre dans l'histoire de la fille que je fus.

Le téléphone vibra.

NUMÉRO INCONNU.

Je décrochai.

— Allô.

— Eh ben, j'ai cru que tu n'allais *jamais* appeler, dit Jack.

— Je crois qu'il me faut un test de grossesse.

— Ah. Félicitations, dit-il en étirant les cinq syllabes d'un ton sinistre. Donne-nous quelques heures.

Et la ligne fut de nouveau coupée.

Je restai dans ma chambre toute la matinée jusqu'à ce que quelqu'un frappe à ma porte et annonce, “Déjeuner.” La nausée s'était calmée. Je m'habillai puis descendis les escaliers et sortis sur la pergola, où Dasha était assise à sa place habituelle, une chaise à côté d'elle vide, désormais la norme entre nous, pour moi. De l'autre côté je fus agréablement surprise de découvrir Felix, qui n'avait pas pris un seul repas avec nous depuis que nous étions rentrés de Saint-Louis. Je m'assis et immédiatement il expliqua :

— J'ai dit à mon père que je voulais déjeuner avec les adultes aujourd'hui. Les adultes ont droit à de meilleurs desserts.

Nous mangeâmes du melon fraîchement coupé en cubes et du steak froid en tranches. Les raisins mûrs avaient fait leur retour sur la table, bien rangés sur leur ligne. D'énormes pichets de thés glacés diversement parfumés circulèrent, et les hommes en survêtement se mirent à fumer avant la fin de l'entrée. Je songeai que ces hommes n'étaient peut-être pas des invités. Peut-être étaient-ils au service d'Edouard ou l'étaient-ils, autrefois. Peut-être n'étaient-ils pas en vacances, mais en planque. Personne ne les présenta jamais ni ne me raconta leurs histoires. Felix parlait de ses dernières leçons de maths et comment il avait décrété qu'il aimait les maths “parce que tout est clair. Il y a une bonne réponse, ou il n'y en a pas. C'est comme en sport. Il y a, ou il n'y a pas, de vainqueur incontesté. Aucun problème n'est insoluble si on dispose des bonnes méthodes.”

Dasha s'éloigna pour prendre un appel téléphonique. Lorsqu'on débarrassa les assiettes et que les autres convives s'en allèrent, Felix demanda s'il pouvait “me rendre visite plus tard”, et je répondis que cela me ferait très plaisir. Comme je m'apprêtais à partir, Nikki arriva et dit à Felix :

— J'ai besoin d'être seule un moment avec mon amie.

— C'est *mon* amie à moi aussi, riposta Felix.

Comme s'il s'agissait d'une compétition.

Comme s'il existait une bonne réponse.

— Évidemment, c'est ton amie à toi aussi.

Et Felix, l'impression d'avoir gagné, partit rejoindre sa classe.

Nikki me tendit un petit paquet enveloppé de papier brun noué par une ficelle, que j'ouvris pour découvrir un test de grossesse. Je la regardai et elle articula les mots, "*De rien*" en français. Avait-elle écouté ma conversation téléphonique avec Jack, ou était-il possible que Nikki connaisse Jack ? Nikki faisait-elle partie de l'équipe, était-elle l'infiltrée de Raja, et le cas échéant, était-ce à dire que je n'étais pas seule. Ou peut-être Nikki était-elle là pour me surveiller et faire en sorte que je ne m'écarte pas du script, une sorte de garde du corps.

— Je ne veux pas que tu partes, dis-je.

Et je le pensai, qui qu'elle soit. Sa présence était un rempart contre ce qui ressemblait de plus en plus à une intimité indésirable venant d'Edouard, un risque de conflit avec Dasha – et qui sait ce qu'il adviendrait de ma relation avec Felix. Si j'étais enceinte, j'allais avoir besoin d'une amie.

— Changement de plan, me dit-elle en me prenant dans ses bras.

Je retournai dans ma chambre et m'allongeai sur le lit, les yeux rivés sur le point. Je n'avais pas envie de faire le test, mais savais qu'il le fallait. Quand dans mon esprit je faisais le calcul, en parlant de mathématiques, de ce qu'un enfant dans ma vie pourrait représenter je ne songeai pas un seul instant que je n'aurais pas envie de le garder. Je pensais à quel point Marcus était obnubilé et déterminé à ce que je tombe enceinte. Comme je repensais à toutes les fois où nous avions parlé d'avoir un enfant, je vis brusquement les choses différemment. Et si, du point de vue de Marcus, le fait que j'aie un enfant n'était pas égoïste. C'était un cadeau, une manifestation de son amour. Un enfant m'offrirait une porte de sortie face à la situation dans laquelle Marcus, et Raja, m'avaient mise.

Il ne me vint jamais à l'esprit de considérer l'enfant d'une autre manière.

Que l'arrivée d'un enfant puisse ne pas me libérer du tout mais plutôt exacerber, et sceller, ma dépendance.

Je fis le test.

Et j'attendis.

Et alors elles apparurent, les deux fines lignes bleues.

J'allais avoir un enfant.

— Tss, tss, on dirait bien qu'il va pleuvoir, dit quelqu'un de l'autre côté de la porte de la salle de bains.

Felix.

— Un instant, dis-je.

— Viens nager, dit-il et j'aperçus par la fenêtre les nuages qui s'accumulaient.

Je m'inquiétai brusquement, si je sortais avec Felix maintenant, de ce que j'allais rater ma promenade du soir avec Edouard.

J'ouvris la porte. Felix était planté là, affublé d'une énorme paire de lunettes de natation remontée sur le front. Il en avait une deuxième paire à la main qu'il me tendit.

— On peut aller plonger avec un tuba. Il n'y a pas beaucoup de poissons mais c'est sympa. Je t'emmènerai à la Dune, aussi.

— D'accord, ça sera sympa.

Au lieu de gagner la plage à pied depuis la maison, Felix, qui m'avait attendue patiemment dans le couloir, m'accompagna à la porte d'entrée et dehors jusqu'à une voiture où nous attendait Georges, plus sibyllin que jamais. Je me demandai si Georges avait accès aux caméras de la chambre et s'il restait jusque tard dans la nuit, à manger des restes, à me regarder dormir. *À l'hôtel des décisions, les clients dorment bien.* Qu'est-ce que cela voulait dire.

Je ne vis jamais Georges manger, pas une seule fois. Je ne le remarquai jamais exprimer la moindre émotion. Je pense qu'il se donnait du mal pour être invisible, mais pour moi, cela ne faisait qu'accroître mon désir de découvrir qui il était, par quelle histoire il était arrivé ici, et les secrets qu'il gardait. Qui Georges pensait-il servir, et à quel prix ?

— Ce n'est pas tout près en voiture, annonça Felix, mais on ne mettra pas *trop* longtemps.

— Et les cours ?

— Papa a dit que je pouvais les rater.

— Et pourquoi donc.

— Eh bien, il a dit que tu ne serais pas éternellement ici, et que je devrais t'emmener voir quelque chose de nouveau. Je pense qu'il a peur que tu t'ennuies avec nous.

— C'est très gentil de sa part.

— Et de toute façon, il me dit rarement non.

Je me demandai si, un jour, quand j'aurais un enfant de l'âge de Felix, je serais capable de lui dire non, moi aussi. Malgré la menace évidente d'être un enfant gâté, Felix était tellement ouvert et gentil, tellement maître de lui, ses manières étaient si précoces pour son âge. Un enfant qui a des manières précoces peut être une bête curieuse ou un exemple émouvant d'une certaine innocence niée. Felix faisait souvent des choses que je n'associais pas aux enfants. Il s'effaçait pour que je monte la première en voiture. Il m'offrait la bouteille d'eau que Georges lui avait donnée. Et ce dont je me souviens le plus de ces jours-là était la façon qu'avait Felix de constamment me demander à quoi je pensais, une question très adulte dans son genre. Et comment je me sentais, question que la plupart des adultes ne prennent pas la peine de poser. Et Felix semblait se préoccuper sincèrement de mes réponses. Cette curiosité surnaturelle, empathique, était son trait déterminant. Je l'observai jouer à être normal, à tenter de se conformer aux rituels auxquels participent les enfants ordinaires, rituels qu'ils avaient dû apprendre en regardant des émissions à la télévision. Une partie de lui aspirait à être normal, comme n'importe quel enfant, et peut-être à renier son environnement hors du commun. La plupart des enfants ne sont pas scolarisés à la maison dans des enceintes immaculées employant des gardes du corps armés d'AK-47. Si nous avions eu plus de temps et si j'avais eu plus de courage, j'aurais demandé à Felix comment *lui* se sentait, ce que *lui* pensait. Il ne m'avait jamais traversé l'esprit, pas une seule fois, que Felix puisse faire partie du plan.

Nous roulâmes pendant près de trente minutes sans rien dire. J'avais envie d'ouvrir mon téléphone et de taper dans Google "Je suis enceinte, je fais quoi maintenant", mais la présence de Felix faisait office de garde-fou. Quand Georges sortit de la route principale à deux voies pour s'engager sur une allée de sable, l'enthousiasme de Felix était visible, et me permit enfin d'avoir un aperçu du petit garçon en lui. Comme si nous approchions du sapin le matin de Noël. Comme si le prochain virage en direction de la place allait dévoiler quelque surprise spectaculaire. Un kart, un poney, une maison gonflable.

— C'est le meilleur spot de surf du Cap, dit-il comme le virage laissait simplement voir une autre longue étendue de plage. Certains surfeurs pensent que c'est le meilleur de toute l'Europe de l'Ouest, exception faite de l'Espagne, mais la France est tellement plus jolie que l'Espagne, tu ne trouves pas ? Mon père aimait bien venir ici regarder les surfeurs, au tout début quand nous sommes arrivés. Il dit que leur patience l'apaise.

— Pourquoi ne vient-il plus les regarder ?

— Je ne sais pas.

Georges gara la voiture. Il ouvrit ma portière et me tendit deux énormes serviettes de plage ornées du drapeau français. Comme je les lui prenais des mains, il les retint une fraction de seconde trop longuement. Me fixant droit dans les yeux, Georges me promit d'attendre, que nous devrions prendre notre temps, et montra d'un geste un panier à pique-nique dans le coffre, dont il me détailla le contenu. Felix n'écoutait pas. Felix n'avait pas faim. Felix s'était écarté de la voiture et me faisait signe de le suivre à travers un bosquet d'arbres de petite taille jusqu'à un chemin rocailleux qui descendait sur la plage la plus large que je n'aie jamais vue. Elle était vide. En revanche, sur l'eau, je les vis avant que Felix ne me les montre du doigt, les surfeurs. Le vent était bas ce jour-là si bien qu'ils étaient assis, ou allongés, sur leurs surfs. La patience qu'Edouard admirait.

— Parfois, ils restent comme ça pendant des heures, dit Felix.

— Tu crois qu'ils s'ennuient.

— Non. Ils savent que c'est simplement une question de temps.

Il glissa un tuba bleu vif à travers une boucle dans la lanière de ses lunettes puis m'en tendit un autre.

Ses yeux énormes.

Il semblait ne jamais cligner des yeux.

— Quoi, fit-il en me regardant fixement à travers le plastique – il avait surpris mon sourire.

— Eh bien, l'idée que quoi que ce soit puisse être simplement "une question de temps" est une idée très adulte, c'est tout.

— Je suis carrément plus adulte que tu ne le crois, dit-il moins par défi que par une sorte de confession.

Et, en cet instant, je songeai à sa mère et me demandai comment elle était morte et ce que Felix savait d'elle, de son père et de sa belle-mère, pourquoi ils vivaient là-bas et combien de temps cela allait durer. Felix marchait devant moi et, avec l'intrépidité propre aux enfants, plongea dans une vague déferlante très haute. Et puis il disparut, et je ne le vis plus, et alors je courus dans l'eau et plongeai, moi aussi.

— Spectaculaire, hein ? lança Felix après notre baignade et un court trajet en voiture jusqu'à la Dune.

Nous nous étions séchés et Felix avait mangé une barre chocolatée piochée dans la réserve de bonbons de la boîte à gants. La voiture, à l'instar de l'enceinte, avait de tout pour tout le monde, à l'évidence. "Georgie est accro au sucre", avait dit Felix mais Georges, l'étrange Georges, Georges qui était indubitablement formé pour me tuer à bout portant s'il le voulait, Georges qui avait retenu les serviettes une fraction de seconde trop longuement dans ce qui était comme un signe. Georges ne disait rien. Il était évident que les bonbons étaient là exclusivement pour Felix. Haribo, Smarties, et ses préférés américains, Sugar Daddies et MilkyWays.

— Mon père aime la réglisse, et seulement dans les grandes occasions, sinon il ne mange quasiment *jamais* de sucre, dit Felix. Si c'est pas terrible.

Nous marchâmes sur la Dune jusqu'à ce que le temps se gâte.

Il devait être près de six heures.

Je n'avais pas mon téléphone. Je ne portais pas de montre.

— Je crois qu'il faut que je rentre, dis-je.

— Pourquoi, demanda-t-il.

— J'ai promis à ton père que j'irais me promener avec lui, répondis-je et voyant son visage se renfrogner, je me demandai si ce n'était pas tout simplement la dernière d'une longue liste de déceptions que Felix se donnait beaucoup de mal à cacher.

Sur le trajet retour il parla à peine, et quand la voiture s'immobilisa sur le cercle de gravier qui flanquait la maison, il laissa ses lunettes et son tuba sur le siège et regagna l'intérieur sans un bruit. Comme si je l'avais rejeté. Ce que, d'une certaine manière, j'avais fait.

— Ne vous inquiétez pas, dit Georges, apparemment humain après tout.

— Je crois que je l'ai déçu, dis-je.

— Il a l'habitude des déceptions.

Et, comme s'il en avait dit trop, Georges abaissa ses lunettes de soleil et sortit de la voiture, me laissant seule à l'arrière.

Dans l'entrée, Edouard attendait en lisant le *Financial Times*.

Il replia le journal sur ses genoux comme j'entrai.

— Je crains de t'avoir volée à un autre homme, lança-t-il. Et très charmant avec ça.

Je lui dis que je devais passer rapidement dans ma chambre et il me répondit de prendre mon temps, que le dîner serait servi tard ce soir, voire livré dans les chambres comme une tempête approchait. Et les gens étaient fatigués, "La journée de travail a été longue pour nous tous", comme si cela avait un sens pour moi. L'allusion au "travail" était ma première et fugace confirmation d'un soupçon qui s'acheminait lentement vers une confirmation, déclenché à l'origine par les histoires de Raja et la paranoïa sournoise de Jack. La confirmation que la maison du Cap Ferret n'était pas un lieu de villégiature, qu'en réalité des choses se déroulaient ici parmi les adultes avec une rigueur et une précision comparables aux études que les enfants faisaient d'Aristote et de l'algèbre. L'idée que l'on "travaillait" sur quelque chose, et que peut-être la véritable nature de ce travail était le véritable objet que l'on m'avait envoyée ici afin de le découvrir, et d'en rendre compte.

Dans la salle de bains, je me brossai les cheveux. J'appliquai du rouge à lèvres, du mascara et du fard comme si je me préparais pour un rendez-vous. Ou comme si j'avais le sentiment que quiconque en y regardant de trop près pourrait déceler la vérité. Comme si les yeux d'Edouard étaient des échographes qui pouvaient voir en moi, voir exactement combien de semaines séparaient la vie en moi de sa naissance. Voir peut-être dans l'avenir de mon enfant. Et, ce faisant, d'avoir une chance de le contrôler.

J'ouvris le tiroir et l'étui de maquillage en tissu-éponge, dans lequel j'avais caché le test de grossesse ainsi que son emballage. Je ferais bien de le déchirer en mille morceaux et de le jeter dans les toilettes, cela semblait être un choix judicieux et sûr, mais quand j'arrachai le couvercle, je remarquai quelque chose collé à l'intérieur par une fine bande, presque invisible, de scotch double face. Je la retirai, consciente qu'Edouard m'attendait, et dépliai le petit morceau de papier. Il faisait à peine la taille d'un emballage de chewing-gum. Quelqu'un y avait écrit trois lettres à l'encre noire, de manière lisible : [**D O B**].

Le journal reposait plié sur la chaise quand je retournai dans le vestibule, les chiens montaient la garde près de la porte. À travers la moustiquaire j'aperçus Edouard, qui regardait à l'ouest en direction de la plage. Il portait des lunettes de soleil et une énième chemise en lin identique, toujours boutonnée jusqu'au bouton au-dessus de celui du milieu et les manches toujours retroussées précisément jusqu'au coude. Les pans qui dépassaient toujours soigneusement du pantalon. Tel était l'uniforme d'Edouard. Un uniforme en vue d'un déploiement, dont le but, je ne tarderais pas à le comprendre, était, comme le plan en soie qu'Annabel avait étalé sur mon lit à Paris, "la fuite et l'évasion".

Je sortis sur la véranda et m'excusai du retard.

— Tu es très belle, dit-il, puis il commença la promenade.

C'était toujours lui qui donnait le rythme.

Comme nous marchions plus tard qu'à l'accoutumée, l'air était plus sombre, l'eau plus agitée. Nous atteignîmes les escaliers et le sommet du promontoire où le vent soufflait fort. Si les surfeurs attendaient encore, ils allaient pouvoir prendre la vague.

— Tu as vu les surfeurs, voulut savoir Edouard.

— On les a vus, oui.

— Ils surfent la nuit, aussi. Surfer la nuit est une forme de roulette russe.

Il me raconta qu'il avait appris à surfer enfant.

— Ça a l'air si facile, alors qu'en fait c'est une affaire complexe et périlleuse, aux plus hauts niveaux.

Il me raconta le mythe de "la vague de trente mètres" qui se révéla ne pas être un mythe du tout mais plutôt le résultat d'une aberration météorologique et d'un profond canyon au large de Nazaré au Portugal.

— Ici il n'y a pas de passage, dit-il en montrant l'océan. Il n'y a aucune protection.

Ce soir-là, Edouard ne posa aucune question sur moi jusqu'à ce que nous soyons quasiment arrivés à la maison. Le temps se dégradait rapidement, tel qu'il l'avait prédit, et une pluie légère tombait déjà. En haut des marches, sous la véranda désormais éclairée par une longue enfilade de lanternes de verre impeccablement espacées le long du sol et des centaines de cierges en équilibre précaire sur la balustrade, Edouard me prit le bras. Il appliqua une infime pression, comme pour me prémunir d'une chute.

— J'aimerais que tu restes plus longtemps, dit-il.

— Oh, je ne sais pas trop.

— Dasha a organisé une fête.

Et dix minutes semblèrent passer avant qu'il n'ajoute :

— Est-ce que tu aimes les fêtes.

— Les fêtes, c'est sympa, dis-je en comptant dans ma tête le nombre de fêtes auxquelles j'avais assisté dans ma vie. La liste n'était pas longue.

— Tu pourras donner un coup de main avec Felix.

— D'accord, dis-je.

Il te suffit d'écouter.

Écouter, et continuer à avancer, comme un requin.

Il n'y avait pas d'autre choix.

C'était là, je m'en rendais compte, la raison de ma présence ici.

J'étais ici pour débusquer Edouard.

Je levai les yeux, m'attendant à moitié à voir Jack décrire des cercles dans le ciel à l'aide de quelque étrange appareil de surveillance.

Me surveillait-il depuis le début ?

Et voyait-il ce que j'éprouvais à présent.

À vrai dire, mes journées ici avaient bel et bien commencé à guérir quelque chose en moi.

Tandis qu'Edouard me regardait, je me fis une promesse. Jamais je n'oublierais ces jours-là. Jamais je n'oublierais la sortie sur la Dune et les bonbons dans la boîte à gants. Comment ces gens m'avaient traitée comme si je faisais partie de quelque chose. Comment ils m'avaient traitée avec dignité et respect. Pouvais-je en dire autant de Jack, Jill et d'Annabel ?

— Tu me rappelles quelqu'un, déclara Edouard.

Je voyais du mouvement derrière lui dans la maison et me demandai à quoi Dasha s'occupait. À cette heure-ci, elle faisait probablement couler un bain, probablement se demandait-elle comment s'était passé le moment en compagnie de Felix. Peut-être se sentait-elle coupable des journées qu'elle n'avait pas passées avec lui. Être mère est une dynamique mais être belle-mère est une constance, en oscillation entre silence et exil. Vous pensez que le risque, c'est de négocier la circulation les yeux fermés, essayez un peu d'élever un enfant qui n'est pas le vôtre. Dasha, j'en étais certaine, avait eu son lot de nuits difficiles. Ce qui la faisait rester au Cap, je l'ai toujours pensé, était autre chose que les enfants.

Edouard s'approcha d'un pas.

Ses manches de chemise s'étaient déroulées jusqu'à ses poignets.

L'ourlet de son short était constellé de sable.

En cet instant, il n'était ni immaculé ni impénétrable.

Il était humain.

Et si tout ce que l'on m'avait raconté sur lui était un mensonge.

— Parlez-moi d'elle, dis-je.

— Elle était chirurgienne.

— Elle devait être très intelligente.

— Oh, oui. Et très belle. Elle m'a sauvé la vie, plus d'une fois.

— Elle vous a opéré ?

Il s'approcha plus près.

Quelqu'un interpella depuis l'intérieur, des consignes pour fermer les fenêtres. L'orage s'intensifiait.

— Non.

Et plus près.

— Et où est-elle maintenant.

— Elle est morte.

Le clair de lune, au moment où il tombe sur la croix blanche, est aveuglant.

Au moment où Priam entra dans la tente d'Achille, il retira lentement sa capuche pour dévoiler ses yeux.

Quand on atteint le haut de la vague à Nazaré, on en a le souffle coupé.

Edouard me regarda une dernière fois puis pivota sur ses talons et retourna à l'intérieur, les chiens le flanquant de chaque côté. Je le suivis des yeux jusqu'à ce qu'il disparaisse totalement de ma vue.

J'étais en train de penser à Felix et à la barre chocolatée au moment où j'ouvris la porte de ma chambre et le trouvai assis sur mon lit, en pyjama, comme s'il faisait ça tous les soirs, comme si plus rien n'était un tant soit peu normal.

— Salut, dis-je.

— Salut, toi, dit-il et il haussa un sourcil.

Je tirai la chaise du bureau pour la rapprocher du lit et m'assis. Les pieds de Felix pendaient à plus de trente centimètres du sol, ce qui lui donnait l'air encore plus jeune qu'il ne l'était. Neuf ans. Quand je tentai de me remémorer ce que cela faisait d'avoir neuf ans ne me venaient que les disputes, les "conversations" brutales, violentes que mes parents avaient quasi quotidiennement, quasiment à la même heure, autrement dit une fois qu'ils avaient chacun bu quelques verres. Toujours après que j'étais allée me coucher mais avant que je ne me sois endormie, un hasard ou alors un choix du timing, qui, rétrospectivement, était particulièrement sadique. Ces disputes étaient la garantie que j'allais moins dormir et garantissaient vraisemblablement les cauchemars, aussi. J'écoutais et, au début, j'essayais de discerner ce qu'ils disaient, m'efforçant de me concentrer sur le contenu pour réprimer mes émotions et les entasser dans ce lieu de déni dont je construisais l'architecture primitive. Les gens disent que les couples qui restent ensemble longtemps finissent par avoir une seule dispute, toujours la même, encore et encore et encore. La température idéale dans la chambre à coucher pendant la nuit. Le collègue qui flirte un peu trop. Un enfant qui se conduit mal. L'argent. L'argent était la dispute que mes parents avaient encore et encore, l'argent étant la chose qu'ils voulaient, qui leur manquait, ou s'ils l'avaient brièvement, qu'ils gaspillaient aussitôt. Il pouvait se trouver, ici ou là, de l'argent pour une nouvelle robe. Ou pour un vélo de course que mon père prenait pour aller au bureau et qui le faisait se sentir jeune. Puis mon père perdait de nouveau le boulot qu'il venait tout juste de décrocher en raison de sa "colère" et rentrait pour annoncer à ma mère que la nouvelle robe allait devoir repartir. Mes parents se livraient à des comportements bien plus féroces que tout ce que j'avais pu voir chez Marcus, Raja, Jack ou Jill, Annabel ou Edouard. Si j'étais de fait entrée dans un monde appartenant à un certain genre de guerrier, c'était un monde bien plus calme et courtois que celui de mon enfance. Un jour, mon père balança une assiette sur ma mère. Après que l'assiette s'était fracassée, ma mère avait ramassé les morceaux pour les disposer, soigneusement, sur sa table de nuit, comme s'il s'agissait d'un cadeau. Comme si elle en faisait la collection.

Les morceaux de quoi.

Les morceaux de toi.

Presque toutes les "choses" dont je me souvenais de mon enfance étaient "perdues", emportées, recyclées. Un jour, aux alentours de mon neuvième anniversaire, la fête ayant été annulée à la dernière minute, ma mère fit ses valises et s'en alla. En rentrant à la maison ce soir-là, mon père me trouva sur son lit, les jambes qui pendaient dans le vide. Il avait oublié l'anniversaire. Ça donnait l'impression qu'il m'avait oubliée, moi aussi. Et même quand ma mère revint et le supplia de lui pardonner, en promettant de ne plus jamais partir, il ne la crut pas. Pendant un certain temps, à la suite de cet épisode, il y eut des repas faits maison et des soirées à regarder la télévision autant que je voulais. Il y avait des omelettes norvégiennes et des pancakes, et je me souviens de cours de tennis et d'une sortie au zoo. Oui, où que ma mère soit allée quand elle était partie il y avait de l'argent, et elle l'avait ramené avec elle, le mettant à profit pour adoucir "le côté brut" de mon père, le mettant à profit pour me faire plaisir. L'argent mit fin aux disputes vespérales. Et l'argent finança plus d'une robe et, pendant quelques jours, mon père à l'heure de me mettre au lit me fit la lecture d'un nouveau jeu de livres aux reliures en faux or. Et puis un jour tout s'arrêta. Notre petit armistice brisé par les frères de ma mère faisant irruption par la porte d'entrée pour traîner mon père dans le jardin. Ce fut ma première expérience de la violence.

— Je suis désolé, dit Felix et il tendit la main pour serrer la mienne, tel un investisseur ou un politicien.

Une petite partie de mon cœur se brisa, en pensant que quelqu'un avait dû lui apprendre l'importance d'une bonne poignée de main.

— On s'est bien amusés, dis-je.

— J'étais *grognon*, dit-il et il rit.

— Bah, on est tous grognons à un moment ou à un autre.

— Pas mon père, il n'est jamais grognon.

— Je ne connais pas ton père assez bien pour ça, mais je te crois sur parole.

— Ma parole est très bonne, affirma-t-il. (Et puis :) Mon père est un homme très occupé.

— Je ne sais pas ce que fait ton père, dis-je doucement, imperceptiblement indiscrète.

— Il est écrivain.

Et sur ce, Felix descendit d'un bond du lit, glissa sur quelques centimètres sur le plancher avec ses pantoufles, et s'approcha du bureau.

— Il écrit quoi ?

— Il invente des histoires.

— Quel genre d'histoires ?

— Des histoires pour les adultes.

— Pas de contes de fées ?

— Oh, je crois que les adultes aiment les bons contes de fées.

Dur de croire qu'il avait neuf ans.

— C'est vrai.

Il se retourna et me regarda.

— Tu vas rester pour la fête ?

— Si Dasha a envie.

— La seule chose qui compte c'est si mon père a envie, dit-il. Et mon père aime me faire plaisir, et j'aimerais beaucoup que tu restes.

Et ainsi la question fut réglée.

Je resterais pour la fête.

Felix était à la porte, la porte était ouverte et Felix quasiment de l'autre côté lorsqu'il posa une dernière question :

— C'est quand ton anniversaire à toi ?

Et tout en trouvant les mots – *le six octobre* – je me remémorai ces trois lettres, D O B, et soudain je compris. Si DOB voulait dire “date of birth”, “date de naissance”, la note était-elle un signe m'incitant à être attentive à l'anniversaire d'Edouard. Était-ce le signal que je devais faire attention à ce qui allait suivre. Je ne répondis pas, et Felix était parti. Je jetai un œil au lit et vis qu'il avait oublié quelque chose derrière lui. Une barre chocolatée.

Quelques minutes plus tard, on frappait à ma porte. Je pensais que Felix était venu chercher sa confiserie mais lorsque j'ouvris il n'y avait personne. Un plateau laqué bleu était posé par terre dans le couloir. Dessus, un bol de pâtes, du poisson grillé, et une assiette de légumes. Une carafe de vin, sel, poivre, fleurs. Et une note : "Appelle si tu as besoin de quoi que ce soit. Attention à la tempête. Dasha."

Après le dîner, je consultai mon téléphone, qui était branché à une prise à côté du lavabo, et remarquai un appel en absence INCONNU. Je composai le numéro de Raja, laissai sonner trois fois, et m'apprêtai à raccrocher lorsqu'il répondit.

— *Allô*. (Il paraissait très loin.) *Ça va** ?

— Oui.

— N'oublie pas de te reposer.

— Il va y avoir la fête.

Et après la plus infime des pauses il dit ce que n'importe qui aurait répondu à ça.

— Eh bien, il va te falloir un cadeau, pour l'hôte de la maison.

Et la ligne cliqueta.

La tempête s'intensifiait. La pluie avait formé une flaque par terre à côté de la fenêtre.

Je soulevai mon chemisier debout devant le miroir de la salle de bains.

Je passai ma main sur mon ventre.

J'avais l'air pareille mais je me sentais différente.

J'étais pareille mais différente.

Un enfant allait impliquer des changements.

Et maintenant j'avais des décisions à prendre.

VIII

CE QUI EST FAIT NE PEUT ÊTRE DÉFAIT

Le lendemain matin, le temps s'étant dégagé, je descendis me baigner dans la piscine. L'eau était froide après la pluie, revigorante. Je savais qu'à mon retour dans ma chambre, le lit serait fait et le plateau du dîner débarrassé, de nouvelles serviettes disposées dans la salle de bains. Là-bas, c'était exactement comme ça, tous les systèmes en place à tout moment. Nikki me raconta l'histoire d'un jeune couple en visite le mois précédent : à leur arrivée, ils avaient balancé leurs affaires partout dans leur chambre, laissant un chaos de vêtements et un lit défait. "En plus ils n'avaient même pas arrêté la douche correctement", quand ils étaient partis pour dîner. Après le dessert, Dasha annonça aux convives réunis qu'elle souhaitait emmener tout le monde faire le tour du propriétaire. Et le jeune couple de paniquer, inquiet de ce que leur chambre allait mettre Dasha en colère, mais quand la visite s'arrêta à leur porte et que Dasha l'ouvrit, tout était impeccable. Les vêtements soigneusement pliés sur le lit. Le lit fait, couvertures rabattues, les valises remisées dans un coin. Le jeune couple était soulagé. La visite se poursuivit, et tout le monde convergea sous la véranda pour le café. Ce ne fut que plus tard ce soir-là, en montant enfin dans leur chambre pour la nuit, qu'ils découvrirent en ouvrant la porte que leur chaos avait été méticuleusement recréé, jusqu'à l'oreiller qu'ils avaient balancé à la gauche de la fenêtre, la douche qui coulait de façon inquiétante. L'histoire est représentative de Dasha. Dasha vous rappelait sans relâche qu'elle savait qui vous étiez, même si elle participait à une tentative de le cacher. Dasha faisait de vous le meilleur de vous-même, mais elle pouvait vous défaire en un clin d'œil. L'histoire me faisait me demander quels ajustements, le cas échéant, Dasha avait faits pour et à Edouard au cours des années qu'ils avaient passées ensemble. Et si ces ajustements étaient la vraie raison pour laquelle il restait avec elle.

En remontant à la surface pour me frotter les yeux à la fin d'une longueur, j'aperçus Dasha assise sur une des chaises longues. Elle fumait. Plus personne ne fumait, à l'époque, et je n'avais encore jamais vu Dasha fumer. Fumer, à l'époque, pouvait facilement être interprété comme un comportement autodestructeur.

— Bonjour, dis-je.

— Nous avons eu *tellement* de chance qu'il pleuve, il y en avait besoin.

Dans sa main gauche elle tenait un minuscule coquillage, son cendrier.

— Edouard m'a dit que tu as décidé de rester, et de te joindre à nous pour l'anniversaire ?

— Si cela vous convient.

Et elle se contenta de me regarder, comme si nous savions l'une comme l'autre que cela n'avait aucune importance.

Je sortis de la piscine et me séchai.

Tu vas être mère, me dis-je. *Alors grandis.*

Il te suffit d'écouter.

Je m'étendis sur la chaise à côté d'elle.

— Et où iras-tu, quand tu partiras pour de bon.

Faire la conversation n'était pas son domaine de prédilection ; ça la mettait mal à l'aise.

— Je pense retourner à Londres.

J'ai confiance en moi, j'ai confiance en moi, j'ai confiance en moi.

— Londres n'est plus ce qu'elle était, observa-t-elle. Hors de prix, avec ça.

Elle éteignit sa cigarette.

Je me tournai pour la regarder. À ce moment-là, j'aurais pu dire la vérité aussi facilement qu'un mensonge. J'aurais pu dire ce que j'avais envie de dire, qu'elle n'avait aucune idée de ce que "Londres" était, ou pouvait être, pour quelqu'un comme moi. Que "hors de prix" voulait dire une chose pour elle et une autre, entièrement différente, pour moi. Ce que j'avais envie de dire, c'était que son accès désinvolte au privilège, à la sécurité et à la beauté l'avait pourrie-gâtée, qu'elle n'avait aucune idée de ce que cela voulait dire d'être captive, affamée, seule. Qu'elle n'avait aucune idée de ce que cela faisait de se tenir à l'extérieur du jardin. Dit d'une autre manière, j'avais envie de déverser toute ma colère et mon émotion déplacée sur Dasha, de rejeter la faute sur elle en l'absence de quelqu'un d'autre sur qui rejeter la faute. J'étais irrationnelle. Évidemment que j'étais irrationnelle. J'étais enceinte. Tout à l'intérieur se mouvait à une vitesse qui échappait à mon contrôle.

À la place de quoi, je me contentai de dire :

— Je ne vous remercierai jamais assez pour votre accueil.

Et je le pensai, jusqu'au dernier mot.

— Quand j'ai rencontré Edouard, dit-elle, Nikki avait besoin de stabilité, de protection. Edouard a apporté cela.

— Qu'est-il arrivé à son père ?

— Il est mort à la guerre.

— Quelle guerre.

— Edouard est fidèle aux gens qu'il aime. C'est ainsi qu'il a été élevé. Son père était général, lui aussi. Son père était sévère, pas très aimant.

Elle alluma une nouvelle cigarette. Et je la laissai parler.

— Edouard préférerait vivre dans la Rome antique, à condition de pouvoir être empereur. Ou peut-être à l'époque napoléonienne.

— À condition de pouvoir être Napoléon, suggérai-je.

— Oh non, ma chère, les Russes *méprisent* Napoléon.

J'aperçus Nikki qui descendait la colline dans notre direction depuis la maison.

— Tu ne connais rien à l'art, je me trompe ? demanda Dasha.

Nikki pouvait voir que je la regardais. Elle leva les mains par-dessus la tête, une petite danse, ou un encouragement. Nikki vivait dans le processus chronique qui consistait à séduire tous les gens qu'elle rencontrait. Elle arborait un bikini tel un officier de police arborant un badge.

— Raja ne t'a pas envoyée ici pour voir les tableaux. Si Edouard veut vendre quelque chose, il n'a pas besoin de l'aide d'une jolie jeune fille.

Nikki traversait le verger de pommiers de l'autre côté de la piscine. Elle leva la main et cueillit une pomme sur une branche. Elle ouvrit la pomme en deux à mains nues. Elle tordit la queue pour l'arracher et la jeta par terre. Elle me regarda.

— Les jolies filles servent à autre chose, dit Dasha.

Elle était en train de me renvoyer dans ma chambre, me laissant ouvrir la porte sur mon désordre méticuleusement reconstruit. Elle était en train de me dire qu'elle faisait le ménage à ma place depuis mon arrivée. Et elle était en train de me donner un préavis, ses services allaient expirer sous peu.

— Au début de toute guerre, tout le monde pense être du bon côté, poursuivit Dasha au moment où Nikki s'avançait sur nous, la main tendue sous la moitié de pomme, une offrande.

Elle nous embrassa toutes les deux et s'assit.

— On en avait bien besoin de cette *pluie*, dit-elle.

Je pensai aux gens de la petite église que nous fréquentions quand j'étais petite, tout le monde qui savait ce qui allait suivre, quelle prière, quelle page du livre de cantiques. La répétition et la connaissance. Il y avait un élément similaire de l'ordre du répétitif et du connu au Cap, comme si les scènes et les répliques étaient fournies chaque matin à tout le monde, laissant suffisamment de temps pour les répéter. Tout le monde, sauf moi. Il paraissait de plus en plus évident que j'étais là dans le but explicite d'être prise au dépourvu.

— Raja vient pour le déjeuner, annonça Nikki comme s'il s'agissait d'un prolongement de sa remarque sur la pluie.

— Parfait, dit Dasha.

Nikki précisa qu'il atterrirait à une heure. Elle dit qu'il avait demandé du homard.

Et ainsi Raja arriva-t-il à l'heure pile, même si je n'attendais pas pour l'accueillir. J'étais dans ma chambre, à faire mes bagages. Je lui avais envoyé un texto après avoir quitté la piscine. Je lui disais que j'avais changé d'avis, que je rentrerais avec lui à Paris ce jour-là en hélicoptère. Il n'avait pas répondu, mais ma décision était prise. Je pensai que quelqu'un ne me disait pas la vérité. Et Dasha était méfiante. Soudain, je ne me sentais plus autant en sécurité et soutenue. Je n'avais pas l'impression de *bien* faire. Et si toutes les personnes à qui j'avais fait confiance jusqu'ici me mentaient depuis le début. Je me dis, *tu peux recommencer à zéro*. Je me dis, *personne ne peut te faire du mal*. Je me dis, *tu ne dois rien à ces gens*. Il y avait une seule personne dont je me souciais ce matin-là, et je voulais au moins lui dire au revoir. À quel âge est-on assez âgé pour savoir que les gens qu'on pense aimer sont des gens que l'on ne connaît pas réellement.

Je le trouvai dans la bibliothèque, en train de jouer aux petits soldats.

— Salut, toi, dit-il sans même lever les yeux. Comment vas-tu ?

— Je crois que la vraie question est : comment vas-*tu*, répondis-je.

— Comme à mon habitude.

— Gentil, prévenant, attentif.

— *Dangereux*, ajouta-t-il. C'est ce que dit Dasha. Dasha dit qu'un enfant est la chose la plus dangereuse au monde.

La bibliothèque détonnait presque dans l'enceinte. Plus formelle que les autres pièces, elle contenait aisément plusieurs milliers de livres. À qui appartenaient-ils et quiconque les avait-il jamais ouverts était difficile à dire ; la pièce n'était guère utilisée, pour autant que je puisse en juger, le bureau dans un angle étant vide exception faite d'une seule et unique photographie encadrée des chiens. Des étagères entières étaient remplies d'œuvres classiques de philosophie, d'histoire et de pensée politique en anglais, également en russe et en français. Tandis que Felix jouait en silence, je m'approchai d'une étagère avec des volumes reliés en cuir qui ne comportaient ni titre ni auteur, seulement l'année gravée en or sur le dos.

— Tu préfères le présent ou le passé, dit Felix, brisant la transe de ma curiosité. Je préfère le présent. Dasha préfère le passé. Nikki préfère le futur.

— Je ne sais pas. Je n'y ai jamais réfléchi.

— Je pense que les gens qui ont un passé heureux préfèrent le passé. Ce qui paraît logique. Si on n'a pas un passé heureux, on préfère peut-être le présent. Ou le futur.

— Je n'ai pas eu le passé le plus heureux, observai-je.

— Je n'ai pas de mère, dit-il tout en alignant les soldats précisément entre nous.

— Moi non plus, je n'ai pas de mère.

La formule me choqua au moment où je l'énonçai, un aveu imprévu. Je n'avais jamais parlé de ma mère. Je n'avais jamais parlé de l'accident. L'intégralité de mon expérience avec ma mère pouvait se résumer simplement à : elle était là, et puis elle ne l'était plus. Mes oncles avaient organisé une cérémonie, laquelle fut courte et quelconque. Quelques semaines plus tard je rencontrai Marcus. Je me souviendrai toujours que ma mère mourut un mardi, parce que les mardis je travaillais tard. J'avais rencontré Marcus un jeudi, à une fête à laquelle j'avais été invitée tout juste la veille. Rétrospectivement, on peut voir un schéma dans les faits, si on veut. Rétrospectivement, je vois clairement en quoi l'attrait d'un nouvel avenir était si vif, à cette période. Planifier un avenir à la suite de la mort de ses parents, quand on est jeune, tient moins de la stratégie que de la solution. Des rumeurs avaient couru sur le fait que l'accident était un suicide, un double suicide. Comment voulez-vous qu'un enfant passe à autre chose après ça.

Felix se tenait juste à côté de moi. Je voyais bien qu'il s'efforçait de maîtriser ses émotions, que ce que je venais de dire l'avait ému. Comme si j'étais la seule qu'il ait jamais rencontrée qui n'ait pas de mère non plus. Pour un enfant, la mort d'un parent est la mort du héros avant même que l'histoire ait commencé.

— Ma mère est morte dans un accident de voiture, dis-je. Avec mon père. C'est elle qui conduisait.

C'était plus que je n'en avais jamais dit à voix haute sur le sujet, même à Marcus.

À Marcus, j'avais dit quelque chose du genre, *Nous n'avons jamais été proches*. À moins que j'aie dit, *Je préfère ne pas en parler*.

Que de tels souvenirs récents commencent à s'échapper, se brouiller, me désarçonnait.

Quand on vivait dans le passé, est-ce que le passé restait clair et accessible ?

— Je suis désolé, dit Felix.

— Tout va bien.

Je lui expliquai que tout le monde n'a pas une mère qui l'aime profondément, qui le comprend et qui est "pour reprendre ton bon mot, 'présente'". Je dis que j'étais sûre que Felix avait hérité de plusieurs des belles qualités de sa mère, son intelligence par exemple, son intrépidité. En imaginant sa mère pour Felix en cet instant, je tentai d'imaginer la mère que j'avais voulue. En la lui décrivant, je dressais la liste des qualités d'une femme que je n'avais jamais rencontrée, qui n'exista pas mais qui était, en cet instant, indispensable pour nous deux. Avec cette histoire d'elle, je pleurais bien plus que nos mères.

Felix nous ramena tous deux sur terre en sortant un grand échiquier en bois qu'il disposa sur ses genoux.

— Tu veux bien jouer ?

— Je ne sais pas jouer aux échecs, malheureusement.

Mon père m'avait dit quand j'étais petite que les échecs étaient un jeu d'hommes.

— Les femmes, disait mon père, ne sont pas capables de penser aussi loin.

— Je vais t'apprendre, décréta Felix avec une confiance absolue.

Et il avait quasiment terminé d'expliquer le rôle du fou quand la porte s'ouvrit.

— À table ! annonça Nikki, telle une conductrice de train.

Felix la regarda et n'eut pas à dire un mot, tandis que la main invisible de la téléologie du Cap levait son index, nous rappelant à tous la chaîne de commandement inflexible des lieux. Nikki s'en remettait à Dasha. Dasha s'en remettait à Edouard. Edouard s'en remettait à Felix et Felix, le pauvre, n'avait pas encore défini ses allégeances. Comme Nikki tournait les talons, Felix glissa sa petite main dans la mienne.

Je ne supportais pas de lui annoncer que j'avais décidé de partir.

Je ne supportais pas l'idée que je risquais de lui briser le cœur. Ou de briser le mien à nouveau.

Et Raja et Dasha et Nikki nous attendaient à côté d'une petite table ronde sous la pergola, la table longue ayant été démontée en plusieurs parties et remisée pour la journée. La petite table était incrustée de carreaux de mosaïque blancs en forme d'étoiles figurant les principales constellations. La table était un cadeau d'un ancien président russe pour qui Edouard avait été baby-sitter quand il était jeune, un ancien président russe à qui Edouard avait apparemment appris à jouer au hockey sur glace. La table pouvait accueillir six convives. Ce jour-là, une place resterait vide. Quelqu'un s'était effectivement mis en quête de homards ce matin-là. Ils étaient déjà sur la table, bouillis et refroidis, servis sur un lit de glace pilée et accompagnés de salades de haricots, de frites et de vin.

J'étais descendue dans la cuisine au point du jour, affamée. Les nausées matinales des premiers mois de grossesse indiquent, paradoxalement, la faim. En mangeant, la sensation diminue et j'avais pris l'habitude de préparer du pain grillé, des œufs et des flocons d'avoine dès que je me réveillais, habituellement tôt. Parfois, la cuisine était silencieuse. Personne d'autre ne semblait s'animer dans la maison avant huit heures, quand les enfants descendaient pour manger avant la classe.

Dans la cuisine, tout était organisé avec précision. Même le "placard à goûter" empli de bonbons de couleurs vives et de réglisse noire, de boules de gommes sucrées à l'ancienne et de briques de jus de fruits bio. Je n'avais jamais vu Felix dans la cuisine, mais ce placard avait dû être conçu en l'ayant à l'esprit.

Quand il l'aperçut, Raja attira Felix contre lui et le serra fort dans ses bras.

— Tu es un vieillard, dit-il et il tendit la paume de sa main sur laquelle reposait, parfaitement plié, un maillot flambant neuf d'Arsenal, qui à y regarder de plus près avait été signé par plusieurs joueurs.

Felix enfila le T-shirt par-dessus celui qu'il portait. Il était immense et lui arrivait aux genoux.

— Une *chemise de nuit*, dit Raja.

Il m'embrassa sur une joue et me murmura à l'oreille :

— Ne t'inquiète pas.

— Asseyons-nous. Nous sommes tellement soulagés qu'il ait plu, dit Dasha avant que des assiettes remplies d'encore plus de mets arrivent, avant que la conversation dérive vers des sujets tels que la politique locale, l'imminence d'une autre pluie torrentielle, les réflexions de Raja sur l'état du monde.

Pendant un moment, tout sembla ce qu'il y a de plus normal.

Des amis et la famille à table autour d'un déjeuner.

Je voyais le ressac de l'océan au loin et les jet-skis omniprésents. Leur rôle n'était-il pas tant de maintenir quiconque à l'écart que d'empêcher qui que ce soit de partir. Le moindre départ bouleverserait la stabilité de l'enceinte, à l'instar d'un fou manquant dans un jeu d'échecs.

Tandis que nous mangions, Felix et Raja parlaient sport pendant que Nikki jouait sur son téléphone et que Dasha, comme si souvent, restait silencieuse. Lorsqu'une des enseignantes vint chercher Felix pour la classe, Nikki s'excusa et sortit de table. Quelqu'un apporta trois cafés et Raja et Dasha devisèrent à propos d'amis communs, de ce que

Nikki faisait désormais de ses journées (“beaucoup de lecture” fut la réponse). Raja demanda comment Felix allait et s’il y avait du nouveau sur de nouveaux traitements, et alors Dasha se tourna vers moi.

— Nous n’aimons pas en parler parce que nous ne voulons pas en faire une pathologie, il est trop petit… dit-elle.

Et d’expliquer le problème, à savoir que son système immunitaire était en train de se détériorer lentement, “un peu comme avec le VIH”, et qu’il était né “avec le même problème qu’avait sa mère; avec pour résultat une certaine fragilité”. Elle poursuivit en disant que l’état de Felix était “la raison principale” qui les avait amenés au Cap, pour qu’ils soient en mesure de “contrôler son environnement”. Elle poursuivit en disant qu’il y avait des raisons de se montrer optimistes, que la rapidité d’évolution de la médecine moderne signifiait qu’il adviendrait vraisemblablement quelque chose qu’il pourrait prendre pour ralentir la vitesse du déclin.

Raja prit la main de Dasha.

— Vous êtes une femme forte, dit-il.

— Il n’en existe pas d’autre sorte, répliqua-t-elle, et elle se leva brusquement.

— Je vais peut-être piquer une tête avant de partir, ajouta-t-il en me regardant.

Et nous étions tous les deux seuls sur la plage, les yeux levés vers la falaise, quand Raja fit glisser sa main dans la mienne. J’étais ouverte à diverses interprétations de ce geste. Il ne m’avait pas adressé un mot directement au cours du déjeuner, ni après sur le chemin qui menait à l’étage, où une chambre avait été préparée pour qu’il se change, tel que cela avait été fait autrefois pour moi. Je le laissai quand son téléphone sonna, et il arriva peu de temps après sur le chemin qui mène à la plage dans un des T-shirts d'Edouard, un tantinet trop grand pour lui.

— Vous avez reçu mon texto, dis-je.

— En effet.

— Je m'en vais aujourd'hui.

— C'est normal, dit-il, ce que tu ressens, mais en même temps nous sommes si près de la fin.

— La fin de quoi.

— Je ne peux pas te le dire, pas encore.

— Nous sommes près de la fin, et vous ne pouvez toujours pas me le dire. Je ne comprends pas.

— Tu n'as pas besoin de comprendre. Tu as besoin…

— De confiance, de foi, non. J'ai besoin de plus d'informations, répliquai-je.

— Très bien, dit-il. Viens.

Tandis que nous marchions, il me fit part que “nous” disposions de renseignements selon lesquels Edouard était très malade.

— Or je ne le crois pas. Je vois des enseignantes dans cette maison, pas l'ombre d'une infirmière.

— Je ne sais pas ce que je fais ici.

— Qu'est-ce que tu as vu.

— Une famille heureuse.

— Et Edouard.

— Quoi Edouard.

Je regardai droit devant les escaliers rocheux que j'avais gravis soir après soir, mes promenades en compagnie d'Edouard s'étant subtilement allongées, alenties, de manière délibérée. Nos conversations allant plus loin, devenant de plus en plus intimes. Une certaine affection s'était développée. Et n'était-ce pas là l'objectif, n'était-ce pas là, de fait, mon travail. Et pourtant, je ne savais pas trop quelle part de vérité en l'espèce ferait plaisir à Raja et quelle part de la vérité en l'espèce pouvait donner lieu de s'inquiéter. De ce que je risquais, tel que Jack le formulait, “de prendre la fuite”, que les préoccupations suscitées au tout début, du fait que je n'avais pas été rigoureusement approuvée, étaient en train de se retourner contre eux. Je n'ai jamais été une professionnelle, je n'ai jamais prétendu l'être.

Raja marcha quelques pas devant moi puis opéra un demi-tour et se mit à marcher à reculons, très lentement. Je continuai à avancer, désormais face à lui. Il prit ma main dans la sienne.

— Écoute-moi bien, dit-il. La vérité, c'est que nous sommes amoureux.

— Quoi.

— La vérité, c'est que Marcus et moi étions des amis proches, des amis *très proches*, mais que Marcus et moi avons eu une terrible dispute avant sa mort, et que ce soir-là toi et moi avons eu une liaison. La *vérité*, c'est que je suis tombé amoureux de toi dès l'instant où je t'ai rencontrée, à Paris, et que c'était réciproque et que c'était dangereux et que c'était parfait.

Nous continuâmes à marcher.

— Mais ce n'est pas vrai du tout, dis-je.

— Eh bien, j'ai besoin que tu croies que c'est vrai parce que c'est l'histoire à compter de maintenant. C'est ton histoire, et c'est l'histoire qu'il leur faut pour comprendre ce que tu fais réellement ici, pourquoi tu es venue.

— Que nous sommes amoureux.

— Oui.

— Et c'est pour ça que nous sommes ici.

— Oui.

Raja posa une main sur mon ventre.

— Que tu es ici parce que Marcus est mort et que tu portes mon enfant, mais que nous ne pouvons pas encore être ensemble. Tu es ici parce que je t'ai demandé d'être ma femme et parce que nous avons besoin de temps, un intervalle décent.

"Un intervalle décent" ça faisait tellement aseptisé.

Raja s'arrêta, se pencha en avant, m'embrassa sur la joue. Il me murmura à l'oreille.

— J'ai prévenu Dasha. Est-ce que tu comprends.

Ce qu'il voulait savoir, ce n'était pas si je comprenais mais si je pouvais jouer le jeu.

Le dernier acte est le plus important.

Le dernier acte est celui dont ils se souviennent.

— J'ai déjà fait mes bagages, dis-je.

— Eh bien, tu peux les défaire.

— Non.

— Si, dit-il et il se pencha encore plus près.

— Donnez-moi une raison de rester.

— Sauver des vies est une bonne façon de passer son temps.

Il posa le bras sur mes épaules et m'attira vers lui. Quiconque nous observant ce jour-là aurait affirmé voir un couple amoureux. Une jeune femme, ses boucles rebelles masquant son visage, la mèche blanche exotique dans ses cheveux qui lui avait valu, d'après Marcus, d'être admirée. Quiconque les observant aurait pu décrire la femme comme étant d'une beauté qui n'avait rien de renversant mais qui se voyait si on y prêtait attention. Tout le monde aurait noté l'homme plus âgé avec elle, sa peau sombre, son charisme physique. Tout le monde se souviendrait qu'il la dépassait, pieds nus, de quelques centimètres à peine; aurait pu remarquer son T-shirt, qui était trop ample, comme s'il l'avait emprunté à un grand frère. Quiconque les observant aurait relevé une intimité, une corporéité, et à partir de là aurait pu en conclure que ces deux-là étaient en réalité ensemble depuis longtemps, peut-être ce moment marquait-il des retrouvailles après une longue absence. Tout le monde aurait même pu décrire le couple comme se comportant ce jour-là à la plage comme des adolescents. Comment l'homme qui marchait devant s'était retourné pour être face à la femme, dans une sorte de danse. Tout le monde aurait cru deviner une certaine tristesse entre les deux. La femme semblait être bouleversée. N'étaient-ce pas du tout des retrouvailles mais plutôt une rupture, une fin, l'ultime d'une longue lignée de pertes qu'ils avaient chacun endurées.

Ce qui se déroulait en réalité sur la plage ce jour-là était une leçon. C'était sur la plage ce jour-là que Raja m'avait attirée contre lui pour me raconter dans les moindres détails qui était exactement Edouard, ce qu'Edouard avait fait, et quel serait le prix si l'opération échouait. C'était ce jour-là que Raja expliqua que l'opération aurait lieu la nuit de l'anniversaire d'Edouard, que c'était un "enlèvement", ce qui voulait dire que personne ne serait blessé, et qu'il avait dit, "Fais-moi confiance, on en a fait des centaines comme ça", que l'objectif était qu'Edouard soit "emmené" pour être interrogé. Si Edouard refusait de répondre aux questions, "Le droit interviendra", dit Raja. "La justice internationale" dispose d'outils pour obtenir la vérité. La vérité, me dit Raja, prendrait la forme d'un aveu. Un aveu concernant des sources des renseignements américains, britanniques et israéliens qui, au cours d'une période de plusieurs années alors qu'ils étaient en poste à Beyrouth, avaient été assassinés.

Les assassinats, d'après Raja, avaient été largement relayés par la presse ou avaient été enrobés de mensonges ou, dans un cas au moins, avaient "disparu", escamotés, niés catégoriquement. Les assassinats avaient pour cibles précisément les sources que Raja et ses collègues étaient venus recruter et traiter à Beyrouth. Le but d'Edouard était de détruire l'opération dans son intégralité. Raja expliqua que le code partagé par tous les grands services de renseignements, à savoir que "Nous ne prenons pas les nôtres pour cibles", avait été bafoué. Et ça, dit Raja, c'était la faute d'Edouard. Raja m'assura qu'Edouard était "encore actif", et que "Nous sommes convaincus qu'Edouard s'apprête à faire tomber un autre réseau", cette fois un peu plus près de chez nous. Ou, plus spécifiquement, de chez *moi*. Edouard planifiait l'assassinat des sources américaines basées au Royaume-Uni.

— Tout ce que tu as à faire, c'est assurer qu'il assiste à l'anniversaire. (Et d'ajouter :) C'est ce que voulait Marcus.

Marcus, qui forma Raja et le ramena à Beyrouth. Marcus, qui m'aimait. Marcus, le père de mon enfant. Et, tel que cela s'était passé au musée Rodin, ma réponse fut limpide avant que ne soit posée la question.

— Et Felix, demandai-je.

— Si tu te soucies de Felix, tu feras ce qu'on te dit.

Le troisième acte avait commencé.

Le troisième acte s'ouvrirait sur une histoire d'amour pour se clore sur une célébration.

Si vous étiez Dasha et que vous aviez observé la plage ce jour-là depuis la fenêtre de la chambre, celle du dernier étage, le seul endroit où elle avait de l'intimité, vous auriez assurément remarqué quand et où il la toucha, combien de fois, et si elle sembla apprécier. La main sur son ventre, comment il s'était agenouillé pour tracer un cœur dans le sable. Si vous étiez Dasha, vous auriez ressenti en plus de l'envie. Dasha que personne n'avait touchée, ni même courtisée, depuis très longtemps. Dasha à la fenêtre aurait éprouvé de la fureur, aussi, parce que le son de cloche clair et lumineux de l'instinct lui disait que quoique ce qu'elle voyait ressemblât à de l'amour, il s'agissait presque certainement de tout autre chose. En dépit de ce que Nikki lui avait raconté la veille, Dasha avait un point de vue différent. Elle avait du recul. Et elle avait des connaissances, accumulées soigneusement et laborieusement au fil du temps, sur Edouard et le genre d'hommes qui entraient dans son monde. Dasha, en son temps, avait joué dans plusieurs troisièmes actes. Dasha avait depuis longtemps cessé de croire en l'existence de la vérité objective, de l'existence de l'ordre. Dasha savait que quiconque venait au Cap était d'une façon ou d'une autre lié au "spectacle de magie", comme Edouard l'appelait, la vie secrète. Une vie définie par une absence de croyance au service d'une croyance en quelque chose de plus élevé, quelle ironie. Oui, si Dasha regardait par la fenêtre ce jour-là, elle aurait élaboré une nouvelle théorie de ce qui se passait exactement. De ce que Raja voulait à sa famille. Car d'expérience, Dasha savait que tout le monde voulait quelque chose.

Nous atteignîmes les marches. Leur étroitesse obligeait à les emprunter à la file. Raja s'engagea le premier, et baissa la tête, mais continua à parler. À moins que quelqu'un lui ait fixé une caméra sur la poitrine, il était impossible que qui que ce soit ait pu entendre la suite.

— J'ai ouvert un compte pour l'enfant. Une fois que tu seras partie, je m'assurerai que tu y as accès, et ce sera tout ce dont vous aurez besoin tous les deux pour vivre une vie très, très heureuse.

Je sentis ma respiration se saccader. En jetant un coup d'œil à gauche j'aperçus les jet-skis ; ils étaient désormais au nombre de cinq, moteurs à l'arrêt, un arsenal au repos. À quoi pensaient-ils à longueur de journée tout là-bas. Quelle histoire leur avait-on racontée. Nous étions quasiment arrivés au sommet quand Raja s'arrêta et me tendit la main. Il m'aida à gravir les dernières marches et puis, se tenant devant moi, glissa ses mains autour de ma taille, comme s'il allait me soulever, petite fille qui allait placer une étoile au sommet du sapin. Nous contemplâmes l'océan exactement tel que je l'avais fait, bien des fois, avec Edouard. Ensuite, d'une façon qu'il aurait été impossible à voir pour quiconque se tenait derrière nous, il glissa un petit morceau de papier dans ma main.

Je le glissai dans ma poche sans l'ouvrir.

— Qu'est-il arrivé à la mère de Felix, demandai-je.

— Elle est morte en couches.

Plus tard, dans le sillage d'émotions contradictoires accompagnant le départ de Raja – peur, soulagement, épuisement, gratitude, envie, culpabilité – j'oubliai le morceau de papier. Autre signe d'un début de grossesse, l'atomisation absolue de la mémoire à court terme. L'esprit peut se révéler être un agent d'entretien imprudent en balayant parfois une information essentielle. Pourquoi avais-je accepté de rester, je ne suis pas sûre de le savoir un jour. Raja s'était montré convaincant. Raja dit qu'en restant, je sauverais des vies. Raja dit qu'en restant, je prendrais part à l'histoire. Raja dit qu'Edouard n'était pas du tout ce qu'il semblait être.

Ce n'est qu'étendue dans un bain très chaud plus tard cet après-midi-là, les yeux fixés sur la patère à l'arrière de la porte de la salle de bains, au T-shirt d'Edouard que Raja avait porté, que je me remémorai le papier. Je manquai de glisser tant je sortis précipitamment de la baignoire. Sans prendre le temps de me sécher, je secouai l'eau de mes cheveux et ramassai mon short par terre. Je dépliai le papier et lus ce que Raja avait écrit de son écriture d'une précision inimitable.

JE T'AIME.

Ce genre de document étayait le récit, évidemment. Les mensonges devaient être indiscernables des "vérités", qui en tout cas étaient subjectives, disloquées, un risque. Une histoire, d'un autre côté, peut être en béton. Un bon auteur prend soin de mettre toutes les barres sur les *t* et tous les points sur les *i*. Ce "Je t'aime" était un point sur un *i*. Mettre l'amour au cœur de l'histoire, c'était inimitablement du Raja. Il aimait apporter un élément romantique. Il avait le sentiment que c'était une sorte d'assurance.

Jack n'était jamais romantique à l'égard du travail. Si Jack avait un Dieu, ce Dieu était le mensonge, l'histoire, la couverture. Jack disait que mentir à bout portant n'a rien d'anormal; les gens le font tous les jours. En revanche, *tuer* à bout portant, la plupart des gens préfèrent éviter. Jack disait qu'on peut former n'importe qui à assembler une arme complexe, mais qu'on ne peut pas inculquer le courage d'en faire usage. Jack était “calme en cas de problème”, pour reprendre la formule de Raja. La vérité, justement, était que l'enfance de Jack avait été définie par le folklore de la gloire passée de l'IRA, par des légendes et des héros qui étaient morts depuis belle lurette quand Jack était en âge de faire du vélo. Et par le choix notoire qu'avait fait la génération de son grand-père d'ériger le massacre en principe central de la politique étrangère de leur “organisation”. Son grand-père, dont la rumeur disait qu'il avait été poseur de bombes. “La guerre c'est de la diplomatie distillée”, me dit Jack un jour. Rien d'étonnant à ce que d'une certaine manière, à un moment donné, ou dans un but précis Jack ait atterri dans le “monde du secret.” Après tout, il avait grandi dedans.

JE T'AIME.

Ce petit morceau de papier.

Ces trois mots.

Est-ce que Raja m'aimait *réellement*? Ne serait-ce qu'un peu? N'était-il pas indispensable de ressentir quelque approximation de la vérité pour perpétuer le mensonge?

Et est-ce que moi je l'aimais.

Je déposai le minuscule papier sur ma table de nuit ou quiconque passant par là pourrait le voir aisément, un indice. L'indice serait la première chose que je verrais le matin et la dernière chose que je verrais avant de fermer les yeux le soir. Raja, les yeux dissimulés par ses lunettes noires tandis qu'il patientait en bordure de la zone d'atterrissage, mon maillot de bain encore mouillé. Raja, clair sur *l'histoire*, s'était penché pour dire tel que le ferait tout jeune amant, "Il ne t'arrivera aucun mal, ni à toi ni à l'enfant." Il dit qu'il me verrait dans quelques semaines.

DOB. L'acronyme DOB pouvait aussi bien renvoyer à Date of Birth, la date de naissance, que Date of Burial, la date d'enterrement. Le début d'une vie ou sa fin. Je décrochai le T-shirt d'Edouard de la patère. Je pensais que ce serait gentil de ma part de le lui remettre en main propre. Il était presque l'heure de notre promenade. Je pourrais dire que j'avais pensé qu'il était temps que ce soit moi qui vienne le chercher pour une fois.

La chambre de Dasha était la seule au deuxième étage. J'avais vu la pièce une fois, le lendemain de mon arrivée, quand Felix m'avait fait visiter la maison, fier de pouvoir me montrer quelque chose d'intéressant, sans trop savoir alors qui j'étais ou si je pouvais éventuellement lui présenter des joueurs de foot célèbres. Je ne serais pas entrée, mais la porte était ouverte. Il y avait des roses fraîchement cueillies sur une table de nuit.

— Dasha dort seule, me confia Felix.

— Certaines personnes aiment dormir seules, répondis-je comme si je devais faire en sorte que cela ait un sens pour lui.

— Certaines personnes aiment avoir leur espace, tu veux dire, corrigea-t-il, ce qui me fit rire.

Felix, comme Raja, avait toujours le bon mot.

— Ton père dort où, demandai-je pour le regretter aussitôt.

Mais le fait est que Felix ne voyait que de l'innocence en moi, j'en suis sincèrement convaincue. Pour Felix, j'étais l'inconnue bienveillante, celle qui venait pour guérir. Je ne faisais pas partie de la flopée d'étrangers qui débarquaient à toute heure avec leur lot d'exigences ou de faveurs. Je ne faisais pas partie des "cousins", si tant est qu'ils étaient réellement cousins. Les autres enfants qui séjournaient dans l'enceinte ne paraissaient ni aussi intelligents ni aussi sensibles que Felix. Ils l'agaçaient vraisemblablement avec leur talent plus que médiocre pour les passes et les tirs, leur absence de connaissance approfondie du jeu. La "vérité" sur Felix était que Felix du haut de ses neuf ans approchait la trentaine et, fait qui me frappa plus d'une fois à cette période, qu'il aurait constitué une source bien plus impressionnante à traiter pour Raja. Peut-être Raja en avait-il conscience, peut-être cette certitude faisait-elle partie du projet de Raja pour charmer Felix, le garder près de lui. "Une relation est la seule devise qu'on ne puisse pas couvrir", disait Raja.

— Mon père dort habituellement en dehors de la maison, répondit Felix.

— *Dehors ?*

J'imaginai Edouard allongé dans l'herbe, à contempler les étoiles.

— Oui, il a la plus cool de toutes les chambres. Tu veux la voir ?

Il me devança dans les escaliers, traversa le vestibule, passa devant les énormes chaises chinoises en bois sculpté au moment où l'on allumait les bougies en prévision du coucher de soleil. Nous fîmes le tour de la véranda puis contournâmes l'arrière de la maison. Quand nous pénétrâmes dans la citronneraie, je me souvins d'avoir emprunté exactement le même chemin avec Nikki, lors de ma première visite au Cap. Et soudain je compris où nous allions. Nous marchions en direction des tableaux.

— J'ai déjà vu les toiles de ton père, affirmai-je.

— C'est un homme très célèbre qui les a peintes. Et après il est mort.

— Oui.

— Mon père dit qu'elles lui rappellent chez lui.

— Ce n'est pas *ici*, chez lui ?

— Oh, ici ce ne sera jamais son chez-lui, c'est seulement une transition. C'est ce que dit mon père. Quand j'aurai dix ans, nous déménagerons à Paris. J'aurai dix ans en janvier. Je suis né pendant une tempête de neige.

— Paris est charmant, dis-je, comme si je parlais en connaissance de cause.

Comme si je n'étais pas en train de penser à tout ce qui pourrait se passer avant que Felix ait dix ans.

J'apercevais le musée en surplomb devant nous, son imposante porte noire qui donnait l'impression d'avoir été peinte de fraîche date, ou nettoyée peut-être. Felix s'avança jusqu'au seuil et tapa le code. J'entendis cinq bips brefs, le code comportait donc cinq chiffres. Je me souvenais de ce détail de ma précédente visite parce que cinq est un nombre inhabituel pour un code, les codes sont habituellement des combinaisons paires, par quatre, six, huit ou dix. Le battant s'ouvrit et nous entrâmes, et tout était exactement comme la fois d'avant. Felix patienta un instant tandis que j'arpentais l'espace, les fameuses petites lumières s'allumant une par une dans mon sillage, jusqu'à ce que j'atteigne l'autre extrémité de la pièce. Je me retournai pour le regarder.

— Il dort ici ?

— Non. Il dort *ici*, dit Felix.

Et il marcha jusqu'à une porte que je n'avais pas remarquée avant étant donné qu'elle était de la même couleur que les murs, qu'il n'y avait pas de poignée, qu'elle était quasiment invisible. Felix appuya sur la porte, mais elle était fermée. Et donc il toqua, ce qui me rendit nerveuse, même si j'étais curieuse de voir ce qui se trouvait de l'autre côté. Il toqua de nouveau, et appela son père, mais personne ne vint ouvrir.

— On réessaiera plus tard, dit-il. Ça va vraiment te plaire, à mon avis.

Je savais donc où se trouverait Edouard. Je savais, aussi, qu'Edouard me faisait confiance. Il paraissait donc tout à fait logique de rapporter le T-shirt que Raja avait emprunté. Et pourtant, tandis que je me tenais à l'entrée du "musée", je me rappelai l'unique chose que je n'avais pas – le code.

Je pensai à Jill, avec ses longues jambes, en me demandant combien d'hommes, et de femmes, elle avait réussi à déconcentrer avec. "Jill est notre ange tueur", dit Raja tandis que le petit ventilateur de plafond tournait dans le sens inverse des aiguilles d'une montre à l'hôtel.

Les *Parisiennes* n'aiment pas la climatisation.

— Elle ne m'aime pas moi, rétorquai-je.

— Jill n'aime *personne*. Tu es donc en excellente compagnie.

— Elle vous aime, vous.

Insistante, pressante.

— Oh, moi elle ne m'aime clairement *pas*, contra Raja qui même s'il avait les yeux fermés souriait. Primo, Jill préfère les femmes aux hommes. Deuzio, Jill ne couche jamais avec des espions, ce qui en passant est une bonne habitude. Et quand bien même, (et il se tourna sur le côté pour me regarder), tertio elle est trop grande à mon goût.

— Tu te fais trop de mouron, mon petit, dit-il.

C'était la première fois qu'il m'appelait ainsi mais ce ne serait pas la dernière.

— Les gens n'aiment pas penser aux femmes en temps de guerre, dit-il d'un air soudain sérieux. Ils n'aiment pas imaginer la capacité des femmes à être violentes.

J'étais plantée là, sur le point de faire demi-tour, quand la porte s'ouvrit. Edouard portait des lunettes de lecture, que je ne lui avais jamais vues. Elles lui donnaient l'air plus âgé, clin d'œil à la fragilité. En m'apercevant, il sourit.

— J'allais justement sortir te chercher, dit-il.

Je lui tendis son T-shirt.

— Raja a emprunté ça, dis-je comme pour détourner les soupçons.

Tiens-t'en aux faits.

Tiens-toi à l'écart des sentiments.

— Entre. Je veux te montrer mon préféré.

Il s'avança jusqu'à une toile juste en face de la porte de sa chambre.

En les voyant maintenant pour la troisième fois, je fus frappée par la répétition des cercles dans les tableaux. Des cercles de toutes tailles, de couleurs diverses, utilisés de différentes manières sur chaque toile. En les examinant de près, je pus discerner certaines formes identifiables, une bête mythique dotée d'un corps de lion et d'une tête d'homme casqué, par exemple. Je commençais à voir le contour de ce qui s'apparentait à des armes – un glaive, un bouclier, une massue. Edouard se tenait devant une toile que je n'avais pas remarquée auparavant. J'allai me poster à côté de lui et constatai rapidement qu'elle n'avait rien à voir avec les autres. Je discernai la silhouette d'une femme. Elle avait les yeux levés vers le ciel et je vis, à l'intérieur de trois grands ronds qui auraient pu être des nuages, un ensemble de points à peine visibles.

— Ce sont des étoiles, dit Edouard.

La femme portait une couronne de rubans dans ses cheveux.

— Que penses-tu d'elle, demanda Edouard.

— Je ne sais que penser, avouai-je et c'était vrai.

— Que remarques-tu de différent chez elle.

— Je ne sais pas.

— Elle regarde où ?

— En haut.

— Le tableau s'appelle *Portrait d'une guerrière.*

— Elle ne ressemble pas à une guerrière.

— Non, c'est vrai. Elle lève les yeux vers Dieu pour lui implorer grâce pour son fils.

Et je compris.

— C'est la mère d'Hector.

Edouard pivota et me regarda, en enseignant fier de son étudiante. Il m'avait raconté qu'il avait demandé au peintre de "rendre compte de l'atmosphère de *L'Iliade*", et je lui avais demandé ce qu'il voulait dire par là et il avait répondu, “un chaos magnifique, terrifiant, ce à quoi ressemblent toutes les guerres”. Il me prit le T-shirt des mains et le lança nonchalamment sur la même petite chaise sur laquelle Nikki s’était assise.

Notre promenade terminée, au cours de laquelle nous avions à peine parlé, Edouard me laissa devant la maison en m’annonçant qu’il allait se baigner.

— Tu peux passer voir les tableaux quand tu veux, dit-il.

Je le regardai s’éloigner en me demandant s’il se sentait seul. Edouard n’avait pas d’amis importés expressément pour jouer au foot. J’étais à mi-chemin de ma chambre quand je fis demi-tour, redescendis les escaliers et contournai la maison par l’arrière, traversant la citronneraie jusqu’au musée.

Tu peux passer voir les tableaux quand tu veux.

Arrivée devant la porte, je regardai le minuscule digicode. Cinq chiffres. Ou était-ce cinq lettres *liées* à des chiffres ? Dasha s’écrivait en cinq lettres. Nikki s’écrivait en cinq lettres. Tout comme Felix. J’essayai Felix en premier et au moment où je tapai le *x*, lié au chiffre neuf, j’entendis le clic. Simple, transparent, évident. Peut-être était-ce le but. Un code qu’un jeune garçon peut mémoriser, *tel que son propre prénom*. Un jour ce code ferait partie de l’histoire de l’enfance de Felix, une marque d’amour de son père, un menu détail auquel se raccrocher bien après que Felix aurait quitté le Cap, serait parti loin vers une “vie normale”, une vie sociale, des relations. Après qu’il aurait appris plusieurs langues, étudié l’histoire russe en profondeur, ainsi que tous les romans russes. Ensuite, jeune homme, Felix aurait un respect et une admiration redoublés pour celui que son père avait été jadis. Après que Felix avait pris le temps de visiter Moscou, de faire la connaissance de “la vieille garde”, d’écouter leurs histoires sur l’homme qu’il avait connu principalement grâce aux histoires qu’il lui lisait le soir et aux parties sur le terrain de foot, l’homme qui aimait la réglisse mais uniquement dans les grandes occasions. Après que Felix avait compris que la vie de son père avait été tout sauf tranquille, que la question de savoir ce qu’on servirait pour le dîner au Cap n’avait jamais été la question la plus importante dans la journée d’Edouard.

F-E-L-I-X.

Et je me retrouvai à l’intérieur.

En pénétrant dans la pièce, j’aperçus le T-shirt d’Edouard sur la chaise, exactement là où il l’avait laissé.

Je marchai jusqu’à la porte de la chambre.

Je frappai.

Après quoi j’ouvris, et pénétrai tout simplement à l’intérieur.

Marcus adorait un livre qui avait appartenu au propriétaire précédent de sa *finca*. Il était posé sur la table du salon en Espagne. Il s’intitulait *Jefferson à Monticello* et comportait, outre les images montrant en Virginie les jardins en terrasses immaculés ainsi que les plans d’origine ayant servi à l’architecture et la conception de la demeure d’un des premiers présidents américains, une série de photographies de la chambre à coucher de Jefferson. Le lit de Jefferson, niché dans une alcôve qui l’enceignait à la perfection, créant une sorte de canopée architecturale, était des plus étranges, quelque chose que je n’avais jamais vu.

— Ça, c'est le genre de lit dans lequel on dort pour expier ses péchés, dit Marcus, en ajoutant que Jefferson avait commis beaucoup, "*beaucoup, beaucoup*" de péchés.

Marcus ajouta, plus sérieusement, que seul un individu résolu à dormir seul irait concevoir un lit pareil.

— Peut-être qu'il aimait bien son aspect, avais-je observé.

— Et peut-être qu'il sentait que c'était le moyen de ne jamais avoir à s'engager, avait-il rétorqué. Aucune femme n'accepterait de dormir dans un lit comme ça.

Marcus me faisait toujours voir les choses différemment.

Marcus aimait avoir son espace, lui aussi. Marcus n'aurait jamais supporté que le plafond soit proche du lit au point qu'il puisse le toucher. Marcus pensait que Monticello, quoique méritant indéniablement d'être vu de l'extérieur - "il n'y a pas de plus beau vert", avait-il dit, rendant justice à la nature – était "un peu comme une prison, une prison très élégante" à l'intérieur. Seul Marcus irait considérer Monticello comme une prison. Ces prémices de l'esthétique américaine étaient trop rigoristes, à son avis, même si son propre goût penchait en faveur d'une certaine retenue. Lorsqu'il me vit lire le livre, Marcus me confia qu'il était allé à Monticello. "Chérie, je viens de Virginie, Monticello c'est notre Mecque à nous." Il me raconta qu'à l'époque où il travaillait à Washington il faisait souvent la route jusqu'à Charlottesville le week-end, juste pour le plaisir de marcher au pied des Blue Ridge Mountains, pour "sortir de l'asile", comme si je pouvais comprendre ce que cela voulait dire. Marcus, qui était incollable sur l'histoire de la Virginie, me raconta un jour qu'enfant, il rêvait d'y vivre pour toujours, "d'être un cow-boy de la côte Est, un montagnard". Avant de rencontrer Marcus, je connaissais très peu de choses sur l'Amérique. L'Amérique, pour la jeune personne que j'étais alors, était ouverte, vaste, sauvage, libre. Le dernier mot qui me serait venu à l'esprit en songeant à l'Amérique, ou à ses pères fondateurs, était celui de "prison".

Et pourtant l'Amérique, en fin de compte, est un livre ouvert. L'Amérique s'esquisse à travers les faits et les cartes. On peut glaner des informations sur l'Amérique. Si j'avais pris du temps à ce moment-là pour penser à ce que je tenais pour vrai concernant Marcus, il m'aurait fallu admettre que je savais uniquement ce qu'il avait bien voulu me dire, plus ce que j'avais supposé sur la base d'un mince éventail d'actions. Sur la base de ce que je choisis d'observer du temps où il était en vie. Le Marcus que j'avais décidé d'aimer était doux, large d'épaules et véloce, avec un appétit vorace pour la vie, c'était un gâté nonchalant, un magnanime. Il ne me vint jamais à l'esprit qu'il existait un tout autre Marcus, qu'il ne me serait jamais donné de connaître, qui ne s'esquissait pas au travers de faits ou de cartes, qui ne laissait aucune trace, non googlable. Il ne me vint jamais à l'esprit que Marcus avait passé des décennies entières à endosser des rôles différents et que le rôle de mon mari, s'il n'était ni complexe ni exotique, n'en était pas moins son ultime interprétation, et la plus importante. Marcus et moi ne parlions jamais de notre enfance, mais même si j'avais posé des questions, je doute qu'il se serait confié. Je doute qu'il m'aurait dit, par exemple, qu'il avait été élevé par une mère célibataire qui travaillait comme femme de ménage pour un propriétaire terrien de la région, et qu'elle passait ses week-ends comme guide bénévole à Monticello. Et que c'était la vraie raison pour laquelle Marcus connaissait intimement la demeure de Jefferson, la vraie raison pour laquelle il la considérait comme une prison. Marcus n'aurait pas confié que son père était mort au Vietnam quelques jours à peine avant l'évacuation de Saïgon, non pas en héros mais dans un accident, après avoir atterri au mauvais moment dans une rixe au bar, laissant une jeune veuve et son jeune fils derrière lui à Charlottesville. Je n'apprendrais jamais que la vie du père de Marcus avait été définie par la guerre, qu'il avait été agent diplomatique, boulot que Marcus considérerait comme un rouage dans une machine cassée. Comment aurais-je pu deviner qu'avant d'être en âge de conduire, Marcus avait élaboré un récit à toute épreuve sur sa famille, défini par des pertes et des accidents, un récit sur lequel il prendrait sa revanche en choisissant un métier qu'il jugeait important, défini par des missions et des règles, des lignes rouges, des récompenses et des cartes. Marcus s'enrôla dans l'armée en dernière année de lycée, puis gravit les échelons des opérations spéciales avant d'être transféré à la division paramilitaire d'élite de la CIA, une division qui fournit un travail dont vous n'entendrez jamais parler, en parlant de ne laisser aucune trace, dirigée par des hommes moins intéressés par le pouvoir que par des choses telles que les sauvetages d'otages et “la défense nationale à l'étranger”. Une division, paradoxalement, définie par des accidents et des pertes. Et par un gouvernement qui ne reconnaîtrait jamais officiellement ses réussites, tout en niant rigoureusement ses échecs. Si j'avais su ne serait-ce qu'une de ces choses, j'aurais peut-être compris Marcus différemment. Et si j'avais su toutes ces choses, je l'aurais aimé encore davantage. Je me serais vue dans son histoire.

La chambre d'Edouard était petite, sans fenêtre. Sur un bureau encombré de papiers trônait la photographie de deux jeunes hommes, se tenant par les épaules, souriants. Je m'approchai et ressentis une secousse physique. Il était là, à me tendre son regard, "mon défunt mari" tel que j'étais tout juste en train d'apprendre à le dire. Il était là, des années avant notre rencontre, les cheveux totalement dénués de ses fameuses mèches grises. L'autre homme sur la photo, à côté de Marcus, m'était inconnu et portait ce qui ressemblait à un uniforme de l'armée américaine, un minuscule écusson en forme de drapeau à l'épaule. La poche de sa chemise arborait une étiquette avec son nom : BARNES. Ils avaient l'air heureux. En regardant de plus près, je remarquai une plaque de rue derrière eux, en français. La photographie avait-elle été prise à Paris. Marcus n'avait jamais fait allusion à un dénommé Barnes, et Marcus avait été très précis sur toutes les fois où il s'était rendu en France avant que nous y soyons, ensemble. Il m'avait parlé de sa toute première visite, quand il était enfant, à Biarritz. Et plus tard du programme d'échange dans le lycée près de Nice. Il me dit qu'il avait vu Paris à de nombreuses reprises pour le travail "quand j'avais la vingtaine et la trentaine", mais je n'avais jamais demandé plus de détails. J'aurais eu l'impression d'être indiscrète. Je l'avais imaginé sans moi et avant moi. Je me l'étais représenté dans des salles de conférences et de restaurants. Je l'avais imaginé avec d'autres femmes. Je ne l'avais pas imaginé différent de l'image qu'il avait dessinée de lui-même à mon intention, et jamais je n'avais remis en question la pertinence de ce dessin.

Au centre de la pièce se dressait une réplique quasi identique du lit de Thomas Jefferson à Monticello. Je m'en approchai, consciente du temps qui s'écoulait, et jetai un œil dans l'alcôve. Sur le mur, au pied du lit d'Edouard se trouvait une autre photographie encadrée. Une jeune femme sur la plage. Elle regardait droit dans l'objectif. Elle souriait avec un air narquois que je reconnus immédiatement, et aussitôt je compris : c'était la mère de Felix. En regardant de plus près, je discernai ses yeux d'un vert vif, d'un vert semblable aux miens. Et j'aperçus, au milieu de ses boucles rebelles, également semblables aux miennes, qu'elle avait également autre chose : une mèche blanche, éclatante. Une tache de naissance.

Tu es née pour ça, avait dit Marcus.

Elle m'a sauvé la vie, plus d'une fois, avait dit Edouard.

Déni plausible, avait dit Jack.

La photographie était la première chose qu'Edouard voyait le matin et la dernière chose qu'il voyait avant de fermer les yeux le soir.

En traversant la citronneraie, je tombai sur Edouard.

Il dégoulinait, une serviette enroulée à sa taille, pieds nus, l'image même du cool.

Il s'arrêta, comme s'il se rendait compte que j'étais sous le choc.

— Tu me cherchais ? demanda-t-il.

Son téléphone sonna et il répondit, levant la main pour me faire signe d'attendre.

J'avais la sensation d'avoir commis un délit, ce qui d'une certaine manière était le cas.

J'avais la sensation que j'en savais plus sur lui qu'il n'en savait sur moi. Sans raccrocher, Edouard mit son téléphone sur muet et j'entendis à l'autre bout une voix masculine parler dans ce qui ressemblait à du russe. Edouard me regarda, concentré. Et amusé, comme un enfant fiérot de faire deux choses en même temps.

— Mon fils est très attaché à toi, dit-il, en parlant de lui-même, et maintenant je comprenais précisément pourquoi.

— Je suis très attachée à lui.

Je me demandai si Felix, comme son père, avait vu cette photographie suffisamment souvent pour la consigner dans sa mémoire. Si Felix ressentait une absence de coïncidence alarmante dans la ressemblance frappante qui existait entre sa mère, dénommée Sophie, et moi. Dasha l'avait-elle vue, et Nikki aussi. M'étais-je promenée dans leurs vies, moins comme une veuve que comme un fantôme. Et je me demandai si Marcus, cette toute première fois à la fête à Londres le soir de notre rencontre, avait vu Sophie en moi, et ce que cela voulait dire. Et brusquement, les choses que je tenais pour vraies, sur les raisons de ma présence ici, et ce que j'y faisais, commencèrent à larguer les amarres des preuves tangibles. Si la vie était un problème mathématique, avec la mienne le compte n'y était pas. Je tentai d'imaginer toutes les explications possibles. La coïncidence, par exemple, une excellente protection contre l'horreur. En réalité, si vous m'aviez interrogée sur ce que Sophie, la belle Sophie, mère de Felix et grand amour d'Edouard, et moi avions en commun, j'aurais peut-être répondu, simplement, que nous avions toutes deux été amoureuses. Nous avions toutes deux été à un moment donné amoureuses d'un homme compliqué.

Quand la vérité vous gifle en plein visage il faut du temps pour recouvrer son sang-froid.

— Très attaché, ajouta Edouard avant de se détourner de moi pour regagner sa prison.

Et si ma ressemblance avec une femme que je n'avais jamais rencontrée était un hasard.

Quel pourcentage de femmes naissent avec une mèche de cheveux blanche.

Et si le confort *est* bel et bien une prison.

Et si le mensonge est la clé de la vérité.

En gagnant ma chambre, je m'arrêtai en cuisine pour informer le cuisinier que je ne me sentais pas bien. Je demandai à prendre mon dîner à l'étage. J'allai dans ma salle de bains, fis couler l'eau de la douche, et ouvris mon téléphone. Dans Google, je tapai "Taran Davies Barnes armée américaine" et tombai sur un seul résultat, un bref avis dans *Al Balad*, un journal libanais :

> **[Un fonctionnaire de l'ambassade américaine trouve la mort dans un accident de voiture]**
>
> Tracy Barnes, un diplomate américain âgé de 38 ans est mort mardi matin lorsque son véhicule a percuté un poteau téléphonique près de l'université américaine. Vétéran décoré, Barnes sera inhumé au Cimetière national d'Arlington, à Washington D.C. Dans un communiqué publié par l'ambassade, un collègue, Taran Davies dit simplement "Tracy était le meilleur d'entre nous."

L'article remontait à neuf ans.

Ce fut la seule et unique mention que je trouvai de Tracy Barnes.

Si Barnes existait, il n'avait aucune existence en ligne.

Je restai immobile un long moment, cependant que la salle de bains s'emplissait de la vapeur de la douche, à lire et relire l'avis du journal, tentant de déceler le moindre indice, le moindre chemin, la moindre erreur, à imaginer les faits qui étaient passés sous silence. En tentant d'imaginer qui était Tracy Barnes, et sa mort, et ce jour-là je tentai d'imaginer Marcus, aussi. Qu'avait-il enduré d'autre. Et en quoi était-ce, ou n'était-ce pas, une coïncidence que mon hôte avait non seulement une photo de mon défunt mari sur son bureau mais qu'en outre, de tout le temps que nous avions passé ensemble, il n'avait jamais fait le lien entre les notions qu'il entretenait sur "la perte" et l'homme que nous connaissions tous les deux.

Edouard ne m'avait pas interrogée une seule fois sur mon mari, il n'avait pas même pris la peine de demander son prénom. Et alors que nous avions parlé d'histoire, de littérature, de son enfance et de la mienne, de Felix, et des meilleures et pires recettes de cuisine du Cap, et pourquoi Edouard préférait la côte ouest de la France ("C'est plus sauvage, les côtes ouest sont toujours plus sauvages"), de l'assassinat des Romanov et de la signification de la perestroïka, Edouard ne m'avait pas une seule fois posé de question sur mon mariage. Si j'avais songé à l'étrangeté de la situation avant de voir la photo de Marcus sur son bureau, j'aurais dit que les omissions étaient imputables aux bonnes manières. J'aurais défendu Edouard comme étant "pudique". Je vous aurais garanti qu'il y avait une forme d'élégance à ce que sa personnalité soit dépourvue de curiosité crasse. Je me souviens avoir reposé mon téléphone et être entrée dans la douche. Je m'en souviens parce que dans cette douche je me laissai aller à pleurer pour la première fois depuis longtemps.

Quand j'ouvris la porte de la salle de bains, Felix était assis sur mon lit.

— Oh, bonjour, dis-je.
— Bonjour, toi.
J'avais un néon sur le front, qui exhibait mes émotions, ma tristesse, mon effroi.
Voyait-il sa mère quand il me regardait.
— J'ai entendu que tu ne te sentais pas bien, dit-il. Ce n'est pas marrant, ça.
J'allai m'asseoir sur le lit à côté de lui.
— Non, vraiment pas.
— Je ne me sens pas bien la plupart du temps, dit-il. C'est mieux quand je suis allongé dans mon lit.
— Oh, tout est mieux quand on est allongé dans son lit.
C'était une réponse que Marcus m'avait donnée un jour que je lui avais demandé comment il faisait pour travailler au lit, comment on pouvait avoir les idées claires en étant allongé. Marcus appelait la chambre à coucher de Majorque "la cellule de crise". Il disait : "J'ai une réunion dans la cellule de crise" ou "Il est essentiel que nous en débattions dans la cellule de crise". Je ne me rendrais compte que plus tard que cette habitude avait scellé un lien inconscient dans son esprit entre les mots "guerre" et "lit".
— Est-ce que je peux te tenir compagnie, demanda Felix. Je ne te dérangerai pas.
Il commença à jouer aux échecs sur son téléphone. Je fermai les yeux et sombrai dans un sommeil profond et dans un nouveau rêve. J'étais avec Marcus, seulement c'était le Marcus de la photo, un Marcus plus jeune, plus mince, plus proche de mon âge. C'était Marcus, mais il était habillé comme Edouard, chemise en lin et maillot de bain. Main dans la main, nous balancions nos pieds sur le flanc d'une large jetée en bois. La marée était haute,

l'océan était agité et je sentais les vagues qui me léchaient les orteils à travers mes sandales. L'eau était froide. Et le froid, ajouté aux minuscules lumières blanches accrochées aux poteaux du quai, indiquaient que nous étions à la période de Noël. Quelqu'un jouait des chants de Noël et j'entendais *L'Enfant au Tambour*. Et alors que Marcus chantait en chœur – *Viens voir l'Enfant-Roi Palapapa pam* – je ne l'entendais pas. Comme si je n'étais pas tant dans le rêve qu'en train de me regarder dedans. Comme si le rêve était un téléviseur réglé sans le son. Je n'entendais rien, quand bien même je savais ce qui se disait. Et alors en baissant les yeux, par-delà mes pieds, j'aperçus clairement une ombre qui se mouvait dans l'eau. Quelque bête dangereuse, j'en étais certaine, ou pas n'importe quel requin mais un requin digne des *Dents de la mer*, un dinosaure, un sous-marin. J'essayais de prévenir Marcus, mais il continuait à chanter, et à rire et puis il posait son bras sur mon épaule, exactement tel que son bras reposait sur l'épaule de Tracy Barnes dans la photographie qui trônait sur son bureau. Et son bras me parut soudain lourd, et puis de plus en plus lourd jusqu'à me donner la sensation qu'une poutre en acier me transperçait le dos, comme si elle allait m'écraser. Tandis que Marcus se penchait pour m'embrasser sur l'oreille, je voyais la bête remonter des profondeurs de l'eau et…

— Tout va bien, dit Felix.

J'avais poussé un cri. De peur, je m'étais réveillée. J'avais fait peur à Felix, aussi.

— J'étais en train de rêver.

— De quoi ?

— De mon mari, dis-je.

Mon défunt mari.
— Il s'appelait comment.
— Taran. Il s'appelle Taran. Il s'appelait Taran.

IX

TROIE

Tôt le matin de l'anniversaire d'Edouard, je l'appris plus tard, Jack et Jill se trouvaient à bord d'une petite Citroën verte sur la route entre Paris et Arcachon, tandis qu'Annabel montait à bord d'un hélicoptère à Toulouse, lequel atterrirait non pas à l'enceinte, mais dans une propriété voisine que l'équipe s'était procurée pour la nuit. Cette propriété ferait office d'"aire de transit" permettant à l'équipe de se préparer en vue de "Soirée", tel qu'ils l'appelaient. "Soirée" est un mot plus doux, plus humain que, par exemple, le très clinique "opération". Soirée sous-entendait repos, obscurité, silence. Soirée sous-entendait une fin.

Jill aimait la précision. Jill, comme Jack, avait le sens de l'humour, ce qui d'une certaine manière est essentiel dans leur métier. À chaque fois que Jack et Jill avaient un boulot qui exigeait une "activité cinétique", ils faisaient référence au boulot en question tout simplement en fonction du moment de la journée où il allait se dérouler. Ils baptisèrent "Matin d'avril" le projet pour lequel on les avait engagés à l'extérieur d'Istanbul. Ils appelaient "Thé d'hiver" leurs trois jours à Dakar. "Soirée" serait le code de l'opération

Arcachon et Soirée se passait de qualificatif. C'était important à ce point, au singulier. Soirée était peut-être le boulot le *plus* important auquel Jack et Jill avaient jamais participé, et participeraient jamais. Les événements d'Arcachon auraient des conséquences pour des hommes et des femmes que Jack et Jill ne rencontreraient jamais. Des conséquences historiques, quoique invisibles. Soirée, l'une des rares opérations phare des renseignements, garantirait que des vies soient sauvées. À l'instar de l'accident de voiture à Beyrouth, Soirée ne figurerait dans aucun journal. Soirée, en cas de succès, ne laisserait aucune trace et serait non googlable, un chef-d'œuvre élaboré à l'encre sympathique. L'histoire d'Arcachon, et Soirée, feraient l'objet d'analyses dans des cabinets privés peuplés de diplomates, d'opérateurs spéciaux et autres "parties concernées". Soirée, raconteraient autour d'un verre de Château d'Yquem ou de Wild Turkey ceux qui en avaient entendu parler, selon le lieu, était un cygne noir, un conte, une œuvre d'art.

Fidèle aux traditions de l'unité d'intervention, le bureau de Raja avait affublé Arcachon d'un nom plus formel. Raja savait que ce qui allait se passer à l'enceinte ce soir-là était, en réalité, une variation classique sur un thème, et il avait la conviction que toute opération classique exige une appellation correspondant soit à un jeu de mots sur la fierté nationale soit à une référence à la cible. Raja savait que ce soir-là, il prendrait part à un événement historique. Et donc pour Raja, l'anniversaire d'Edouard serait à jamais non seulement la DOB d'un insaisissable ex-général russe, tueur et père fier et aimant, mais aussi la DOB de l'Opération Troie. On dirait donc Troie au sixième étage de Langley, et Troie encore quand le dossier atterrirait sur le bureau de C au MI6. Toutefois, Troie n'était pas une allusion à la guerre de Troie, comme beaucoup le pensèrent. Le nom Troie ne venait pas des tableaux d'Edouard. Troie était une référence scripturale à l'idée biblique selon laquelle il y a "un temps pour tuer". Qu'il existe quelque chose de l'ordre de la revanche morale. Raja estimait que toute action violente, brutale, perpétrée à Arcachon était un acte de la grâce de Dieu. Troie, en fin de compte, était une posture philosophique.

Une journée chargée attendait Jack et Jill. Troie était une opération secrète, "désavouable", ce qui voulait dire que si quelque chose tournait mal, la faute serait endossée exclusivement par l'équipe. Une équipe sans liens clairs avec une nation, État ou gouvernement quelconques, une équipe dont les noms et adresses des membres avaient changé si souvent au cours des dix dernières années qu'ils avaient mené des existences presque entièrement sans laisser de traces – fait remarquable à une époque où les données étaient poreuses et non protégées. Jack et Jill avaient été embauchés par Raja précisément pour cette raison, et ce n'était pas la première fois qu'il les utilisait, si bien qu'avaient cours une confiance, une facilité, une concision. Même Raja ignorait leur véritable identité, et n'en avait cure.

La violence ne dérangeait pas Jack, Jill et Annabel mais ce qu'ils aimaient vraiment c'était l'argent, et très peu de métiers proposent de si généreuses contreparties. Et même si ce boulot les avait occupés pendant des semaines entières, ce qui était long, Raja y avait consacré quasiment une décennie. Ce n'était qu'une année plus tôt que Raja en était arrivé à la conclusion qu'il avait épuisé toutes ses options. Une année plus tôt, le soutien officiel de la CIA commençait à flancher. Les bureaucraties pensent comme des comptables, et cela faisait belle lurette que le poste dévolu à "Edouard" n'avait plus aucun sens au sein de l'Agence. Même au sein de la Maison Russie, nombreux étaient ceux qui, dans les années précédant Arcachon, pensaient qu'Edouard était mort ou qu'il terminait ses jours en compagnie de prostituées à Lamu, ou Saint-Jean; au moins ils avaient vu juste quant à sa prédilection pour les plages. Raja pensait le contraire. Raja avait fait sa religion de la quête d'Edouard parce que, pour Raja, c'était une affaire personnelle. L'idée que la mission de trouver et interroger Edouard resterait inachevée rongeait déjà Raja de l'intérieur un an avant Troie; il n'arrivait pas à jeter l'éponge. Et pourtant, chaque jour apportait son lot de dangers "plus clairs et immédiats" à travers le monde, de dragons plus séduisants à pourfendre. Une autre génération prit en charge le renseignement international avec un nouvel ensemble d'idées. Pour ces nouveaux venus, les guerres que Raja avait menées étaient des extravagances. Pour eux, l'idée qu'une Russie vieillissante constitue une menace pour l'Amérique, ou pour quiconque, paraissait absurde.

"Il faut que tu viennes à bout de cette affaire", fut la dernière chose que Marcus dit à Raja avant de mourir. "Tu en viens à bout, et tu prends soin d'elle." Et si à sa mort, Marcus n'était plus l'opérateur de Raja depuis longtemps, Raja vécut cela comme un ordre. Raja s'était envolé une dernière fois pour l'Amérique, où il avait fait la route jusqu'à Langley pour plaider en personne auprès du directeur de la CIA. Raja avait les grandes lignes du plan. Lequel n'était pas parfait, mais pas loin. Raja avait un lieu, un objectif, un budget. Il avait l'ébauche d'une équipe. Et il ne demandait pas beaucoup, pas d'appui aérien, pas de joujoux de luxe, pas d'équipe d'intervention rapide, pas de paramilitaires. Le directeur, par chance, avait gravi les échelons via la Maison Russie, avait servi à Moscou et Kiev et à d'autres postes en Europe de l'Est. Il comprenait les implications et avait été élevé dans la légende des agents de l'OSS au cours de la Deuxième Guerre mondiale. Et il avait toujours apprécié Raja. Ce n'est pas souvent qu'un ressortissant étranger, recruté comme source par la CIA, devient l'un de ses meilleurs agents. Lorsque Raja termina son exposé par "Il n'y aura pas une seule vie américaine perdue", le directeur répliqua, "Ne foire pas ce coup-là."

Ensuite, autour d'un dîner à la Billy Martin's Tavern à Georgetown, Raja avait soumis à Annabel les grandes lignes de l'idée et de ses problèmes, et Annabel avait réagi comme s'il lui avait demandé de l'aspirine. "Oh, j'ai une solution." La solution était un numéro de téléphone, qu'elle avait enregistré dans le portable de Raja sous le nom "Bono", et c'était Jack. Elle avait ajouté, "Tu auras besoin en plus d'une orpheline", ce qu'au début Raja ne comprit pas, mais après qu'elle avait expliqué il avait vu en quoi sa manière de faire était la bonne manière de faire. "Tu connais un bon orphelinat ?" avait-il demandé, et Annabel avait opiné du chef, bien sûr que oui. "Je connais un orphelinat et je connais un facilitateur." Elle promit de lui faire un prix.

Raja faisait semblant de détester la guerre. Si vous l'aviez interrogé au cours des mois qui précédèrent Troie, Raja aurait affirmé qu'il était "un guerrier au repos", que les guerres qu'il avait pu mener étaient désormais loin derrière lui et oubliées depuis longtemps. Mais pour lui les guerres n'avaient jamais reflué, en particulier ce qui était arrivé à son ami Tracy. En réalité, depuis la mort de Tracy Barnes à Beyrouth par un matin d'hiver près de l'entrée de l'université américaine, Raja et Marcus étaient clairs sur un point : un jour, ils trouveraient le moyen de "corriger la situation". En réalité, même s'ils n'en parlaient jamais tout à fait en ces termes, Raja et Marcus avaient tous deux le sentiment qu'ils devaient les existences qu'ils avaient menées à compter de ce jour en grande partie à Tracy. Tracy, qui plus jamais ne dégusterait de homard à Paris, ni ailleurs. Tracy, qui ne laisserait jamais sa nouvelle épouse le battre à la nage en pleine mer dans les Baléares, qui n'amasserait jamais une fortune dans les affaires, qui ne tracerait jamais de cœur dans le sable. Tracy, le plus courageux d'entre eux, qui était mort pour leurs péchés. Tracy, qui aimait les voitures de course et rêvait de se retirer un jour dans une vie tranquille de pilote de Formule 1, qui affirmait que son plus grand talent était sa capacité à négocier des virages serrés à cent cinquante kilomètres à l'heure. On pourrait dire que la mort de Tracy dans un accident de voiture était ironique. Sauf qu'il n'y avait rien d'ironique dans l'accident qui tua Tracy, parce que l'accident n'était pas du tout un accident. C'était un assassinat.

La reporter d'*Al Balad* n'avait pas omis de poser des questions précises à la police locale ; elle avait omis de poser des questions tout court. La reporter, une jeune Libanaise qui était sortie diplômée d'Oxford avec mention Très Bien et nourrissait ses propres ambitions politiques, avait reçu un texto de son patron alors qu'elle faisait des longueurs au Four Seasons de Beyrouth, après qu'on lui avait demandé d'évaluer la piscine. En règle générale, on ne faisait pas appel à elle pour les accidents de la route. En règle générale, on ne faisait pas appel à elle pour les sujets importants, parce qu'un jour son patron l'avait draguée et qu'elle l'avait repoussé. Si son patron avait effectivement considéré sa jeune reporter comme étant capable de faire du bon travail, il le dissimulait habilement, déguisant le ressentiment en sexisme, une posture moins honteuse, moins *puérile*. Et donc, quand son texto lui ordonna de venir dans son bureau immédiatement pour "une affaire urgente", et quand il lui eut tendu le paragraphe qu'il avait rédigé, elle se contenta de hocher la tête. Que pouvait-elle faire d'autre. Il lui dit de ne pas changer un mot, et de le publier en le signant de son nom à elle. Alors que la reporter se considérait comme une excellente plume et alors qu'elle avait envie d'enquêter sur le sujet, elle n'en fit rien. Même après que les sources à la Sûreté Générale lui eurent confirmé que "l'agent" dans l'accident était américain et faisait partie de la CIA. Son patron, le rédacteur en chef, balaya les rumeurs. Il s'en vanta plus tard à sa partie de poker du mardi soir, qui comptait parmi ses joueurs le chef de la police de Beyrouth, l'homme le plus gradé du Mossad sur le terrain et deux "cadres de l'industrie pharmaceutique" russes. Les Russes fournirent des affidavits, quoique falsifiés, affirmant que Barnes avait un problème de toxicomanie. Dans leurs déclarations sous serment, les Russes écrivirent qu'ils avaient eux-mêmes *fourni* la drogue, dont on avait trouvé des traces dans l'appartement de Barnes. Ce qui était étrange étant donné que Tracy Barnes était clean depuis la fac. Il n'y eut jamais d'autopsie.

Jack et Jill étaient vétérans de tant de guerres qu'ils en avaient perdu le compte. Toute tentative de compter serait tributaire d'une définition précise de ce qu'était la guerre, et cette précision n'était plus de mise depuis une génération. Jack et Jill n'avaient jamais été amants mais étaient devenus comme frère et sœur, à terminer les phrases l'un de l'autre, à se pardonner les mauvaises habitudes. Parfaitement conscients qu'ils tueraient chacun pour sauver une vie contre celle de l'autre en cas de besoin. D'où leur choix de noms de couverture, indicateurs d'un partenariat et non pas d'une histoire d'amour. Ils avaient l'un comme l'autre travaillé essentiellement comme mercenaires dès leur plus jeune âge. Un boulot dont vous ne serez pas étonné d'apprendre qu'il ne suscite pas beaucoup le respect, tout en générant quantité de malentendus. Cependant Jack et Jill ne faisaient pas ça pour le respect, pas au moment où la Citroën verte fonçait en direction de la côte française, Jill recrachant avec paresse la fumée de ses Gauloises par la vitre. Si Jack était né à une autre époque à un autre endroit, il aurait pu fonder un mouton à cinq pattes dans la Silicon Valley ou devenir un journaliste d'investigation lauréat du prix Pulitzer. La chasse était tout pour Jack. Et Jill bien évidemment aurait pu opter pour n'importe quel métier qui misait sur son apparence singulière, comme actrice ou mannequin ou un certain type d'épouse d'homme riche, quoique son véritable talent eût été gâché. Le talent de Jill résidait dans les interrogatoires et les négociations, compétences requises exclusivement au cours de ce que Raja baptisa “la sale conclusion”. Jill n’était pas tout à fait ce à quoi la plupart des gens pensent quand ils pensent à une équipe de nettoyage, mais quand la *persuasion* entrait en jeu, quand plaider des choix risqués sous pression entrait en jeu, on faisait appel à Jill. Si vous pouviez vous la payer. Quand un orage menace la zone d’atterrissage. Quand un homme politique tire sur sa maîtresse, et la rate. Jill n’avait pas besoin d’avoir des armes sophistiquées sous la main. L’arme sophistiquée, c’était elle. Et c’était ce qu’Annabel avait expliqué à Raja, pas à la Billy Martin’s Tavern mais plus tard, de retour à Beyrouth. Lors de *cette* visite, elle lui avait apporté un autre cadeau. Une photographie d’un jeune garçon aux yeux énormes, affublé d’un maillot de football turc.

— C’est qui, ça, demanda Raja.

— Ça, avait-elle dit, c’est notre assurance.

Annabel fournit à Jack et Jill ce qu’elle fournissait à tous ses clients, un échantillon de la pègre internationale, ce que l’on pourrait appeler du “marketing”. Le talent d’Annabel était qu’elle connaissait des gens qui connaissaient des gens. Annabel était à l’aise dans le “vrai” monde des visites aux bureaux de McKinsey ou Goldman Sachs, des lieux où l’on portait encore des costards en prétendant l’air de rien au pouvoir “légitime”. Annabel savait qui assurait la permanence du bureau de nuit à la DGSE, mais elle connaissait également le maître d’hôtel du bar sans nom à Sanaa. Annabel vivait entre les deux. À un certain niveau de n’importe quelle agence de renseignements internationale, tout le monde semblait *d’une manière ou d’une autre* avoir eu affaire à Annabel, que ce soit autour d’un dîner dans un kibboutz à la frontière syrienne ou pour le thé de

Noël au Claridge. Les hommes d'affaires dont les carrières étaient "connexes aux renseignements" la connaissaient, eux aussi. La plupart des hommes se figurent peut-être que l'idée d'une fixeuse à l'international est un mensonge, une chimère, un mythe inventé par des auteurs de roman d'espionnage en herbe. Annabel n'était pas comme la plupart des femmes. Elle fuyait les attachements profonds et, tel que Marcus le formula un jour, "ne faisait qu'une bouchée de ses petits amis".

Deux nuits avant le matin de l'anniversaire d'Edouard, Raja avait emmené l'équipe au restaurant pour les remercier, et remercier Annabel en particulier, "Annabel, qui a parcouru la plus longue distance pour être ici avec nous, parce qu'elle est venue des cieux." Raja connaissait l'importance de connaître Annabel et de bénéficier de ses services à la demande. Raja avait aidé Annabel à construire ses réseaux, et c'était Raja qui avait soumis le plan d'Annabel à Marcus qui, face à sa logique limpide, finirait par accepter malgré sa réticence. Laquelle réticence sous-tendait la question de Marcus, le matin de notre mariage, de savoir si je voulais annuler. Il n'essayait pas tout à fait de me prévenir, il me montrait du doigt que les choses pourraient bien ne pas être telles qu'elles le paraissaient. Il ouvrait la porte. Il enfreignait le protocole. Me demander si je voulais annuler revenait à me lancer une bouée de sauvetage, quand bien même il priait pour que je la dédaigne. Ce que bien évidemment je fis. La prochaine fois que tu me lances une bouée de sauvetage, par pitié appelle les choses par leur nom.

Ce que Raja, et plus tard Marcus, comprit immédiatement était que j'étais parfaite pour le boulot. Non seulement j'avais la tête de l'emploi mais j'étais, par coïncidence, ce que tout officier traitant rêve de trouver dans une source : naïve, sans liens étroits, pauvre. Je ne me connaissais pas moi-même, l'ultime vulnérabilité. J'étais, Raja l'assura à Marcus avant même qu'il ne pose les yeux sur moi, "entièrement ouverte à de nouvelles expériences, comme une enfant" et "apparemment dénuée de curiosité de base", ce par quoi Raja voulait dire, non prédisposée à fouiner. Pourtant le coup de grâce vint de mon apparence. Après qu'une photographie de Sophie avait circulé, un des espions d'Annabel à Piccadilly Circus m'avait repérée et évaluée dans le métro avant d'appeler Raja en vue de valider le choix par une journée pluvieuse dans le centre de Londres. Avant plus tard d'appeler Marcus pour lui dire d'aller à la fête où nous nous sommes rencontrés. La seule faille de leur plan était la seule faille qui existe dans l'espionnage. L'amour. Marcus et Raja attendaient depuis longtemps de me trouver. Quand l'amour arriva, ils n'étaient pas prêts à le laisser se mettre en travers du chemin. Raja comptait les jours. Seuls les enfants comptent les jours, pour ainsi dire. Les enfants avant des vacances, le rêve de liberté. Les enfants, et les prisonniers.

— Je l'aime, dit Marcus à Raja le matin de notre mariage. Désolé.

— Que Dieu la protège.

— Que Dieu *nous* protège, mon ami. Que Dieu nous protège.

Dans les années qui suivirent la "retraite" de Marcus de la fonction publique, il avait construit une véritable carrière dans les affaires, tout en continuant à "donner des coups de main" à la marge à ses amis de l'Agence, mais sous la couverture non officielle d'une entreprise d'investissement performante née de ses capacités singulières à voyager dans des endroits où la plupart des hommes d'affaires n'aiment pas se rendre. Malgré son amour prétendu pour le confort, Marcus n'était jamais aussi heureux que lorsqu'il subsistait de pain et d'eau sous une tente, tel que certains accords l'exigeaient. "L'accord", variation de l'investisseur sur "la mission". Et Marcus avait vu son lot de tentes avant de me rencontrer. Il avait toujours voulu une vie plus simple, si ce n'est solitaire, définie par l'amitié, par Raja et leur vieil ami Tracy. Si Marcus avait un jour eu envie de couper les ponts avec sa vie secrète, la mort de Tracy l'en avait empêché. La perte le maintenait impliqué, comme c'est souvent le cas.

Le matin de son anniversaire, Edouard trouva Felix debout sur le seuil de sa chambre, un cupcake à la main, ainsi qu'une boîte d'allumettes, attendant qu'on lui offre une troisième main pour allumer la minuscule bougie tricolore fermement enfoncée dans le glaçage dont le cuisinier avait recouvert le gâteau. Un glaçage à l'ancienne, épais et crémeux, agrémenté d'une bonne dose d'extrait de vanille. Je le sais parce que, plus tard, quand tout fut fini, des rapports précis furent rédigés sur qui se trouvait où, et quand, tout au long de cette journée. Dasha avait déclaré, sans émotion aucune, qu'elle s'était disputée avec Felix dans la cuisine peu après le lever du soleil, lui disant que la dernière chose que désirait son père était qu'on aille le déranger dans sa routine matinale. Edouard n'aimait pas avoir des interactions humaines en direct, dit-elle à Felix, avant ses importantes réunions de midi. Edouard aimait consacrer ses matinées à se préparer, ou à nager, à penser. Et ce matin-là, Edouard aurait tout particulièrement besoin de son silence et de son “espace” avant la fête, dont en vérité Dasha savait pertinemment qu’elle laissait Edouard mi-figue mi-raisin. Edouard la tolérait pour apaiser Dasha. Dasha avait commencé à se lasser de leur séjour dans l’enceinte ; elle avait commencé, tel qu’Edouard le formulait, “à gratter à la porte”. Edouard la tolérait aussi, je pense, pour moi. J’aimais bien les fêtes, il le savait à présent. À mon avis, Edouard se réjouissait de me voir heureuse ce soir-là. Lorsqu’il se réveilla ce matin-là et regarda la photo d’elle, qui vit-il.

— Oh, tout le monde a envie de manger un cupcake pour son anniversaire, protesta Felix.

Le cuisinier étala une couche particulièrement épaisse de glaçage sur le cupcake et le tendit à Felix.

— Il y aura des tas de gâteaux ce soir, fut l’argument de Dasha, totalement à côté de la plaque.

Bien qu’ayant élevé une fille, Dasha ne comprenait pas les enfants. Les enfants sont rarement sensibles aux arguments d’ordre rationnel.

— Il sait bien qu’il y aura des tas de gâteau, mais *celui-ci*, ça sera la surprise. Tout le monde aime les surprises.

— Ah, pas ton père, dit Dasha (ce qui était vrai).

Mais Felix était convaincu d’une chose, à savoir que la décision lui revenait, si bien qu’il donna à Dasha l’impression pendant environ six secondes qu’il était en train de réfléchir avant de sortir de la cuisine et, tel qu’elle le voyait clairement, de se diriger vers le jardin à l’arrière de la maison.

— Cet enfant, dit-elle au cuisiner, est pourri-gâté.

— Je pense qu’il se sent peut-être seul, dit le cuisiner avant de proposer un cupcake à Dasha qui, n’en ayant probablement jamais mangé, déclina poliment.

Dasha aussi, avait une journée chargée en perspective. Même si la fête allait se dérouler sous la pergola autour de la table longue, et que les invités étaient pour la plupart des gens qu'ils connaissaient bien et qu'elle pouvait accueillir les yeux fermés, un convive très important arrivait aujourd'hui, venu tout droit de Moscou, et la logistique nécessaire pour le faire arriver jusqu'ici, qui plus est dans les temps, n'avait pas été simple, en plus de coûter bonbon. Dasha avait le sentiment que ce convive était la solution à un problème. Ce convive allait proposer à Edouard un "poste" très spécial à Moscou, poste qu'il lui serait quasiment impossible de refuser. Cela signifierait la fin de l'idylle au Cap. Et cela signifierait un nouveau départ pour Dasha. Cela pourrait même vouloir dire qu'elle pourrait recommencer de zéro.

Dasha fit préparer des chambres pour ménager des plages de repos aux invités avant le dîner. Elle avait choisi, tel qu'elle l'expliquerait plus tard, un souper simple de spaghettis à la bolognaise suivis de poisson salé, et d'un gâteau au chocolat pour finir, le préféré d'Edouard. Après quoi tout le monde descendrait à la plage, pour assister à un feu d'artifice de vingt-deux minutes réglé sur *Le Lac des Cygnes*. Dasha savait que ses invités attendaient ce genre d'extravagance décontractée, l'extravagance *silencieuse* d'un spectacle conçu pour éblouir des dizaines de milliers de personnes mais qui, en l'espèce, serait joué pour trente individus sans compter le personnel ou les enfants. Chaque détail de la fête avait été ordonné par une Dasha profondément lasse de vivre en exil, lasse de ne plus jamais s'habiller qu'en maillot de bain, pleurant en silence une vie qu'elle avait quittée et qu'elle ne retrouverait jamais, pleurant peut-être un mari vieillissant, une fille irascible, un beau-fils qu'elle ne parviendrait jamais à contrôler. S'il y avait bien une personne au Cap qui se sentait foncièrement seule, ce n'était pas Felix, c'était Dasha. Dasha était l'abonnée aux déconvenues. Et une partie de Dasha avait conscience que, depuis mon arrivée, son mariage se refroidissait à vitesse grand V.

Bien des mariages sont des mariages de convenance, ou de transaction, et même si tout le monde affirme dédaigner les croqueuses de diamants, la vérité sur les gens qui se marient pour des raisons autres que l'amour n'est pas manichéenne. La vérité est que n'importe qui peut endurer le mariage qu'il s'est choisi et échafaudera des mensonges élaborés pour y survivre. Et le déni fait des merveilles. Ce n'est que lorsqu'on appelle une chose par son vrai nom que la douleur remonte rapidement à la surface. Ce n'est que lorsque Dasha regarda Edouard, quelques heures à peine avant la fête, et dit, "Tu ne m'as jamais aimée", que, l'espace d'une seconde, elle se révéla vulnérable et éprouva quelque chose pour lui. Et il éprouva quelque chose pour elle aussi. Cet après-midi-là, ils firent l'amour, pour la première fois depuis près d'un an. Après quoi il dit, et il était sincère, "Je t'ai toujours aimée, espèce d'idiote." Il attendit un moment avant d'ajouter, "Pas de la manière dont tu mérites d'être aimée, c'est tout."

Tandis que Dasha et le cuisinier vérifiaient pour la dernière fois le menu, Nikki, étendue sur son lit, écoutait un livre sur Jeanne d'Arc. Son téléphone sonna. C'était Raja.

— Salut, dit-elle en essayant de donner l'impression qu'elle se moquait bien qu'il l'appelle à nouveau.

— Salut, dit-il, puis dit ce qu'aucune fille n'a envie d'entendre d'un homme qui lui plaît : Écoute.

— Je n'aime pas ça, "Écoute".

— Je ne vais pas pouvoir venir ce soir, en fin de compte, annonça-t-il.

— Eh bien, c'est ta *petite amie* qui va être déçue.

— Arrête de faire ton enfant gâtée, dit Raja.

Puis il lui dit qu'il la verrait à Paris dans une semaine, tel qu'ils l'avaient prévu, et "la remercierait comme il se doit" pour son aide, et sa confiance, au cours de ces dernières semaines. Ce que Nikki savait – ou ce qu'on avait dit à Nikki et que Nikki croyait – était exactement ce que Raja me raconta avoir raconté à Dasha. Raja avait dit à Nikki que nous avions eu une liaison pendant que j'étais mariée à Marcus, et que j'étais tombée enceinte, mais que j'étais partie au Cap pour assimiler tout ça. La perte, le bébé. Pour Nikki, l'histoire collait parfaitement, non seulement avec ce qu'elle observait, mais avec son instinct. Elle collait avec la connaissance qu'elle avait de qui était Raja, et avec ce qu'elle avait appris à connaître de moi. C'est ainsi que l'on sait si un mensonge résiste à un examen minutieux; quand il passe l'épreuve face à un sceptique. Or Nikki était sceptique sur tout.

Nikki savait que Raja avait connu sa mère et son beau-père "ici et là" au fil des ans, et qu'à la fois Raja et son beau-père avaient travaillé pour leur gouvernement respectif, Edouard à Moscou dans l'armée, et Raja au Liban dans ce que Nikki avait toujours cru être une sorte de rôle d'"attaché financier auprès du président". Quand bien même il y avait toujours eu des rumeurs comme quoi Raja s'alignait avec les Américains, plus tard des rumeurs sur une alliance avec l'Iran, *toujours* des rumeurs à propos d'Israël. Nikki adorait les rumeurs. Nikki savait que Raja comptait parmi les hommes les plus séduisants qu'elle avait jamais rencontrés, et elle fantasmait assez souvent qu'un jour, Raja l'emmènerait dans un tourbillon pour vivre une existence de "choses importantes". Nikki rêvait de profondeur mais ignorait comment la trouver. En rencontrant Raja pour la première fois alors qu'elle avait à peine treize ans, Nikki, comme moi, avait remarqué ses gardes du corps. Et alors qu'un garde du corps, aux yeux d'un autre genre de fille, aurait pu représenter la menace d'une violence rapprochée, Nikki trouva ça cool, des gardes du corps. Et pourtant, tandis que Nikki grandissait à l'intérieur, ou selon la définition qu'on en donne, de façon *adjacente* au monde du secret, Nikki ignorait tout des rouages des choses. Du danger. Dasha n'était pas femme à transmettre des vérités, mais la seule leçon, de son point de vue, qu'elle avait travaillé dur pour inculquer à sa fille était l'idée que leur vie, quoique privilégiée, était authentique.

Ce que Nikki ignorait, et n'apprendrait que plus tard, était que le mariage entre sa mère et son beau-père était depuis le début le genre de mensonges qui donne une union utile, et souvent heureuse. Plus d'une décennie avant mon arrivée au Cap, le patron d'Edouard lui avait conseillé de prendre une femme, que cela "le calmerait". Dasha était là, dans le bureau, et elle connaissait tous les secrets d'Edouard; il y avait un certain niveau de respect mutuel. Dasha était alors veuve, son mari, ami proche d'Edouard, avait été tué en Ukraine. Dasha était tout ce que la plupart des hommes cherchent dans une épouse: belle, intelligente, drôle, et discrète. Dasha était en outre une bonne mère pour la fille qu'elle avait réussi à élever en marge d'une carrière dans les services de renseignements russes. Edouard, à l'époque, ne s'était jamais marié. Et il voulait un enfant.

Et il n'avait pas réussi à se laisser aller à tomber amoureux. L'amour était un risque professionnel. Une heure après cette fameuse discussion avec son patron, Edouard déposa un sachet en papier marron sur le bureau de Dasha dans la planque où ils étaient postés à Beyrouth. Le sac renfermait un diamant de taille Asscher de trois carats, "pour une alliance ou un collier", avait-il précisé. Ils se parlaient en anglais, à l'époque. D'humeur magnanime, il avait ajouté, "C'est toi qui choisis." Le salaire d'Edouard n'était pas suffisant pour ce genre de diamant, mais Edouard n'avait jamais été dépendant d'un salaire. Le père d'Edouard, qui avait lui aussi travaillé pour la Maison Russie, avait été un des oligarques d'origine. Son décès avait fait de son fils un homme très riche. Riche, et perdu.

Une semaine après qu'Edouard avait déposé ce sachet sur son bureau, Dasha avait organisé le sertissage de la bague, parachevé d'un oiseau gravé sur le dessous du diamant, invisible et connu d'elle seule, clin d'œil au premier œuf de Fabergé offert par le tsar Alexandre III à la tsarine. Dasha se figurait que l'oiseau apporterait la fertilité, même si elle soupçonnait que si elle s'en ouvrait à Edouard, il trouverait ça absurde, trop romantique. Elle pensait connaître Edouard et elle savait qu'il était bien des choses, mais pas romantique. Edouard et elle se marièrent sur la plage, de nuit, sans témoins, un jeune prêtre russe orthodoxe du coin officiant à la cérémonie. Moins de deux semaines plus tard, une jeune femme pénétra dans le vestibule de l'hôtel Albergo à Beyrouth, où Edouard attendait de rencontrer une source. Quelque chose chez elle provoqua une réaction viscérale chez lui, tout à fait contre sa volonté. Elle était sans commune mesure avec les autres filles qu'il avait fréquentées. Il y avait chez elle quelque chose de totalement dénué de prétention, un degré de vulnérabilité. Elle avait un ruban en velours dans les cheveux. Edouard l'avait observée tandis qu'elle demandait timidement au concierge une boîte d'allumettes, dont elle se servit non pas pour allumer une cigarette, mais la bougie chauffe-plat sur la table où elle s'installa et se mit à lire. Voyant tout ça, le ruban, la bougie et le livre, le cœur rude d'Edouard se brisa en mille morceaux. Et Edouard obtenant toujours ce qu'il veut, la source allait donc devoir attendre, et une heure plus tard, lui et la jeune femme, qui lui avait dit que son nom était Sophie, étaient au lit dans la suite présidentielle. L'idée qu'il avait rompu un tout nouveau serment ne le couvrait pas de honte. Elle lui ôtait un poids. Quand on sait que l'ouragan est en route, on prie pour qu'il arrive tout de suite, on veut être de l'autre côté, que Dieu active la charrue.

— Je pourrais tomber enceinte, avait dit Sophie, d'après Raja qui avait écouté les bandes d'enregistrement.

Même à cette époque, le moindre mouvement d'Edouard était surveillé. La CIA, le Mossad et le MI6 savaient non seulement où il dînait et où il faisait ses longues courses à pied le dimanche, mais ils savaient combien de maîtresses il avait vues depuis son arrivée à Beyrouth. Ils savaient, défaut classique des techniques d'espionnage, qu'Edouard emmenait toutes ses conquêtes dans la même suite du même hôtel où il avait passé un marché avec le directeur. Le marché stipulait qu'Edouard lui rapporterait des affaires, en échange de quoi le directeur garderait la suite vide. Même si ce que ce dernier voulait *vraiment* était une villa près de la plage, ce que les renseignements israéliens lui fournirent, plus tard, en échange de son obéissance et de sa discrétion. Quand

Sophie annonça à Edouard qu'elle risquait de tomber enceinte, Edouard lui répondit que cela le rendrait heureux, et il était sincère.

— Je l'appellerai Felix, en hommage à mon père.

Telles furent les dernières paroles de Sophie, quand tout fut fini et dans le genre de moment où tout peut être dit en toute sécurité, le moment où l'on pense qu'on ne se reverra jamais. Edouard et Sophie se séparèrent pendant deux heures avant de se retrouver, et encore la nuit suivante et la nuit après ça et, en l'espace d'une semaine, Edouard avait installé Sophie dans un appartement. En un mois tout fut convenu. Il quitterait sa nouvelle épouse. Ils fonderaient une famille. Ils vivraient en Suisse. Sophie n'avait pas besoin d'un diamant, elle avait juste besoin de lui. Il s'était contenté de lui dire qu'il "travaillait dans le corps diplomatique russe". Sophie ne vit jamais la planque. Sophie ne vit jamais d'arme à feu. Sophie ne rencontra jamais Dasha, ou Nikki.

Tout ce que Nikki savait, au matin de l'anniversaire d'Edouard, était qu'elle avait sérieusement le béguin pour un homme plus âgé, que sa mère jugerait totalement inapproprié, et que l'heure était venue pour elle de partir du Cap une bonne fois pour toutes, de grandir, de quitter le nid, de se trouver. Son plan, si on l'avait interrogée sur le coup de midi ce jour-là, à l'heure où elle le formulait plus pleinement, était de retourner à Paris, de terminer son diplôme de médecine, et de démarrer une nouvelle vie moins définie par sa famille aux tempéraments excentriques. Edouard manquerait à Nikki. Elle l'admirait pour ce qu'elle percevait comme une gestion habile du pouvoir, elle avait reconnu certains convives au Cap, assemblé quelques pièces du puzzle, et était au courant pour la famille d'Edouard. Elle savait en outre que rester au Cap la ferait reculer, plutôt qu'avancer. Elle était trop jeune pour prendre sa retraite au bord de la mer, mais elle était sans doute trop vieille pour être considérée comme "une fille" qui ferait une "pause" avant, par exemple, une nouvelle année d'études, une nouvelle carrière. Même si c'était exactement le cas, au début, quand Dasha appela Nikki et demanda à sa fille de venir vivre chez eux. Nikki avait décidé de quitter la banque, et de devenir sage-femme. La médecine, à l'époque, semblait être un travail difficile et garant d'une certaine profondeur. Mettre une vie au monde, comment cela ne pouvait-il pas apporter du sens et de la joie. Et, si ce n'était sans doute pas rémunérateur, Nikki n'aurait jamais besoin d'argent. Il s'avère que l'argent, et non pas l'alliance, fut ce qui emporta l'adhésion de Dasha dans sa décision d'épouser Edouard. Comment Edouard avait promis, puis mis soigneusement par écrit, que Nikki serait toujours prise en charge.

Le matin de son anniversaire, j'aime à penser qu'Edouard ouvrit les yeux et regarda la photo au pied de son lit en éprouvant un sentiment de paix. J'aime à penser qu'il fut heureusement surpris par Felix et le cupcake et profondément fier de la famille qu'il avait construite, le jeune fils qu'il élevait dans les bonnes manières et l'empathie, cette maison magique qu'il aimait et aurait pu habiter pendant de nombreuses années, toutes les choses qu'il avait accomplies. Une longue carrière "au service d'autrui", pourrait-il dire légitimement, comme s'il avait été missionnaire ou prêtre. Au matin de son anniversaire, Edouard avait passé près de quatre décennies à participer, de diverses manières, à une guerre qui fut qualifiée de "froide" avant de se réchauffer dans des endroits comme Tripoli, Damas et Mogadiscio.

Des endroits qui servaient de substituts adéquats. Des endroits qui connaissaient bien la destruction. Des endroits comme Beyrouth, où Edouard était né de son “érudit” de père et d’une mère institutrice. Son père avait été posté au Liban en tant que jeune officier à la fin des années 1950 et était tombé amoureux du pays. Son père, fantassin loyal de la mère-patrie, se vit récompensé de sa loyauté.

Un lieu peut devenir une partie d’une identité, et ainsi plus tard, lorsqu’Edouard vécut non seulement sa plus grande tragédie, mais entreprit également son opération la plus importante à Beyrouth, cela ressembla moins à une coïncidence qu’au grand plan divin. Si tant est que vous croyiez que Dieu prend et donne. L’opération de Beyrouth était une affaire profondément personnelle, la pire espèce. Une opération à caractère personnel exige un investissement émotionnel, et comporte le risque élevé d’un sentiment d’échec plus profond et plus philosophique si les choses se passent mal. On ne souhaite jamais qu’une opération soit une affaire personnelle mais beaucoup le sont, demandez à Achille. L’opération de Beyrouth était en réalité à ce point intime que le patron d’Edouard, à l’époque, avait donné son accord à la condition expresse qu’Edouard trouve quelqu’un d’autre pour appuyer sur la détente.

— Tu es trop mêlé à ça, furent les mots du patron.

Son patron n’avait pas d’enfant, donc le “ça” à quoi Edouard était mêlé, le “ça” dont Edouard avait souffert, lui était étranger. Le patron d’Edouard, comme tant d’hommes dans ce métier, à cette époque, regardait la mort sans ciller. Pour ces hommes-là, un face-à-face avec la perte n’est tout bonnement pas à l’ordre du jour, peut-être plus tard à la retraite, quand ils tiennent un petit-enfant dans leurs bras et qu'ils peuvent se retourner sans colère mais avec détachement, lucidité, avec un doux regret.

Les sentiments ne peuvent pas entrer en ligne de compte des opérations à moins, évidemment, que l'amour ne soit de la partie. Ou à moins, comme Edouard, d'être un peu différent des autres opérateurs. Edouard, depuis qu'il était enfant, ressentait tout trop profondément, c'était aussi simple que ça. Sans doute était-il destiné à un métier plus doux et délicat, en tant que professeur ou peintre. Il avait décidé de devenir soldat en pensant faire plaisir à son père et puis s'était retrouvé à exceller en la matière, à tel point qu'à quarante ans il deviendrait le tueur le plus décoré et sollicité de sa génération, convié à serrer la main de politiciens et d'aristocrates russes, son nom évoqué d'une voix basse et courroucée par les dirigeants internationaux. Edouard avait servi dans les armées "blanches" de la Russie avant d'opérer la transition vers un travail de "renseignement" et, à terme, jouissant d'une série d'admirateurs de plus en plus puissants, de passer dans le secteur privé pour gérer un office familial dont les actifs en portefeuille couvraient six fuseaux horaires et plus de devises encore. En Russie, les lignes qui séparent le public du privé ne sont pas du tout des lignes, ce sont de petites piscines privées, maintenues à température et à niveau. La relation qu'entretiennent les oligarques avec les diverses agences de renseignements russes s'apparente aux aplats de couleurs d'un Rothko, un flou consciencieusement calibré. La vie d'Edouard s'était déroulée discrètement mais au sommet d'un certain type de pouvoir. Air raréfié s'il en est.

— Trouve-toi une jeune, lui avait dit son patron tandis qu'Edouard consultait un plan des rues de la ville, l'itinéraire qu'ils allaient emprunter.

Ce que son patron voulait dire, c'était *quelqu'un de remplaçable, au cas où.*

Oui, Edouard, à ce moment-là avait un tantinet dépassé la date de péremption pour le travail "de première ligne". La plupart de ses pairs étaient soit à la retraite, soit riches et heureux, ou alors à l'abri derrière de beaux bureaux à Moscou ou Saint-Pétersbourg. Ça a toujours été l'idée. Que les jeunes Turcs risquent leur vie. Et pourtant, alors qu'il n'était plus vraiment un enfant prodige, Edouard s'était fait une réputation d'influence, ce qui signifiait qu'il pouvait faire ce qu'il voulait. Un ordre officiel, à ce stade de la vie d'Edouard, était simplement une "suggestion". Et il avait décidé que *ce* jour-là et cette opération seraient les derniers. Il bouclerait ce boulot, quitterait le Liban, quitterait le gouvernement, et se retirerait du monde. Il apprendrait de nouvelles choses. Il digérerait la perte. Et avant toute chose, il avait un fils à élever. Edouard voulait que ce garçon ait un père qui soit présent, qui puisse lui enseigner les échecs et la technique pour nager parfaitement le papillon. Un père qui montre le monde à ce garçon, qui soit là à chaque anniversaire, qui réponde aux questions difficiles et, plus tard, les pose.

— Ne foire pas sur ce coup-là, c'est tout, lança son patron dans son sillage tandis qu'Edouard quittait la pièce en dépliant son majeur dans son dos.

Et pourtant.

Et pourtant j'aime malgré tout à penser qu'Edouard, le matin de son anniversaire, quitta sa chambre, en peignoir de bain, et passa du temps à contempler ses peintures, même si la vérité est qu'Edouard se réveilla ce jour-là, regarda la photographie au pied de son lit, et pensa à Beyrouth. Il n'avait pas foiré ce coup-là. Tout s'était déroulé exactement comme prévu. Absolument rien n'avait été laissé au hasard. Beyrouth, pour Edouard, avait été un succès sans équivoque. Et pourtant cela ne lui avait pas apporté le bonheur. Cela ne lui avait pas apporté la paix. La paix vient d'ailleurs.

Dasha s'était surpassée. La maison était plus magique que jamais : partout des centaines de bougies, des pivoines jaillissant de verres à pied bordant toutes les allées et le pourtour de la pergola. Les invités qui arrivèrent ce jour-là ne parlaient pas anglais. J'avais supposé qu'ils étaient de la même famille mais n'en étais pas sûre. Tout le monde avait l'air heureux. J'étais assise à l'autre bout de la table en face de Dasha et Edouard, à côté de Felix.

— Je ne veux pas que tu partes, dit Felix sans me regarder.

Il avait à peine touché à son assiette. Il portait un costume et une cravate, qui lui donnaient l'air de passer une audition pour le rôle d'un adulte, ce que je trouvai touchant. Il grandissait si vite.

— Tu pourras venir me rendre visite.

— Ce n'est pas pareil, dit-il.

Et je savais que c'était vrai.

Je lui avais annoncé, à contrecœur, plus tôt, que je partirais au matin. Il était temps. Je savais qu'il me fallait rentrer, ne serait-ce que pour consulter un médecin. Il me fallait planifier une vie. Il me fallait rassembler ces morceaux de moi. En regardant autour de la table ce soir-là, j'eus la certitude qu'il ne s'agissait pas de ma famille. C'était moi l'étrangère, ici. Ces gens n'étaient pas mes amis. Dasha serait contente de se débarrasser de moi et si j'allais manquer à Felix, il finirait par oublier, les enfants ont la mémoire si courte. Même à ce moment-là, si vous m'aviez demandé la couleur des cheveux de ma mère quand j'étais enfant, avant qu'elle commence à les teindre en blond, je ne suis pas sûre que je m'en serais souvenue. Était-ce un peu roux? Ou était-ce ce brun fade et sale. Raja m'avait donné pour consigne d'"écouter attentivement" pendant mon séjour au Cap, mais qu'avais-je réellement appris. L'hélicoptère, avait promis Raja, arriverait le lendemain à midi. Mon projet était de réveiller Felix tôt, et de l'emmener pour une ultime baignade.

Dasha porta un toast, puis convia tout le monde à descendre sur la plage pour le feu d'artifice. Tandis que les invités se rassemblaient le long de l'allée, j'aperçus Dasha et Edouard en pleine dispute. Ne voulant pas que Felix voie ça, je fis de mon mieux pour accaparer son attention.

— Et *quand* tu viendras me rendre visite, on pourra aller à un match de foot. Tu m'expliqueras comment ça marche.

— Ça me dirait bien, répondit-il.

À l'autre bout de la table, la dispute s'intensifiait et Felix finit par remarquer :

— Mon père veut aller se coucher. Elle ne le laisse jamais tranquille. Elle ne lui a jamais pardonné.

— Pardonné quoi ?

Et tandis qu'Edouard partait dans le sens inverse, s'éloignant de la plage, Dasha nous frôla en passant sans un mot. Felix et moi restâmes assis en silence. Il tapa sa fourchette contre le bord de son verre, comme s'il voulait porter un toast, lui aussi. Nous étions encore dans la même posture quand j'entendis le début du feu d'artifice quelques minutes plus tard, entendis la musique enfler. C'était l'ouverture du ballet *Le Lac des Cygnes*, la première scène. En levant les yeux, j'aperçus les explosions de couleurs au-dessus de l'eau et me remémorai la première fois que j'avais posé les yeux sur cet océan. Le rêve que j'avais fait de Marcus et moi sur le ponton, le monstre dans l'eau.

— Les cygnes sont incroyablement violents, m'avait dit Edouard quand je l'avais interrogé sur ses goûts musicaux lors d'une de nos promenades. *Le Lac des Cygnes* est vraiment une histoire sur la colère.

J'avais répondu que je ne le voyais pas comme ça, et il avait observé :

— Le jour viendra.

Felix reposa sa fourchette.

— Il faut que je te dise quelque chose, annonça-t-il.

— Tu peux tout me dire.

— Je crois que je t'aime.

Et ce fut probablement au moment précis où le verbe "aimer" quitta les lèvres de Felix qu'Edouard pénétra dans la citronneraie. Il se mouvait lentement. Il était fatigué et, pour la première fois, se sentait vieux. En outre, il avait bu, contrairement à son habitude, peut-être dans une tentative pour ne pas penser à Beyrouth, ne pas penser à son mariage sans amour, ne pas penser à Sophie ou au fils adoré qui ne connaîtrait jamais le véritable amour d'une mère. En ressortant du bosquet, Edouard aurait certainement été surpris de voir une femme dans la clairière, éclairée par les petites lampes blanches qui coiffaient la porte du musée. La femme ne faisait pas partie des invités, ce qui aurait pu faire se demander à Edouard s'il ne voyait pas un fantôme. Et en cet instant, il vint à l'esprit d'Edouard que peut-être tout n'avait été qu'un rêve, non seulement l'enceinte au Cap mais aussi le diamant de taille Asscher posé sur le bureau de Dasha, les assassinats à Beyrouth, et le nouveau-né qu'on avait déposé dans ses bras dans la salle d'opération. Toutes les guerres qui n'étaient réellement qu'une seule guerre, le ciblage et le développement des sources, les jeux sans fin de pouvoir et de rédemption, la haine de soi progressivement oblitérée par la fierté dans la mission, le bon boulot, "le jeu à long terme". Si tout n'avait été qu'un rêve, songea Edouard, debout sous les étoiles, il avait été merveilleux.

Edouard n'aurait pas tenté de s'enfuir, bien au contraire. Edouard se serait vraisemblablement avancé jusqu'à elle, et elle serait restée parfaitement immobile. Il aurait été amusé par sa taille, du fait qu'elle était aussi grande que lui. Et tandis qu'il approchait, elle avait articulé un mot à son intention en russe, et le fait qu'elle connaissait sa langue maternelle l'amusa. Ce ne serait que quelques secondes plus tard, quand Edouard se trouverait un peu plus loin dans la clairière, le feu d'artifice si bruyant qu'il explosait à l'intérieur de son cerveau, qu'Edouard distinguerait nettement, à la faveur du clair de lune, que la femme tenait quelque chose à la main. Et même à dix mètres de distance il aurait immédiatement reconnu la marque et le modèle de l'arme ; il avait porté exactement la même, autrefois. Et en regardant la femme il sut immédiatement, d'instinct, exactement ce qu'elle faisait là, et aussi qu'elle n'était pas venue seule. On ne va pas seul à ce genre de chose. Ça ne marche pas comme ça. Et donc, tandis qu'elle levait son arme, Edouard se retourna pour voir qui était derrière lui.

Dans une chambre d'hôtel de Tokyo, Raja consulta sa montre.

C'était le milieu de la nuit.

Raja était en train de penser, tel qu'il me le confia plus tard, à un vers d'un poème qu'il adorait de T.S. Eliot: *Dehors s'il vous plaît on ferme**.

Et alors que l'homme qu'Edouard s'attendait à voir en se retournant était en réalité bien là, juste sur la gauche, et portait lui aussi un pistolet, Edouard ne le remarqua pas d'emblée. La première chose qu'il vit en se retournant fut son fils, Felix, qui courait comme s'il fonçait vers les buts dans l'une des centaines de parties qu'il avait jouées sur les pelouses du Cap au cours des derniers mois, fonçant droit sur son père comme mû par l'instinct de le sauver, comme si Felix savait quelque chose que nous autres ignorions. Mais si Felix courait pour sauver quelqu'un ce soir-là, ce quelqu'un n'était pas son père. Felix courait pour se sauver lui-même, même s'il ne l'aurait pas forcément formulé de façon aussi dramatique. Felix courait vers l'amour, loin de la douleur. Felix savait que la seule personne qui l'aimait plus que tout était son père, et il savait en outre que dans quelques heures, une fois que je serais partie, il perdrait la première vraie amie qu'il s'était jamais faite, la première personne qui lui donnait l'impression de l'aimer pour qui il était, non pas en raison de qui était son père, qui son grand-père avait été autrefois. La première personne à ne pas voir la honte que lui infligeait la perte de sa mère, quand bien même ce n'était pas sa faute. Felix, ce soir-là, en avait enfin

* *Hurry up please it's time*: vers extrait de *The Waste Land* de T.S. Eliot (1922) – traduction sous le titre *La Terre inculte par* Pierre Vinclair (2018).

fini avec les dîners interminables en compagnie d'inconnus, en avait fini d'avoir neuf ans, de se sentir isolé et qu'on lui dise quoi faire. Ce soir-là, Felix en avait eu marre de chercher des coquillages et *super* marre du narcissisme de Nikki, sans parler de ce qu'il pensait de sa belle-mère. Et pour une raison quelconque, tandis que le feu d'artifice commençait tout juste à éclater au-dessus de l'océan, et après qu'il avait adressé les mots "je t'aime" pour la première fois à quelqu'un d'autre que son père, Felix en avait eu assez de tout ça, il voulait simplement être un garçon et, en cet instant, pleurer serré dans les bras de son père. On ne peut pas vraiment lui en vouloir, n'est-ce pas.

Tandis que la course de plus en plus rapide du garçon réduisait l'écart entre lui et son père, Edouard m'aperçut. J'étais quelques mètres à peine derrière Felix. J'avais tenté de l'arrêter lorsqu'il s'était levé de table, laissant sa veste sur le dossier de la chaise. Quand il avait commencé à marcher vers la maison. Je croyais qu'il était en colère contre moi. Et je savais d'instinct qu'il risquait de se passer quelque chose de grave ce soir. Même si personne n'avait prononcé le mot, si j'avais pris le soin d'aligner les schémas de faits, la carte en soie, et les allusions à "Aleksey", les indices que Jack égrena le jour de notre rencontre et les parties de la mission qu'il avait choisi de partager, j'aurais su que mon séjour sur place ne se déroulerait pas sans tragédie. Toutefois, je n'avais pas aligné les schémas de faits, les gens le font rarement. J'étais entièrement dévorée par d'autres préoccupations, avec la vie qui grandissait en moi, sans doute inconsciemment avec la mort de mon mari. Je n'étais pas inquiète pour Edouard, Edouard semblait impénétrable. Et j'étais totalement focalisée sur Felix. Je voulais lui dire que je l'aimais, moi aussi. Je voulais lui dire que s'il le voulait, il pouvait venir avec moi, demain à midi, que je prendrais soin de lui. J'étais intimement persuadée que c'était la bonne chose à faire et que tout le monde en serait content. Felix méritait une vie normale. Comme nous tous.

Je me souviens avoir tendu la main et que je pouvais quasiment toucher le bas de la chemise de Felix, gonflée par le vent dans son dos, au moment où les coups de feu furent tirés. Quatre en tout. Toutefois si vous aviez été là, vous auriez juré n'avoir rien entendu d'autre que le crépitement du feu d'artifice dans le ciel, Tchaïkovski, le vent qui se levait.

— À quelle heure commence le feu d'artifice, voulut savoir Raja au cours de notre tout dernier échange avant son départ pour le Japon.

— Je ne sais pas, avais-je dit.

— Trouve la réponse.

Tout ce que je demandais, c'était la promesse que l'hélicoptère serait à l'heure, et qu'une fois que tout serait terminé, alors je serais libre.

— Tu es libre maintenant, dit-il. Tu as toujours été libre.

Ce que je ne découvris que plus tard était que le feu d'artifice était un cadeau de Nikki, gracieusement fourni par Raja. Raja avait même aidé Nikki à sélectionner la musique quand Dasha avait demandé s'ils pouvaient accompagner le spectacle d'un morceau qu'Edouard aimait. Voyez-vous, Raja avait appris des années plus tôt une chose que même Dasha ne sut jamais, parce que tous les hommes cachent leurs faiblesses, à savoir qu'Edouard craignait les bruits très forts. Edouard détestait les feux d'artifice. Et cela n'avait rien à voir avec la guerre. Edouard n'aimait pas les feux d'artifice parce qu'ils lui rappelaient Sophie. Raja savait tout cela d'une des centaines de conversations enregistrées qu'il avait écoutées si souvent qu'il les connaissait presque par cœur. Cette conversation en particulier, enregistrée dans la salle à manger privée d'une banque viennoise, comportait une allusion qu'Edouard faisait en passant à "une amie", bien qu'il ne prononçât pas son nom, seulement qu'à cause d'elle il avait horreur des feux d'artifice. Et donc, en entendant parler pour la première fois d'un feu d'artifice à la faveur du toast que porta Dasha, Edouard se mit en colère. C'était le sujet de dispute entre Dasha et lui, pas du tout juste envers Dasha, mais les émotions font rarement preuve de justesse. Edouard ressentait le choix du feu d'artifice de Dasha comme une agression et à ce moment-là, pour lui, leur mariage n'était plus qu'à ça de l'effondrement. Dasha avait l'impression de se borner à tenir sa part du marché, que les Russes conviés ce soir-là attendraient une certaine extravagance, après tout on n'était pas sur une plage de la mer Noire. Dasha voulait montrer qu'elle était une femme d'un certain standing, qu'elle avait pris soin de son homme, et qu'ils avaient bâti une oasis exceptionnelle à l'abri des regards américains indiscrets. Et que, par-dessus tout, Edouard était dans la fleur de l'âge. Edouard était un bon parti. Edouard *valait* cela. La plupart des Russes ressentent le besoin d'exhiber, trait constant depuis la révolution. La plupart des Russes, mais pas Edouard. Edouard jouait sur la discrétion. Et donc, là où Dasha avait l'impression de faire son travail, Edouard avait l'impression qu'elle avait lancé une grenade. Dasha l'implora de se détendre, de venir sur la plage, d'essayer. Elle lui fit clairement comprendre qu'elle ne pouvait décemment pas annuler un spectacle d'explosifs à cinquante mille euros. Edouard avait répondu simplement, très bien, fais-le. Fais-le, mais c'est sans moi. Edouard dit à Dasha qu'il allait se coucher.

Felix n'était plus qu'à quelques pas de son père quand Felix tomba à terre, comme s'il avait trébuché. Comme je tendais la main pour l'attraper, je levai les yeux sur Edouard, qui criait, quoi qu'aucun son ne sortît. Ou bien je n'entendais plus rien, la proximité des coups de feu m'avait rendue sourde. Je me souviens avoir senti mon tympan droit claquer, comme si on avait fait glisser une lame de couteau sur ma clavicule. Je bougeais encore mais Felix s'éloignait de moi plutôt qu'il ne s'approchait. Je tombais. Et puis tout devint blanc. D'un blanc éclatant, éblouissant. Une tempête de neige de la conscience.

Dehors s'il vous plaît on ferme.

Quand j'ouvris les yeux, Raja me tenait la main, assis au bord du lit d'hôpital.

— Felix, dis-je.

J'avais la sensation qu'un éléphant pesait de tout son poids sur ma poitrine.

Au mur, un écriteau était en français, donc je sus que j'étais encore en France. Si je fermais les paupières, je voyais Felix tomber au sol devant moi. Je voyais Edouard au-delà. Et, fouillant plus avant ma mémoire, je croyais pouvoir distinguer une femme derrière Edouard. Je savais exactement de qui il s'agissait et ce qu'elle faisait là. Comme je dérivais entre conscience et inconscience, Raja dit “Je suis vraiment désolé”, et ce fut alors que je remarquai qu’il pleurait et qu’alors je sentis des larmes se former au coin de mes yeux.

Il était désolé pour ma perte, encore une perte, la perte inimaginable qu’aucun parent ne devrait avoir à endurer.

J’avais perdu le bébé.

On peut réellement sentir son cœur se briser, même s’il ne fait pas un bruit.

Ce n’était pas la faute de Raja, n’est-ce pas. Une seule personne avait fait les choix qui avaient conduit au lit d’hôpital, et elle ne les fit jamais sous la contrainte ou sous la menace.

— Felix, répétai-je comme si Felix pouvait me sauver, comme si j’avais besoin de savoir qu’il allait bien.

Raja étreignit ma main. Je la retirai et la posai sur mon ventre, sur mon pelvis, en tapotant délicatement chaque os du bassin, comme pour faire l’inventaire de ce qui restait. Et ce fut comme si pour la première fois, enfin, mon corps commençait à assimiler tout ça. Marcus n’allait jamais revenir. Il ne restait véritablement plus rien de lui. Une infirmière entra et dit :

— J’ai là quelqu’un qui aimerait vous voir.

Je me tournai vers la porte et il était là, dans sa petite chemise bleue d’hôpital, avec ses énormes yeux et son large sourire. Il traversa la pièce, et sans prêter attention à Raja, me tendit un Coca.

— Bonjour, toi, dit-il.

— Bonjour, toi.

X

MORCEAUX DE SUCRE

Dasha resta au Cap. Soumise à de nouvelles règles, moins strictes, la maison changea. À la place du ballet incessant d'hommes d'affaires, ou "d'associés", dans sa dernière mouture l'enceinte s'ouvrirait exclusivement à quelques invités, autrement dit à des amis de Nikki, un panel international de jeunes médecins, avocats et banquiers de Paris qui arriveraient avec leurs nouveau-nés, puis plus tard leurs bambins, éventuellement leurs ados, à la remorque. Ils ne savaient rien du passé de la maison ou s'en désintéressaient, ce malgré les rumeurs touchant à un accident qui s'y était déroulé des années plus tôt. Les amis de Nikki et leurs enfants n'auraient rien su de la carrière, puis du décès, ou, tel que la rumeur le disait parfois, de la *disparition* du beau-père de Nikki. Il était de notoriété publique qu'il avait servi dans l'armée russe. Tout comme le fait que son mariage avec Dasha n'était pas réellement un mariage d'amour. Et les hypothèses en circulation faisaient toujours valoir qu'à l'instar de bien des hommes avant et après lui, Edouard était arrivé un soir au moment où il en avait tout bonnement eu assez, et il avait laissé tomber mariage, vie, responsabilités. Cette théorie ne tint jamais véritablement la route, car quel homme laisserait derrière lui non seulement une précieuse collection de tableaux mais un jeune fils, qu'aux dires de tous il adorait. Pour des parents, l'abandon volontaire d'un enfant est une décision inconcevable. "Sauf en pleine guerre", estima un des amis de Nikki un jour, et Nikki n'avait pas cherché à nuancer le propos.

Si ses amis lui posaient la question, Nikki leur assurait d'un air détaché qu'Edouard avait été un homme tranquille, un érudit, un amoureux des arts, et qu'il était mort d'une crise cardiaque dans les bras de sa mère. Elle racontait à qui voulait l'entendre qu'Edouard avait été un mari très attentionné. Elle précisait que son argent, dont une partie avait très généreusement été placée dans un fonds fiduciaire à son intention, provenait d'un "heureux accident en Azerbaïdjan". Si on l'interrogeait sur la rumeur selon laquelle son père avait été un assassin au service des renseignements russes, Nikki répondait que son petit frère, qui alors vivait à Londres, "aime romancer". Ce qui était vrai. Pourtant Felix n'aurait jamais romancé son père. Felix connaissait juste ce qu'il fallait de la vérité, et cela lui convenait.

Le souvenir que Felix avait de ce soir-là s'articulait sur l'instant où il avait trébuché alors qu'il courait vers son père. Il n'avait aucun souvenir des pistolets, de la femme qui se tenait de l'autre côté de son père ou de l'homme dont le coup de feu lui avait éraflé l'épaule. En revanche, Felix se remémorait, souvenir qu'il chérissait, la lettre dactylographiée que son père avait laissée sur son oreiller et que Dasha avait apportée à l'hôpital. Edouard y écrivait à quel point il était fier de Felix. Son profond amour pour la mère de Felix. Et comment lui, Edouard, savait que quoi qu'il advienne dans la vie de Felix, Felix pourrait toujours s'appuyer sur la certitude d'avoir été profondément aimé. Dans la dernière phrase de la lettre, Edouard expliquait qu'il devait s'absenter pendant quelque temps, mais qu'un jour il reviendrait. La certitude qu'avait Felix que ce jour viendrait lui faisait entrevoir que tout finirait bien, certitude qui n'était pas sans rappeler la croyance des catholiques en un paradis. Cette clairvoyance, laissant entrevoir une issue inévitablement favorable, apporterait au fil de l'eau une vie très heureuse à Felix. Jeune homme, n'écoutant que sa passion, il entra dans le milieu du sport professionnel. Et souvent lorsqu'il suivrait un match, d'abord depuis le terrain en qualité de jeune assistant de l'entraîneur, plus tard en tant que directeur général, et finalement en tant que président et propriétaire de club, Felix se souviendrait des paroles d'Edouard, à savoir que le football c'est comme la vie. "Les hommes sont nés pour être brutaux", avait fréquemment répété Edouard à son fils. Le sport, avait dit Edouard, offre "un lieu sûr", un vernis d'acceptabilité, pour les appétits violents des hommes. Le sport, et la guerre.

Nikki proposait souvent à ses invités de descendre jusqu'à la plage et de monter les marches en pierre que j'avais autrefois empruntées et aimées. Elle leur faisait traverser le replat de l'affleurement rocheux par-delà le petit rebord jusqu'à la tombe, dont le spectacle ne manquait jamais de provoquer des exclamations de surprise. "C'était l'endroit préféré d'Edouard", expliquait Nikki tout en désignant la croix à la lueur de la lune. Elle racontait alors qu'Edouard avait soudoyé un prêtre à Rome pour l'aider à subtiliser la croix de l'abside dans l'église Saint-Charles-aux-Quatre-Fontaines. Qu'Edouard s'identifiait à l'architecte de l'église, Borromini, et qu'il ne considérait pas le vol comme un crime contre Dieu, ou contre Borromini, mais plutôt comme l'affirmation de son admiration de ce qui était, à ses yeux, un accomplissement divin et unique. Nikki n'avoua jamais à personne qu'Edouard n'avait pas été inhumé là, et que pour autant qu'elle en sache, il n'avait pas été inhumé du tout. Dasha persistait à croire secrètement qu'Edouard était en vie et qu'il avait orchestré égoïstement son départ du Cap. En fin de compte, Nikki, Dasha et Felix s'accrocheraient chacun à des versions fictives concernant l'homme qui avait joué un rôle aussi central dans leur existence. En fin de compte, d'une certaine manière, il leur avait menti à tous.

Je savais qu'Edouard était mort.

Je savais exactement comment il était mort, et pourquoi.

Je savais que rien n'inciterait jamais la vérité à éclater au grand jour, à ce que "le droit intervienne", aux ultimes confessions, rien n'inciterait jamais à mettre fin au cycle des tueries.

La guerre perdure à dessein. L'histoire de la guerre est une histoire d'idylles et de missions, de la malveillance tapant sur les doigts des bonnes intentions. L'histoire de la guerre est une histoire d'actions, réactions, répétitions. La guerre est une tragédie et la tragédie, Aristote le savait bien, est un jeu de soustraction, un jeu de perte.

Plus je m'éloignais dans le temps de l'époque que j'avais passée au Cap, plus je voyais Edouard, Raja et Marcus comme des variations sur un thème. En quoi ils avaient chacun fait ce qu'ils avaient à faire. Si vous m'interrogiez, plus tard, sur le père de mon enfant, l'enfant à qui l'on n'avait laissé aucune chance, l'enfant qui avait été conçu dans la définition même d'*une situation délicate*, je vous répondais qu'il s'appelait Marcus. Je vous racontais que Marcus était "mort jeune, comme la plupart des héros", et que même si j'aurais aimé l'inhumer en surplomb de la mer, face au Bosphore ou sur les falaises à Nazaré, en fin de compte j'avais enterré ses cendres selon une note dans son testament, dans sa ville natale de Crozet, en Virginie, sur les terres de l'abbaye Our Lady of the Angels. Marcus soutint discrètement cet établissement pendant des années. Je pris l'habitude de m'y rendre à chaque Noël, et chaque année, quelqu'un était passé avant moi et avait déposé une couronne de baies de houx, un minuscule drapeau américain glissé entre ses feuilles. Je ne le vis jamais, mais je savais que c'était Raja. Raja serait passé de bon matin. Il se serait assis en compagnie de son vieil ami tandis que le soleil se levait, et aurait rappelé à Marcus qu'ils en étaient venus à bout, c'était fini, ils pouvaient lâcher prise. Et toujours j'imaginais la scène en me disant qu'un des deux au moins avait enfin trouvé la paix.

Les tableaux finirent par être vendus aux enchères. Et un jour, vous ne serez pas surpris de l'apprendre, celui dont Edouard affirmait qu'il était son préféré arriva chez moi, accompagné d'une carte qui disait : "Il aurait aimé que tu l'aies." Je l'accrochai au mur au pied de mon lit, et c'est désormais la première chose que je vois le matin et la dernière chose que je vois avant de fermer les yeux le soir.

Parfois, les paupières closes, j'imagine que je suis dans le lit de Jefferson à Monticello, ou après mon mariage sur le lit du bateau qui fonce vers Split. Je me représente dans un cocon, choyée, dans un monde d'ordre.

Je n'ai même pas quarante ans, mais je me sens vieille.

Et si je n'ai pas redonné à mon jardin l'apparence qu'il avait avant, j'ai procédé à des changements.

J'ai remis des roses.

J'ai agrandi le bassin.

Et, dans l'angle est, si vous regardez attentivement sous le rhododendron, vous remarquerez deux petites pierres. L'une marquée d'un M, pour Marcus. Et l'autre d'un B, pour Bébé. En fin de compte je ne lui ai jamais donné de nom, même si le médecin français a confirmé que c'était un garçon.

Un autre garçon vient désormais dans mon jardin chaque jour après l'école. Il aime retirer ses chaussures et marcher dans l'eau peu profonde du bassin. Il a un lapin domestique qu'il prend souvent avec lui, et qui adore le sucre en morceaux. Le garçon laisse le lapin partir en exploration, sachant qu'il reviendra toujours. Et quand le lapin revient, le garçon tend patiemment sa petite main, et parfois la retire quand le lapin s'approche de lui. Il taquine, amadoue, chasse, autant d'attributs dont je sais qu'ils remontent dans ses gènes sur plusieurs générations. C'est un garçon d'un naturel profondément affectueux. Si vous regardez de plus près, vous lirez son nom brodé sur son pull préféré, qu'il est capable de porter cinq jours par semaine, c'est son favori, et qui ne tardera pas à être trop petit pour lui. Il m'appelle *tía*, "tante" en espagnol, sa mère est originaire de Santander. Quand sa mère a rencontré son père, Felix, pendant un match de football à Madrid, Felix lui a dit: "Si on tombe amoureux, il n'y a qu'une seule personne dans ma vie que tu as besoin de connaître." J'étais témoin à leur mariage à Grenade.

Felix et moi parlons rarement du Cap. S'il m'avait interrogée, je lui aurais parlé de tout et de rien, mais il ne pose jamais de question. Une fois, sa femme a voulu savoir l'histoire de la petite cicatrice sur son épaule gauche. La balle n'était pas destinée à blesser Felix mais plutôt à l'écarter du récit, à lui épargner d'être témoin de la suite. Jack appelait ça "un tir de miséricorde". Jack était entraîné à viser pour infliger une blessure superficielle. Ce n'était pas la première, ni la dernière fois, que Jack serait appelé à tirer sur un enfant.

— C'est quand on lui a retiré ses ailes, dis-je avant que Felix ait le temps de répondre.

La réplique plut à sa femme si bien qu'un été à Patmos, je l'entendis la répéter à des amis à table.

Après ça, elle appela Felix "mon ange".

Parfois, l'histoire dont vous avez besoin colle parfaitement au schéma des faits.

Felix m'aurait parlé de tout et de rien, lui aussi. Il aurait gardé mes secrets. Il faudrait du temps avant que Felix, à l'approche de la trentaine, commence à réfléchir à la perte. C'est ce qui arrive quand on a un enfant, tout est brusquement, urgemment fragile. Quand Felix regarderait son fils, toutes ces années plus tard, peut-être commencerait-il à se demander ce que cela pourrait lui faire d'avoir, un jour, à dire au revoir. Peut-être, un jour, s'interrogerait-il sur cette fameuse lettre posée sur son oreiller au Cap. Sur le fait qu'elle était dactylographiée, et non pas manuscrite. Felix n'avait jamais vu de machine à écrire dans l'enceinte. Quant à Edouard, Felix le savait, il notait rarement les choses par écrit. Pourtant, cette fameuse lettre trônait sous cadre sur le bureau de Felix à Chelsea. Quiconque eût tenté de retracer ses origines aurait pu découvrir qu'elle n'avait pas du tout été dactylographiée dans l'enceinte du Cap, mais plutôt sur une propriété voisine, à l'aide d'une vieille machine à écrire Corona. Quand Annabel posa les yeux sur la machine, elle eut l'idée de la lettre, et appela Raja pour qu'il puisse la lui dicter. Raja n'avait pas d'enfant, mais il connaissait Felix, et savait ce que Felix aurait besoin d'entendre.

Felix, comme moi, avait grandi entouré de secrets. Felix avait en outre grandi avec une maladie chronique qui imposait vigilance, humilité et un certain lâcher-prise. La médecine moderne finirait par remédier à la situation mais la menace d'une autre "crise" planait toujours. Cette menace dota Felix d'une gratitude farouche que nous aurions tous été bien avisés d'avoir. Sa maladie, énigmatique pendant son enfance, avait été résumée par les médecins modernes à un choc qu'il avait vécu *in utero*. Felix continua à soutenir que sa mère était morte des suites d'une césarienne bâclée, dans un hôpital défectueux. Felix ne m'interrogea jamais à son propos, mais quand la chambre d'Edouard au Cap fut enfin vidée et le petit musée rasé, les services secrets russes brûlèrent tout sauf la photo de Sophie. Elle fut envoyée à Felix, avec les compliments du président en personne.

Dans les semaines qui suivirent ma sortie du Cap, avant que Felix ne quitte Dasha pour partir en quête de ses grands-parents maternels en Suisse, il téléphona souvent. Un soir, il me raconta qu'il avait un cauchemar récurrent, lequel commençait systématiquement par la promenade qu'il avait faite avec Edouard tôt le matin de son anniversaire, après que Felix lui avait apporté le cupcake. Après le cupcake mais avant que la Citroën verte ne s'engage sur l'allée de gravier de la propriété voisine et ne s'arrête en dérapant sous l'imposante porte cochère de pierre. Bien avant que Jack ne fasse couler un bain, un de ses multiples rituels précédant une mission, et avant qu'Annabel ne prépare un déjeuner frugal de viandes et de fromages et ne passe en revue les dernières questions, choix et aléas avec Jack et Jill. En réalité, alors même qu'Edouard et Felix traversaient la citronneraie pour rejoindre la plage, Annabel passait un appel crypté à Raja, qui, à ce moment-là était à pied d'œuvre sur un nouveau projet à Tokyo. Le fait que Raja eût quitté la France dénotait soit une entière confiance dans son équipe soit – quoique moins probable – une peur de l'échec. Peut-être Raja souhaitait-il se trouver le plus loin possible de la France ce soir-là. Il avait mis le feu aux poudres. Il endosserait la responsabilité. Raja savait que si les choses ne s'étaient pas bien passées, son gouvernement, ainsi que d'autres "parties prenantes" à l'opération, lui tourneraient le dos. Annabel dit à Raja qu'il était plus sage pour lui de ne pas être sur place, que son boulot à elle était plus simple "sans que tu sois là à corriger chaque phrase". Annabel avait assuré à Raja qu'il n'y aurait rien à corriger ce soir-là. Elle avait prévu de partir le lendemain matin à Munich. Sa mission suivante promettait d'être autrement plus complexe.

Les espions, comme les requins, meurent s'ils arrêtent de bouger.

Toutefois, même Annabel n'aurait pu deviner la vraie raison pour laquelle Raja s'était retiré volontairement de la scène. La vraie raison était émotionnelle. Il était trop attaché. Les enjeux étaient trop gros. Et j'étais impliquée, moi une civile innocente, la veuve enceinte d'un homme qu'il avait autrefois considéré comme son meilleur ami. S'il m'était arrivé quelque chose, Raja n'aurait jamais pu se le pardonner.

Felix décrivit comment, dans son cauchemar, Edouard n'était pas du tout pressé. Edouard s'était installé avec Felix pour admirer les tableaux. Tandis que Felix mangeait le cupcake qu'Edouard avait décliné, Edouard raconta à Felix l'histoire de la guerre de Troie. Il désigna les silhouettes sur la toile qui ressemblaient à des fleurs, ou des gribouillis, et dit à son fils que s'il regardait attentivement, il verrait qu'il s'agissait de personnes. Il parla à Felix d'Achille et Patrocle, de Priam et Hector. Il dit que *L'Iliade* était "la plus grande histoire jamais racontée, parce que *tout* y est". "Tout" étant la gloire et la perte, le courroux des dieux et la colère des hommes, l'amour. Il raconta à Felix que ce que *lui* avait appris de ce récit était que la paix passe par une reconnaissance de la grâce en chaque homme. "Même chez ton *ennemi*", précisa Edouard, puis les yeux d'Edouard étaient devenus tout blancs, comme si Edouard n'avait plus rien de réel. Et le cauchemar s'arrêtait toujours là, sur le blanc des yeux d'Edouard. Et donc je demandai à Felix de me raconter ce qui s'était réellement passé ce matin-là.

Ce matin-là, Edouard ne parla pas du tout de *L'Iliade*. Ils n'avaient pas contemplé les tableaux et Felix n'avait pas mangé le cupcake. Ce qui s'était réellement passé était qu'Edouard avait marché avec Felix jusqu'à la plage où il lui avait raconté l'histoire d'un célèbre architecte italien, Borromini. Edouard fit la description des églises de Borromini et assura à Felix qu'il les verrait un jour, lui aussi. Il dit à Felix que celle qu'il ne fallait pas rater s'appelait l'église Saint-Charles-aux-Quatre-Fontaines, "San Carlo alle Quattro Fontane". Après quoi Edouard avait amené Felix en haut des marches que nous avions gravies tant de fois. Quand Felix vit la croix, il demanda à son père qui était enterré là. Et avant que je n'aie le temps de dire à Felix que je connaissais la réponse, il me surprit. "C'est alors que mon père a dit une chose étrange." Je me souviens où je me trouvais quand Felix prononça ces mots. J'étais assise par terre dans ma nouvelle maison à Londres, et j'attendais une livraison de meubles. Felix me raconta qu'Edouard avait dit : "Ce n'est pas une sépulture, c'est un monument."

Après quoi Edouard retira la croix de son socle recouvert de mousse, "ce qui n'a pas été facile", et la déposa à plat sur la corniche. Il montra à Felix comment d'un côté, celui qui donnait à l'arrière sur l'enceinte, il avait gravé un minuscule E à peine lisible dans la pierre, pour Edouard. Après quoi il avait retourné la croix et montré l'autre côté à Felix, celle qui ferait face à l'océan, "et qui donc aurait une meilleure vue". Là, Edouard avait gravé une autre lettre : T. Il dit à Felix que *cette* initiale-là était pour un homme du nom de Tracy, "l'homme que j'aurais pu être". Après quoi Edouard reposa la croix bien à sa place sur son socle, embrassa son jeune fils, et lui dit qu'il l'aimait.

— Pourquoi voulait-il me montrer ça, à ton avis, voulut savoir Felix.

Par la fenêtre, je voyais les feuilles qui changeaient de couleur, c'était l'automne.

— Parce qu'il te fait confiance.

Rien n'est plus important que la confiance.

— Parce qu'il t'aime, ajoutai-je.

Je n'étais pas prête à me séparer du temps présent pour parler d'Edouard.

Certaines choses demandent du temps.

— Je me sens vieux, dit Felix avant de raccrocher, ce qui me fit rire.

— Tu es très, très, *très* vieux, dis-je.

Il existe un adage attribué à Albert Einstein. Einstein déclara ne pas savoir quelles armes seraient utilisées pour combattre lors de la Troisième Guerre mondiale, mais qu'une *Quatrième* Guerre mondiale serait menée “avec des bâtons et des pierres”. La citation avait été interprétée comme voulant dire que la Troisième Guerre mondiale sera si dévastatrice qu'il ne restera plus rien. Le monde sera réduit à l'état de décombres, de bâtons et de pierres. Je l'interprète différemment. On combattra pendant la Quatrième Guerre mondiale à l'aide de bâtons et de pierres pour la bonne raison que bâtons et pierres seront, un jour, la dernière étape dans l'évolution de la guerre et de l'espionnage. Une fois que la guerre et l'espionnage atteindront les limites du progrès technologique – en parlant de dernier acte –, la guerre régressera, deviendra radicalement primitive. Dans ce nouveau monde, l'introduction du feu comptera de nouveau comme une révélation et un symbole, la mathématique de l'attrition sera calculée sur le mur d'une grotte. Dans un monde où toute autre forme de communication est forcément “dangereuse”, la révolution ne sera pas télévisée, la révolution commencera par un signal silencieux de la main dans la forêt.

Dix-huit années se sont écoulées depuis que j’ai quitté le Cap. Le monde n’a pas tant changé que cela, contrairement à moi. Ce que je trouvais autrefois incongru, ou inacceptable, est désormais monnaie courante. La vérité est un jouet avec lequel je joue, comme un enfant avec des osselets. J’exerce un degré de défiance à l’égard de toutes les histoires que j’entends, de tous les produits que l’on me vend, de toutes les guerres dont on m’assure qu’elles sont “justes”, une “intervention nécessaire”. Et si je ne crois pas en la présence fortuite d’assassins à tous les coins de rue, j’ai cessé de croire que l’on pouvait dormir en toute sécurité sans arme à feu. Après tout, je suis une source américaine basée au Royaume-Uni. Quand on a été la star du troisième acte, on ne peut pas oublier ce que l’on a vu.

Un jardin n’a pas d’âge.

Un jardin n’a aucune allégeance.

Un jardin ne fait pas la différence entre un assassin et un ange.

Un jardin ne sait pas mentir.

Si vous venez dans mon jardin, et si vous faites preuve de patience, le lapin finira par faire son apparition.

Si vous faites preuve de patience, vous verrez le petit garçon ouvrir sa paume qui renferme deux morceaux de sucre.

Son monde n'est défini par rien d'autre que le moment présent.

…

J'ai son pull posé sur mes genoux.

Son père, Felix, avait exactement le même quand il était petit.

Son grand-père, Edouard en avait un, lui aussi.

Du bout de l'annulaire, je trace les contours des lettres de son nom.

Je les ai brodées moi-même.

T
R
A
C
Y

Un jour ce jardin t'appartiendra, Tracy.

Et alors tu pourras entièrement le faire tien.

Tu peux nous sauver, Tracy. Tu peux nous libérer. J'en suis convaincue.

XI

BEYROUTH

Le ciel du Liban ne déçoit jamais. Tandis qu'il passait devant la résidence de l'ambassadeur français au volant de son vieux Defender, j'imagine que Tracy Barnes se rappela ce que disait Marcus à chaque fois qu'il voyait quelque chose de scandaleusement beau, la chapelle Sixtine ou Versailles, *Adam et Ève chassés de l'Éden* de Masaccio ou la villa d'Hadrien. Il le disait pour souligner à quel point il avait le sentiment que nous étions déchus d'une certaine grâce. Il avait l'habitude de dire : "Nous vivons comme des cochons." Et, à plus d'un titre, Barnes vivait en effet un peu comme un cochon, à cette époque en tout cas. Tracy était tombé amoureux de Beyrouth et projetait d'y vivre pour toujours, ou pendant aussi longtemps que le gouvernement l'autoriserait à y rester. L'affectation avait été son premier choix. Il faisait un travail qu'il aimait. Ses collègues étaient des frères, il risquerait sa vie pour eux, et l'avait fait plus d'une fois. Et alors que les hommes et femmes de sa génération avaient amassé un certain niveau d'expérience à ce moment-là de leur vie, ils se sentaient encore jeunes, aucun n'était encore marié, aucun n'était encore parent, tous croyaient en ce qu'on appelait encore parfois "la mission", quand on ne l'appelait pas "la guerre éternelle". Si l'Amérique portait une lance en ce siècle nouveau et incertain, Barnes et son équipe en étaient le fer. Bond était un mensonge et Bourne était un mensonge, mais les cow-boys des renseignements américains existaient bel et bien et pendant un temps, avaient prospéré. Là, où que se situât ce "là", toujours loin du pays, ils étaient rois. Sans identité, sans domicile fixe, vraisemblablement plus pauvres que vous, ils s'en moquaient. Ils étaient rois à la cour la plus puissante du monde, le monde de l'espionnage international. Et Tracy Barnes songeait aux rois en ce matin libanais tandis que le soleil se levait, à Richard Cœur de Lion en particulier, dont il avait lu la biographie sur les conseils d'un vieil ami, Taran Davies. Tracy songeait au mariage du roi Richard, d'ailleurs, au moment exact où la balle fissura le pare-brise et pénétra dans son œil gauche, un tir d'une précision qu'il aurait admirée et enviée, n'en eût-il été la cible. Et si au cours de ces secondes qui lui semblèrent durer des heures il s'imagina dégainer son pistolet, et riposter, Tracy était un excellent tireur, la vérité est qu'avant que son cerveau eût pu envoyer un signal à sa main, la deuxième balle l'atteignit. Le pare-brise vola en éclats. Le Defender tourna sur lui-même une fois avant de se renverser sur le côté après avoir percuté un poteau téléphonique, puis s'immobilisa au milieu du carrefour d'un des quartiers les plus chics de la ville.

Si vous l'aviez interrogé plus tard, s'il y avait eu un plus tard, Tracy vous aurait dit que l'agent de l'Agence chargé des comptes-rendus de renseignement se targuait "en toute confiance" de connaître l'identité de l'homme à l'origine de ces tirs, ainsi que de savoir pourquoi. Les actions ont des conséquences, surtout en temps de guerre, et Tracy savait qu'il était l'homme à abattre depuis le jour où il avait tenté, sans y parvenir, d'assassiner Aleksey Zhukov. Il avait commis l'erreur de tirer au moment où il l'avait fait, bien évidemment, dans ce genre de métier on suit les ordres. On suit les ordres et on ne perd pas de temps, carpe diem et tout ça. La seule chose qui prime sur l'exécution et le timing parfaits d'un ordre, c'est la malchance. Et, au moment exact où Tracy tira, la petite amie très enceinte de Zhukov était assise à côté de lui. Et Zhukov avait été touché mais personne n'avait noté qu'il avait commencé à porter un gilet pare-balles, si bien que le tir ne fut pas mortel. Néanmoins, Tracy l'apprit plus tard, le stress généré par la tentative d'assassinat avait déclenché l'accouchement de la petite amie à la trente-troisième semaine. Et si Langley savait que la fille était "seulement" la maîtresse de Zhukov, l'agence soupçonnait depuis peu qu'il projetait de quitter sa femme, avec qui il n'avait pas d'enfants, seulement une belle-fille, pour cette nouvelle fille après la naissance de leur fils, les bavardages ayant dévoilé le sexe de l'enfant. En revanche, ce que l'agence ignorait était que la petite amie avait une maladie cardiaque sous-jacente. Ce que l'agence n'aurait jamais pu prévoir était qu'alors qu'elle était étendue sur la table d'opération en train de subir une césarienne d'urgence, la maladie en question provoquerait une crise cardiaque qui allait la tuer. Sa mort le résultat de cet élément sans cesse insaisissable en espionnage, l'inconnue inconnue, l'issue par excellence qui dépasse l'imagination, la seule issue qui échappe aux griffes des bavardages et qui ne puisse être photographiée par un drone. Le médecin avait déposé le minuscule bébé dans les puissants bras russes de son père en se contentant d'un : "Je suis vraiment désolé." Le Russe s'aperçut que le bébé avait ses yeux et espéra qu'il avait en outre le cœur de sa mère.

Et quand Aleksey, qui porta plusieurs prénoms au cours de sa carrière, parmi lesquels, à la fin, celui d'Edouard, un clin d'œil à son grand-père, Edvard, regarda le médecin et dit : "Oh, *beaucoup* de gens vont être désolés", Edouard parlait non seulement de Tracy Barnes, dont il savait avec la plus grande certitude qu'il le trouverait un jour, mais aussi de l'Amérique. L'Amérique rêveuse, optimiste, apothéose de tous les possibles. L'Amérique fière et téméraire. Et pour finir, l'Amérique vulnérable. Telle était l'Amérique qui traversait l'esprit du Russe alors qu'il berçait son enfant ce soir-là, apaisé en présence d'une nouvelle patience dont il se montrerait désormais capable. L'Amérique, le pays qu'Aleksey passerait le restant de ses jours à tenir pour responsable non seulement de cette perte, mais de beaucoup, beaucoup d'autres. Si seulement Aleksey et Tracy avaient eu l'occasion de s'asseoir ensemble, sous une quelconque tente à une heure avancée de la nuit quand le reste du monde dormait et que suffisamment de sang avait été versé de tous les côtés – s'ils avaient eu la possibilité de s'asseoir pour parler, comme Priam et Achille, ils auraient peut-être découvert les choses qu'ils avaient en commun, comme la perte. Ils auraient peut-être pleuré et vu d'emblée la joie et la futilité dans leur travail, vu que le règlement de comptes qu'ils cherchaient était la vraie chimère. Et forts de ce savoir, ils auraient pu prendre des décisions afin que leurs convives puissent dormir sereinement. Et, ce faisant, ils auraient alors peut-être trouvé une volonté, et un chemin, pendant qu'ils étaient encore jeunes, pour mettre fin au massacre de leur guerre, la vraie guerre éternelle, la dernière grande partie.

Raconte-moi l'histoire d'un homme compliqué. Muse, dis-moi ses errances, une fois qu'il a dévasté Troie, la cité sacrée, dis-moi les peuples dont il a découvert les villes et l'esprit, les souffrances qu'en mer il a endurées, et la lutte qu'il a menée pour sauver son âme et ramener ses compagnons à la maison. Il a échoué à les protéger, car leurs péchés ont précipité leur perte ; ces pauvres écervelés, ils ont dévoré un bœuf du Soleil, et le dieu les a privés du jour du retour. Maintenant Déesse, fille de Zeus, dis-nous aussi le récit de ces hommes-là.

À toi d'en choisir le début.

HOMÈRE, *L'Odyssée**

* Lea Carpenter cite ici la traduction qu'Emily Wilson signe de *L'Odyssée* en 2017, première traduction intégrale publiée en langue anglaise par une traductrice féministe. Le Chant Un s'ouvre sur le vers *Tell me about a complicated man*, dont on retrouve de multiples échos dans le roman. Pour les besoins de cette traduction, je suis retournée au texte source, avec l'aide précieuse de ma collègue Sophie Aslanides qui m'a permis de décrypter le grec ancien, et j'ai tenté au mieux de rendre compte de la modernité de la traduction d'Emily Wilson.

NOTE DE L'AUTRICE

En 1985 William Buckley, chef des opérations de l'antenne de la CIA à Beyrouth, fut enlevé et assassiné. Vingt-trois ans plus tard, le chef du Hezbollah Imad Mughniyeh fut tué dans un attentat à la voiture piégée à Damas. Cet attentat à la bombe se révéla être une opération de la CIA/du Mossad israélien, acte de représailles présumé pour la mort de Buckley.

Dans *Troie*, j'ai essayé de dire quelque chose de la subjectivité essentielle de la guerre, comment un héros d'un côté est un assassin de l'autre. J'ai essayé de faire entrer le lecteur dans l'esprit des adversaires d'un jeu brutal, violent, lourd d'enjeux. Et, surtout, dans l'esprit d'une femme qui devient impliquée non pas par patriotisme mais, simplement, par amour.

J'ai souvent réfléchi au cercle restreint des personnes impliquées dans toute opération top secrète et j'ai fini par développer l'idée du récit de deux meurtres imbriqués, qui n'étaient pas sans rappeler ceux de Buckley et Mughniyeh, des opérations espacées de plusieurs années, voire d'une génération. La vengeance, dans une guerre éternelle, prend parfois son temps.

REMERCIEMENTS

Je n'aurais pas pu écrire ce livre sans la confiance, la patience, la clairvoyance de Shelley Wanger et Eric Simonoff; Nicholas Latimer, Lisa Kwan et Andrew Dorko ; Sylvie Rabineau, Paul Haas, et Paul Bogaards. Et, bien sûr, Elliot Ackerman.

DERNIÈRES PARUTIONS

Leo Giorda, *L'Ange gardien*
Peder Frederik Jensen, *La Volonté de Ran*
Kent Wascom, *Le Glorieux État de Floride Occidentale*
Eowyn Ivey, *Une histoire d'ours*
Pete Fromm, *Impératrice des airs*
Keith McCafferty, *La Rivière au cœur froid*
Ruby Todd, *Objets célestes*
Piergiorgio Pulixi, *Stella*
Alex Taylor, *Gasping River*
Velma Wallis, *Seules dans le Grand Nord*
Elena Fischer, *Paradise Garden*
Peter Swanson, *Ceux qu'on sauve*
Chris Offutt, *La Loi des collines*
Ellen Gustavsen, *L'Héritage sans nom*
James McBride, *L'Épicerie du Paradis sur Terre*
Lizzie Pook, *La Glorieuse Vengeance de Maude Horton*
Elliot Ackerman, *Halcyon*
Jean Hegland, *Le Temps d'après*
John Gierach, *Nous avons tant pêché*
Peter Benchley, *Les Dents de la mer*
Jake Hinkson, *Ainsi va le monde*
Craig Johnson, *Le Dernier Combat*
Piergiorgio Pulixi, *La Librairie des chats noirs*
Jaap Robben, *Au crépuscule*
Vera Buck, *Les Enfants loups*
Maren Uthaug, *11%*
Ayana Mathis, *Les Égarés*
Mark Haskell Smith, *Mémoires*
Andrew J. Graff, *Plein Nord*
Ferran Guallar, *La Part sauvage*
Peter Swanson, *Ceux qu'on tue*
Lars Elling, *Les Princes de l'étang aux Finnois*
Lily Brooks-Dalton, *Pirate de lumière*

*Cet ouvrage a été imprimé sur du papier
dont les fibres de bois proviennent
de forêts durablement gérées*

IMPRIM'VERT®

CET OUVRAGE A ÉTÉ COMPOSÉ PAR ATLANT'COMMUNICATION (VENDÉE)

ACHEVÉ D'IMPRIMER SUR ROTO-PAGE
PAR L'IMPRIMERIE FLOCH À MAYENNE
EN JUIN 2025
POUR LE COMPTE DES ÉDITIONS GALLMEISTER
13, RUE DE NESLE
75006 PARIS

DÉPÔT LÉGAL : JUILLET 2025
1re ÉDITION
N° D'IMPRESSION : 107144
IMPRIMÉ EN FRANCE